징과 돌의 노래

일러두기
이 소설은 역사적인 사실을 바탕으로 창작한 것입니다. 인물이나 지명, 사건 등
일부 내용은 기록된 사실과 다를 수 있습니다.

징과 돌의 노래 1

1판 1쇄 발행 | 2017년 10월 31일
1판 2쇄 발행 | 2017년 11월 30일

지은이 | 김영미
펴낸이 | 김경배
펴낸곳 | 시간여행
편   집 | 이진의 · 박정민
마케팅 | 강민정
본문 디자인 | 디자인 [연:우]

등 록 | 제313-210-125호 (2010년 4월 28일)
주 소 | 서울시 마포구 토정로 222 한국출판콘텐츠센터 419호
전 화 | 070-4032-3664
이메일 | sigan_pub@naver.com

종 이 | 엔페이퍼
인 쇄 | 한영문화사

ISBN 979-11-85346-55-7 (04810)
ISBN 979-11-85346-54-0 (세트)

이 도서의 국립중앙도서관 출판예정 도서목록(CIP)은 서지정보유통지원시스템 홈페이지
(http://seoji.nl.go.kr)와 국가자료 공동목록시스템(http://www.nl.go.kr/kolisnet)에서
이용하실 수 있습니다. (CIP제어번호 : CIP2017027006)

* 이 도서는 국제친환경 인증을 받은 천연펄프지(Norbrite 95#)로 제작되었습니다.

징과 돌의 노래

엇갈린 사랑 **1**

김영미
장편소설

시간
여행

징이여, 돌이여, 지금 계시옵니다
징이여, 돌이여, 지금 계시옵니다

......

버석대는 가는 모래 벼랑에 군밤을 심어
움과 싹이 돋거든 임을 잊으리다

옥으로 연꽃을 새기고 바위 위에 접을 붙여
꽃 세 묶음이 피어나거든 임을 잊으리다

......

구슬이 바위에 떨어진들 끈이 끊어지리까
천 년을 외로이 살아간들 믿음이 끊어지리까

- 〈정석가(징과 돌의 노래)〉 중에서

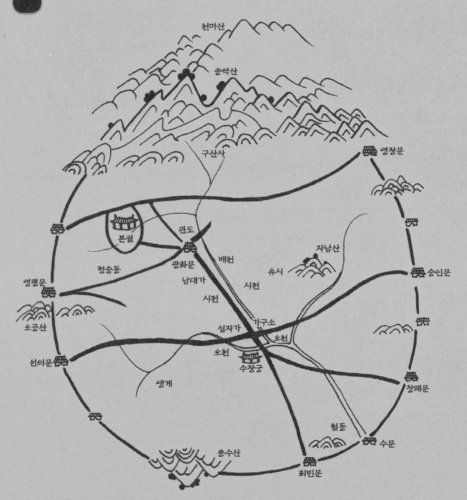

개경전도

천마산
송악산
구산사
영창문
본궐
판도
자남산
배헌
유시
청승동
광화문
시전
영평문
남대가
시전
오공산
오천
숭인문
십자가
가구소
선의문
오천
수창궁
오천
생계
창패문
철동
수문
용수산
최빈문

차례

序 … 9
귀경 … 14
해후 … 39
구안정 … 63
인연 … 86
산채 … 109
폭우 … 135
출생 … 162
춘정 … 188
변곡 … 216
순어 … 238
파몽 … 274
미망 … 299

序

　말굽 소리가 점점 가까워졌다. 놀란 새들이 푸드덕 날갯짓을 하며 흩어졌다. 간간이 오가던 불명의 행인들은 일찌감치 달아나 보이지 않았다.

　돈후는 어금니를 즈려 물었다. 딛고 선 다리에서 힘줄이 튀었다. 말아 쥔 주먹에서 땀이 배어났다. 군사들이 달려오며 내뿜는 숨이 귓전에 닿을 듯했다. 이제 일각도 남지 않았다. 고려와 여진이 맞닿아 뒤엉켜 사는 북쪽의 변방. 밀수꾼이나 드나들던 작은 나루는 곧 군사들로 뒤덮일 것이다.

　가라. 어서 가라. 더는 붙잡히지 않을 곳으로, 나조차 찾아내지 못할 곳으로 영영 가라.

너풀대던 쪽빛 치맛자락이 함지처럼 부풀었다. 잔뜩 공기를 머금었던 치맛자락은 금세 바닥으로 꺼져들었다. 그녀가 넘어졌다. 발이 주인의 의지와 상관없이 꿈틀거렸다. 돈후는 그녀를 향해 내달리려는 자신의 발을 힘주어 눌렀다. 버텨야 한다. 여기서 버티지 못하면 그녀가 위험해진다.

그녀는 넘어진 채 돌아보았다. 몇몇이 다가와 그녀를 부축해 일으켰다. 여럿이 한 덩이로 엉켜 뛰기 시작했다. 그녀는 이끌려 뛰면서도 거듭 돌아보았다. 말간 얼굴 위로 번진 눈물이 별을 받아 번들거렸다. 흉통이 일었다. 그녀가 발을 내딛을 때마다 가슴에 못이 박혔다.

그녀가 배에 올랐다. 걸쳐진 사다리가 내던져지고 노가 움직였다. 바닷물이 노를 따라 일렁이며 배를 밀어냈다. 승선한 이들이 웅크려 몸을 숨겼지만 그녀는 허리를 펴고 일어났다. 웅크린 사람들 사이를 걸어 갑판에 오른 뒤엔 돛처럼 서서 돈후를 보았다. 쪽빛 치맛자락이 바람을 타고 나부꼈다.

가라. 어서 가라. 아무것도 남기지 말고, 아무것도 기억하지 말고 훨훨 가라.

등 뒤로 말 울음소리가 울려 퍼졌다. 둔탁한 발소리도 밀려들었다. 병사들이 도착한 것이다. 돈후를 호위하던 을지와 배달이 거리를 벌리며 활을 쟀다. 돈후는 움직이지 않았다.

배는 쉼 없이 물살을 가르며 나아갔다. 그녀는 여전히 갑판 위에서 돈후를 보았다. 돈후도 그녀를 보았다. 군사들이 진을 치는 사이, 배는 수십여 장 거리로 달아났다. 돈후는 천천히 돌아섰다.

휘둘러 수를 헤아리니 모두 서른둘. 안주부에 소속된 군사와 아버지의 사병이 섞여있다. 가로로 길게 도열한 군사들이 일제히 활을 겨누었다. 한 병사가 사열하듯 오가며 살 끝에 불을 붙였다. 매캐한 기름 냄새가 압수* 나루에 퍼지기 시작했다. 잠시 후면 불 뭉치를 매단 살이 배를 향해 날아갈 것이다. 배를 태우고 사람들을 태우고 그녀마저 태울 것이다. 아버지가 원하는 것이 바로 그것이므로.

돈후는 배달에게 다가가 그의 허리춤에서 칼을 뽑았다. 그러고는 성큼성큼 대오 앞으로 나가 무릎을 꿇었다. 돈후 앞에서 활을 잰 병사 몇이 당황하며 움찔거렸다. 돈후는 칼끝을 제 가슴에 겨누었다. 이젠 모두의 낯이 하얘졌다. 돈후는 씩 웃어 보였다.

"살을 거두어라."

군관의 눈동자가 흔들렸다. 저들끼리 의논하느라 잠시 지체했으나 오래가지는 않았다. 흐트러졌던 대오가 다시 정비되었다. 자해를 내세운 겁박이 통하지 않은 것이다. 상관없다. 그녀를 태운 배가 사정거리를 벗어날 수 있도록 시간만 벌면 된다. 군관이 돈후를 흘

---

* 압록강의 옛 이름.

끔 쳐다보고는 쩌렁하게 소리쳤다.

"쏴라!"

불붙인 살이 시위를 떠났다. 돈후도 망설임 없이 제 가슴을 찔렀
다. 서늘한 칼날이 푹, 소리와 함께 살갗을 뚫고 들어왔다.

"도련님!"

굵은 비명이 나루를 흔들었다. 을지와 배달이 활을 내던지고 달
려들었다. 딩황한 군관도 따라붙었다. 돈후는 버석거리는 땅 위로
너부러졌다. 희한하게도 통증은 느껴지지 않았다. 통증 대신 뜨겁
고 축축한 것이 가슴을 적셨다.

내려다보는 얼굴들 사이로 하늘이 보였다. 쪽빛이다. 하얀 새 한
마리가 쪽빛 하늘을 가르며 날아갔다. 돈후는 미소 지었다. 이제 그
녀도 저 새처럼 자유롭게 날아갈 것이다.

을지가 돈후를 품에 안고 절규했다. 윗몸이 들리자 바다가 보였
다. 역시 쪽빛이다. 하늘이 바다인지 바다가 하늘인지 분간하기 어
렵다. 그저, 온통, 쪽빛이다.

그녀를 태운 배가 쪽빛을 가로질렀다. 전과 달리 주먹만큼 작아
졌다. 찡그려 초점을 모았지만 그녀 모습은 보이지 않았다. 그녀는
아직도 갑판 위에 있을까. 갑판 위에 서서 돈후를 보고 있을까.

눈앞이 흐려졌다. 더 이상 하늘도, 바다도, 배도 보이지 않았다.
비명도, 고함도, 절규도 들리지 않았다. 돈후는 눈을 감았다. 눈을
감으니 그녀가 보였다.

온요…….

온요는 밀수선의 갑판이 아니라 개경의 시전 거리에 서있다. 기억이 난다. 두 해 전이다. 벽란도에서 아버지의 부름을 받고 귀경하던 날 시전 거리에서 온요를 만났다. 그때는 몰랐다. 그 짧고 심상했던 만남이 뜨겁고 고통스러운 여정의 시작이었다는 것을.

귀경

　황도의 서쪽 선의문. 위숙군 병사가 다가와 돈후를 일별했다. 말굽 소리가 요란했던 탓인지 낯빛이 하얗다. 그럼에도 병사 몇몇은 여전히 성벽에 기대어 졸고 있다.

　"뉘신지……."

　섶에서 꺼낸 패를 보이자 병사가 허리를 굽히며 주춤 물러났다. 안도하는 얼굴이다. 말에서 내리지 않고 용무도 밝히지 않았건만 검문은 그것으로 끝이다. 돈후는 입을 움찔거리다 다물었다. 저들에게 도성 방비의 중요성에 대해 훈계한들 소용도 없으려니와 체질에도 맞지 않다.

　이자겸이 반란을 일으킨 이후 팔 년. 금상은 외할아버지이자 정적이었던 이자겸을 유배지에서 죽이고 사냥개로 썼던 척준경마저 내쳤지만, 여전히 권력의 중심에 서지 못했다. 이름난 문벌과 귀족들은 충성스러운 신하가 되기보다 이자겸의 빈자리를 차지하기 위해 다투었다. 해묵은 서경천도 논쟁도 되살아났다. 황도가 바뀔지도 모르는 판국에 누군들 애써 성문을 지킬 것인가.

돈후는 말을 움직여 성안으로 들어섰다. 초가지붕 너머로 송악이 달려들 듯 시야를 채웠다. 고려의 맥이라 불리는 황도의 주산. 이백여 년 전 바로 이곳에서 태조대왕이 나라를 세웠다. 왕기를 뽐내듯 솟아 뻗은 송악의 돌 봉우리들을 확인하니 비로소 개경에 돌아왔다는 실감이 났다.

입안에 쓴 물이 고였다. 흩날리는 눈발을 맞으며 도망치듯 떠난 지 여섯 달 만이다. 말도 푸르릉 쓴 숨을 쏟아냈다.

"조금만 참아라. 다 왔다."

손을 뻗어 갈기를 쓰다듬었다. 도망치듯 개경을 떠날 때도 이 녀석의 등을 빌렸다. 관례 때 아버지로부터 선물로 받은 말이다. 평범한 귀족 자제들은 꿈조차 꿀 수 없는 선물에 돈후는 감격했었다. 붉은 갈기를 드리운 녀석에게 적토라는 거창한 이름을 지어주고 형제처럼 아끼며 길렀다. 적토는 영리했다. 그날도 주인의 심정을 눈치챘는지 벽란도까지 이십 리 길을 꾀 한 번 부리지 않고 바람처럼 달려주었다.

벽란도에서는 감검어사를 보필하는 속관으로 지냈다. 벽란도 일대의 치안을 담당하는 말직이었으나, 과거에 입격하고도 이름뿐인 동정직으로 십 년 세월을 보내는 일이 부지기수인 때에 나름 파격적인 인사였다.

허나 어사보가 되었어도 어사보가 아닌 한량으로 살았다. 틈만 나면 벽란정 구석방에 틀어박혀 술로 소일하는 돈후에게 누구도 시비를 걸지 않았다. 고려를 쥐락펴락하는 평장사이자 어사대부뇌천 김부식의 아들이니 당연했다.

그런데 어젯밤 감검어사가 갑작스레 돈후를 불러 휴직을 명했다. 날이 밝는 대로 떠나라 재촉까지 했다. 일도 하지 않았는데 휴직이라니……. 돈후는 대꾸하지 않고 순순히 물러났다. 아버지의 명이었을 것이다. 어사는 비굴한 웃음을 흘리며 확인시키듯 아버지에게 안부를 전했다. 머릿속이 어지러웠다. 벽란도로 가겠다고 했을 때 일언반구 말이 없었던 아버지는 왜 갑자기 아들을 불러들인 것일까?

돈후는 선뜻 앞으로 나아가지 못했다.

떠나던 날과 달라진 것이 없다. 달라지지 않은 채 돌아가도 되는가. 아니, 그 반대다. 나는 이미 달라졌다. 달라졌는데 달라지지 않은 양 무심히 돌아가도 되는가. 무심히 돌아가 아버지의 얼굴을 마주해도 되는가.

"도련님!"

십여 장 앞에서 삼복이 구르듯 달려왔다. 팔을 벌린 채 경중경중

내달리는 모습이 살 맞은 노루 같다.

"아이고, 도련님. 이게 얼마 만입니까요. 잘생긴 우리 도련님이 돌아오시니 개경 바닥이 환해졌습니다요."

말이 채 끝나기도 전에 삼복이 고삐를 단단히 그러쥐고 앞장섰다. 삼복은 돈후의 시종이다. 일찍 어미를 잃은 탓에 천덕꾸러기로 자랐으나 돈후의 시종이 된 뒤부터는 아무도 그를 깔보지 않았다. 그래서인지 삼복은 코흘리개 시절부터 돈후를 하늘처럼 받들었다. 방을 소제하거나 잠자리 살피는 일은 물론이고 돈후의 속곳 세답까지 도맡아 했다. 오늘도 이른 새벽부터 선의문 주변을 서성거리며 제 주인을 기다렸을 것이다.

"도련님은 참 무정도 하시지. 제가 명색이 도련님 시종인데 이러는 법은 없습니다요. 온다 간다 말씀도 없이 떠나셔서는 어찌 그리 기별 한 번 없으셨습니까요. 소인놈 속이 아주 시꺼멓게 탔습니다요."

삼복은 구시렁대면서도 연신 벙긋거렸다. 돈후의 입매도 슬그머니 휘어졌다.

"네놈 지청구가 듣기 싫어 떠났더니 보자마자 잔소리로구나."

삼복이 펄쩍 뛰며 손을 휘휘 내저었다.

"이놈이 언제 잔소리를 했다고 그러십니까요. 소인놈은 그저 도련님 걱정해서, 아니 반가워서 그러는 거지요. 제가 감히 도련님께 지청구를 하다니 말도 안 됩니다요."

돈후의 입매가 삐뚜름해졌다.

"그럼 내가 말도 안 되는 소리를 하는 나쁜 놈이라는 뜻이냐?"

삼복이 말뚱처럼 커진 눈으로 더 높이 뛰었다.

"아이고, 어찌 그러십니까요. 말꼬리 잡아 놀리시는 걸 보니 도련님이 맞긴 맞습니다요."

돈후는 소리 내 웃었다. 삼복은 언제나 물 먹인 대나무 같다. 한 번 퉁기면 두세 번은 튀어 오르며 울어댄다. 본래 말이 많거나 실없는 행동을 하지 않았으나 돈후에게만큼은 예외였다. 자신의 과장 덕분에 주인의 마음이 풀어진다는 것을 일찍이 터득했기 때문이리라.

삼복의 손에 이끌려 십자가 근처에 이르자 해가 기울기 시작했다. 덩굴처럼 얼크러진 초가들을 지나면 곧 시전이다. 돈후는 고삐를 당겨 삼복의 손을 떼어냈다.

"나는 죽림으로 갈 테니 너는 먼저 돌아가거라."

삼복이 기겁하며 막아섰다.

"대감마님께 인사도 여쭙지 않고 기생집으로 가시겠다고요? 안 됩니다요. 내내 기다리고 계신데, 어찌 그러십니까요."

"이놈아, 죽림이 어찌 기생집이냐. 차와 시를 논하는 곳이니 사학이라 불러도 무방하거늘."

"죽림이 아니라 죽림칠현을 만나러 가도 안 됩니다요. 차를 마시고 시를 논하시든, 술을 마시고 기생 속곳을 살피시든 대감마님 뵙고 가셔야 합니다요."

"죽림칠현? 이놈이 이젠 문자까지 써? 에끼 이놈아, 문자는 아는 놈이 제 상전의 명은 한입에 씹어 먹어? 오늘을 넘기지는 않을 터이니 돌아가 기다려라."

"아이고 도련님, 오늘만은 정말 안 됩니다요. 오늘만은 제발……."

삼복이 우는소리를 하며 엎드렸다. 머리라도 찧을 태세다. 여간해서는 주인 앞에서 고집을 피우는 법이 없는데 오늘따라 유난하다.

"오늘이라고 다른 것이 무엇이냐?"

"그, 그야 대감마님께서 그, 급전 보내시고 마, 많이 기다리고 계시니 그러는 것이지요."

삼복이 말을 더듬었다. 몸까지 움찔거렸다. 까닭이 있다. 삼복이 차마 입 밖에 꺼내지 못하는 말은 무엇인가. 혹시 삼복도 개경 떠난 이유를 알고 있는 것인가. 돈후는 표정을 지우고 말했다.

"아버지께는 어사 영감 심부름 갔다 여쭈어라."

여전히 우는 낯이었으나 삼복의 기세는 한풀 꺾였다.

"그럼 해 지기 전에는 꼭 돌아오셔야 합니다요. 해 떨어져도 아니 오시면 제가 모시러 가겠습니다요."

삼복이 어깨를 늘어뜨리고 일어나 고개를 숙였다. 그의 태도가 마음에 걸렸지만 여지를 끊고 말머리를 돌렸다. 적토도 돌려보낼까 잠시 고민했지만 그조차 성가셨다. 삼복을 떼어내려면 차라리 적토를 타고 가는 편이 나았다.

거리는 한산했다. 이따금 남루한 차림을 한 아이 몇몇이 내달려 지나갔다. 아이들의 때 묻은 손에는 빈 바가지가 들려있었다. 아마도 어느 절에서 빈민 구제를 위해 보시를 하는 모양이다. 뒤이어 커다란 바가지를 든 장정과 아낙들도 내기하듯 달려갔다.

개경은 고려의 모든 물자가 모이는 곳이지만 백성들 다수는 늘 주리며 산다. 반란을 진압한 임금이 나라의 기강을 바로 세우겠다며 과시하듯 발표했던 유신지교도 별무소용이다. 허깨비라는 임금의 별명처럼, 개경은 번화한 시전만 벗어나면 여전히 거지들이 득시글댔다.

아버지는 배고픔을 다스릴 줄 아는 자가 세상을 얻는다고 했다. 백성은 주린 배를 채우기 위해 본능적으로 움직인다. 하지만 아무리 몸부림쳐도 주림의 굴레에서 벗어날 수 없다. 그들이 굶주려야 비로소 다스릴 수 있기 때문이다. 임금이 진정으로 유신코자 했다면 백성의 등골을 빼먹는 개경의 썩은 귀족부터 도려냈어야 했다.

돈후의 얼굴에 거미가 졌다. 이런 상념이 무슨 소용인가. 다 부질없는 일이다. 돈후는 말을 탄 채 배회했다. 삼복까지 등 떠밀어 돌려보냈지만 딱히 갈 곳이 없다. 친우들과 호기 부리며 누비던 시전 거리도 처음 온 듯 낯설다. 배에서 꾸르륵 시냇물 소리가 났다. 그러고 보니 어제저녁 곡주 몇 병 마신 뒤로 끼니를 챙기지 못했다.

"그래, 우리도 요기 동냥이나 하자꾸나."

삼복에게는 핑계 삼아 둘러댔지만 부담 없이 허기를 달래는 데에는 죽림만 한 곳이 없다. 돈후는 적토의 배를 가볍게 찼다. 그때였다. 날카로운 비명과 함께 적토가 펄쩍 뛰어올랐다. 조금 전까지만 해도 여독에 지쳐 흐느적거리던 적토는 불에 덴 듯 풀썩댔다. 부지불식간에 고삐를 당겨 챘으나 돈후의 몸은 속절없이 하늘로 솟구쳤다.

❖　❖　❖

힘겹게 눈꺼풀을 밀어 올리자 귓속에서 삐이익 풀피리가 울었다. 돈후의 입에서 신음이 흘러나왔다.

"정신이 드십니까?"

풀피리 소리를 헤집고 말소리가 들어왔다. 돈후는 눈을 껌벅거렸다. 눈앞에 낯선 자가 보였다. 푸른 베옷 위로 흑단 같은 머리카락을 늘어뜨린 미소년이다. 오뚝한 콧날이 갈라놓은 두 개의 눈동자에서 새카만 빛이 배어났다. 눈이 부셨다. 그리고 다시 풀피리가 울었다.

"공자님은 말에서 떨어지셨습니다. 기억이 나십니까?"

다시 보니 미소년은 미소년이 아니다. 남복을 하고 있지만 입 밖으로 흘러나오는 소리는 분명 여인의 것이다. 얼굴은 기생처럼 고아하지만 눈매가 단정한 것을 보니 귀족이다. 아는 집안의 여식인가. 그렇지 않다. 돈후는 처음 보는 여인이 왜 자신을 굽어보고 있는지 생각했다. 그렇다. 어인 연유인지 적토가 놀라 뛰어올랐고 자신은 중심을 잃고 떨어졌다. 아마도 깜빡 정신을 놓았던 것 같다.

돈후는 몸을 일으켰다. 빙그르 세상이 돌았으나 금세 평정되었다. 일어나 앉으니 여인 뒤로 제법 많은 사람이 보였다.

"용서하십시오. 제 동생이 공자님의 말과 부딪쳐 이 사달을 내고 말았습니다."

여인 너머에서 사내아이가 등을 웅크렸다. 돈후를 흘긋 본 뒤에는 아예 고치처럼 몸을 말았다. 돈후는 답하지 않고 고개를 돌려 적토를 찾았다. 웬 노인 손에 고삐를 잡힌 적토는 다행히 이상이 없어 보였다.

"잠시만!"

여인이 돈후의 손을 덥석 잡는가 싶더니 갑자기 손바닥에 입을 맞추었다. 돈후가 흠칫 놀라 손을 빼려 하자 여인은 더욱 힘주어 그러쥐었다. 그러고는 강아지처럼 손바닥의 상처를 핥았다. 돈후는 석상처럼 굳었다.

여인의 혀와 입술이 닿을 때마다 찌릿한 통증과 함께 소름이 송송 돋아났다. 혀와 입술로 흙을 씻어낸 여인이 보따리 속에서 약초 가루를 꺼내 상처에 뿌렸다. 그러고는 제 머리에 둘렀던 띠를 풀어 꼼꼼하게 감았다. 한두 번 해본 솜씨가 아니다.

"손의 상처는 덧나지 않을 것이나 다른 데 이상이 있을지도 모르니 의원을 보셔야겠습니다. 제가 모시겠습니다."

홀린 듯 바라보는 돈후에게 여인은 걱정스러운 눈빛을 보냈다. 평생 본 적이 없는 표정이다. 갑자기 가슴에서 찌르르 통증이 느껴졌다. 이유는 알 수 없었다. 돈후는 입을 떼지 못한 채 눈만 껌뻑거렸다.

사람들 사이에서 소란이 일더니 군복 차림의 한 장정이 무리를 헤치고 나왔다.

"어떤 놈이 사고를 낸 거야?"

복색을 보니 가구소에 파견되어 일하는 검점군 병사였다. 가구소는 도적이나 죄인을 잡아가두고 개경의 순검까지 관여해 위세가 높았다. 부사나 별감이 아닌 병사도 장군처럼 거들먹거리곤 했다. 병사는 험악한 표정으로 둘러보다 돈후를 발견하고는 더욱 기세등등하게 소리쳤다.

"감히 귀족을 해한 자가 누구냐? 당장 나서지 못하겠느냐!"

여인이 병사 앞에 나서 고개를 숙였다. 사내아이는 하얗게 질린 얼굴로 꼬리처럼 따라붙었다.

"동생이 급히 뛰어가다 공자의 말과 부딪혔습니다. 동생을 살피지 못한 저의 책임입니다."

병사가 고개를 갸웃거리며 여인을 훑어내렸다. 남복을 했으나 여인처럼 곱상하고, 베옷을 입었으나 쪽으로 곱게 물들인 복색이라 판단이 서지 않는 모양이다. 고려는 신분에 따라 의복의 재질이나 색을 규제한다. 신분이 천하다면 비단은 물론이고 자색, 홍색, 청색

등 화려한 색으로 물들인 옷감을 사용할 수 없다. 그러니 여인은 복색만 보자면 가난하거나 변변치 못한 귀족 집안의 자제일 가능성이 높다. 계산을 마친 병사가 퉁명스럽게 말했다.

"일단 조사부터 해야 하니 가구소로 갑시다."

가구소라는 말을 듣자마자 사내아이가 울음을 터뜨렸다. 여인이 아이의 머리를 감싸 안고 다독였다. 사고 책임을 지겠다 당당히 나섰음에도 적잖이 긴장한 얼굴이다. 돈후는 흙을 털어내며 일어났다.

"내 실수로 벌어진 일이다. 내가 보상을 할 것이니 가구소까지 갈 필요는 없다."

돈후는 여인을 흘긋 쳐다본 뒤 말을 이었다.

"물론 이 작은 공자들께서 소를 제기하지 않겠다면 말이지."

병사의 눈썹이 꿈틀거렸다. 명색이 가구소 관원인데 다짜고짜 하대를 했기 때문인가. 혹은 가난한 귀족을 얼러 뇌물을 뜯어낼 호기를 잃었기 때문인가. 불쾌한 표정이 역력하다.

돈후는 섶에서 패를 꺼내 내보였다. 그동안 한 번도 쓰지 않았던 것을 휴직하고 나서야 거듭 사용하고 있다니 우세스러운 일이다. 패를 본 병사는 황망히 고개를 숙이며 물러갔다. 쥐꼬리만 한 권력이라도 부리는 맛에 취해 사는 자들은 권력에 가장 약한 법이다.

"귀하신 분 같은데 이리 아량을 베풀어주시니 감사합니다."

여인이 고개를 숙여 깍듯이 인사했다. 돈후는 몸을 돌려 여인을 마주 보았다. 말은 공손하나 뼈가 느껴진다. 눈빛도 차가워졌다. 무엇이 그녀의 심사를 거스른 것일까.

"사실을 말한 것뿐이오. 사람 많은 시전 거리에서 말을 타고 다닌 내 잘못이 더 크오. 동생은 다친 데 없소? 의원에게 보이길 원한다면 그렇게 하시오."

여인의 눈빛이 조금은 풀어진다. 자존심이 강한 여인이다. 대쪽 같은 절개를 지키며 사는 유자(儒者) 집안의 여식인가.

"놀라긴 했지만 괜찮습니다. 동생보다는 공자님이 다치셔서……."

돈후는 띠 감은 손을 들어 보이며 빙긋 웃었다.

"처자께서 이렇듯 잘 치료해주시지 않았소. 내가 보상을 해야 할 것 같소."

여인의 눈빛이 다시 굳어진다. 이번엔 무엇 때문인가. 방금 보인 웃음이 호색한처럼 보인 탓인가.

"보상이라니 당치 않습니다. 무탈하시다니 저희는 이만 가겠습니다."

여인은 서둘러 돌아섰다. 사내아이의 손을 이끌고 재게 걸어가는 여인의 뒷모습을 보면서 돈후는 깨달았다. 처자라는 말 때문이다. 저리 앳되고 고운 얼굴을 하고서는 복장만으로 사내 행세를 할 수 있다고 믿는 걸까.

어느새 구경하던 사람들은 모두 사라졌다. 적토를 간수해준 노인에게 엽전 한 냥을 건넸다. 노인은 고맙다며 고개를 주억거렸다. 적토는 언제 난동을 부렸냐는 듯 온순해졌다. 돈후는 적토의 콧잔등을 쓰다듬으며 중얼거렸다.

"귀경 신고식 한번 거하게 했구나."

돈후는 고삐를 잡고 걸으며 생각했다. 묘한 여인이다. 분위기로 봐서는 이곳 사람이 아니다. 어린 동생을 이끌고 개경에는 무슨 일로 왔을까. 개경의 시전은 전국 각지에서 사람이 모이는 곳이지만 여인이 어린 동생과 함께 여행할 곳은 못 된다. 순진한 지방 귀족은 야차 같은 걸패나 뱀 같은 상인들의 밥이 되기 일쑤다. 더구나 저리 곱고 어수룩해서야…….

돈후는 여인을 걱정하는 자신을 깨닫고 헛웃음이 나왔다. 누가 누구를 걱정한다는 말인가.

일다경(一茶頃)이 못 되어 죽림 앞에 닿았다. 날은 어둡지 않았으나 죽림의 문 앞에는 벌써 노란 등이 내걸렸다. 누군가 고를 연주하는지 깊고 단아한 선율이 다향과 함께 안개처럼 스며나왔다.

"오랜만에 뵙습니다. 기약하신 손이 계신지요?"

죽림의 행수 해월이 특유의 우아한 웃음으로 돈후를 맞았다. 서경에서 이름 꽤나 떨치던 기생이었다는데 언제 보아도 귀족 부인 못지않은 품위를 내보인다. 돈후는 고개를 가로저었다. 다향을 맡으니 피로가 몰려들었다.

"밥이나 먹고 가게 해주시오."

행수는 눈치가 빠른 사람이었다. 군소리 없이 앞서더니 돈후를 후미진 방으로 안내했다. 종복에게 적토를 살피라는 지시도 잊지 않았다. 돈후는 푹신한 보료 위에 털썩 주저앉아 다리를 뻗었다. 말을 오래 탔더니 허벅지 안쪽이 뻐근했다.

얼마 후 밥상이 들어왔다. 밥과 국, 고기 몇 점, 나물 몇 접시를 올린 소박하고 정갈한 상이었다. 작은 병에는 곡주도 담겼다. 돈후는 천천히 밥을 먹기 시작했다. 더운 날임에도 속이 편치 않아 그런지 따뜻한 기운이 느껴져 좋았다. 밥을 먹는 동안 장지문 너머에서 고의 선율이 느린 걸음처럼 흘러다녔다. 저 소리를 자장가 삼아 한숨 눈이나 붙이면 될 일이다.

"돈후냐? 정말 너냐?"

고즈넉한 평화를 깨며 와락, 문이 열렸다. 낮도깨비처럼 뛰어든 자는 오랜 지기인 재하였다. 어린 시절 같은 스승 아래서 글을 깨우쳤고, 장성한 뒤에는 고려 최고의 사학이라 불리는 문헌공도에 나란히 입교해 공부했다. 아직 출사하지는 못했지만 대대로 한림원 학사를 배출한 명문가의 자식답게 명석하고 품새가 반듯한 이였다.

재하는 돈후를 끌어안더니 마구 흔들었다. 돈후는 웃었다. 세상에서 자신을 진심으로 반겨줄 사람은 삼복과 재하밖에 없을 것이다.

"이 무정한 친구야, 어찌 그리 소식 한 번 없었어? 내 수차례 연통을 했건만 답장 한 번 안 하고 말이야. 개경 처자들 설레게 하던 미남자가 하루아침에 사라지니 시전 거리가 다 적막하더라. 알고 있느냐? 주루마다 상사병 앓던 기생들이 너 찾는 방을 붙였다더라."

재하는 삼복이 그랬던 것처럼 돈후의 무정함을 타박했다. 그러고는 한동안 지청구를 늘어놓았다. 성가신 녀석. 하지만 반갑고 따뜻하다.

"혹시…… 그 일 때문에 돌아온 것이냐?"

재하가 조심스럽게 물었다. 그 일? 말을 더듬던 삼복이 떠올랐다. 자신이 모르는 무슨 일이 있었던 게 틀림없다. 돈후의 표정을 본 재하가 어두운 낯빛으로 말했다.

"네 정혼녀가 죽었다."

정혼녀라면 혼담 소문이 돌았던 주란을 일컬음인가. 삼복이 입 밖으로 꺼내지 못한 말도, 아버지가 자신을 집으로 불러들인 까닭도 그것인가. 고작 그 계집이 죽은 일로?

"며칠 전에 죽은 채로 발견되었다. 그것 때문에 개경 바닥이 꽤나 시끄럽다. 홍안상회의 고명딸 아니냐. 게다가 평장사 집안 며느리가 될 것이라 소문이 자자했었고. 하필 욕스럽게 발견되는 바람에……."

재하는 차마 말을 잇지 못했다. 주란은 고려 최고의 상단으로 꼽히는 홍안상회의 여식이었다. 송과의 인삼 무역을 기반으로 문벌 귀족 못지않은 권세를 누리는 거상 아버지를 둔 탓인지 성정이 방자했다. 공주라도 된 듯 사치와 위세를 부리고 방탕하게 귀족 자제들과 어울리는 통에 그녀를 모르는 이가 없었다. 돈후의 어머니인 유씨 부인은 혼담을 고려하는 시늉만으로도 곳간 두어 채에 재물을 가득 채웠다. 돈후는 상관하지 않았다.

"상단의 마름 노릇을 하던 놈 짓이라더라. 꽤 오랫동안 연모해 왔던 모양이야. 정을 통하는 현장을 보고 일을 저질렀대. 이런 소식을 내 입으로 전해 미안하다."

재하는 돈후 앞에 놓인 술잔을 가져가 벌컥 들이켰다.

"차라리 잘 되었다. 어차피 너에게는 어울리지 않는 계집이었어."

돈후의 입에서 피식 웃음이 배어나왔다. 주란이 음탕한 짓을 했다고 해도, 그러다 낫을 맞아 죽었다 해도 상관없다. 셈 빠른 유씨 부인은 더 많은 것을 얻게 될 것이다. 이홍안은 멍청한 딸 덕분에 피땀 흘려 일군 상단을 유씨 부인과 나누게 생겼다.

"평장사 대감께서 걱정이 크실 것이다."

재하는 우울한 표정을 지었다. 과연 재하 말대로 아버지가 걱정을 하실까. 그럴 리 없다. 어쩌면 이 모든 것을 예견했을 아버지다. 돈후가 말없이 술잔을 채우자 재하는 환기하듯 술병을 낚아챘다.

"기분도 바꿀 겸 칠현루로 가자. 마침 그곳에 삼성(三聖)이 떴다는 구나."

칠현루는 죽림의 행수가 담장 하나를 사이에 두고 운영하는 주점이다. 일곱 명의 빼어난 기생이 있다고 하여 칠현이라 이름 붙였다. 죽림칠현이 누군가. 춘추 시대의 혼란한 정국을 피해 은둔했던 위나라의 일곱 성현이 아닌가. 간혹 죽림과 칠현이라는 이름을 두고 몇몇 귀족들이 방자하다 꾸짖었지만, 어쩐 일인지 행수는 장수처럼 꿋꿋하게 이름을 지켜냈다.

"삼성?"

"정지상, 묘청, 백수한 세 어른 말이야. 삼성이 떴다고 하니 개경의 젊은 놈들은 죄다 칠현루로 몰려들고 있지. 일곱 기생 모두가 회랑에 나와 시중을 든다니 이런 구경거리가 어디 있겠냐. 어떠냐? 한번 가볼 테냐?"

평소 기생 나오는 주점을 좋아하지도 않는 재하가 칠현루로 가자 권하는 것을 보니 삼성의 위명이 대단하긴 하다. 개경파 귀족의 자식들이 제 집안의 목줄을 조이는 서경파 거두들에게 열광하고 있으니 이 모순은 어떻게 설명할 것인가. 돈후는 고개를 저었다.

"오랫동안 말을 탔더니 곤하다. 예서 잠이나 자련다."

"허 참, 네가 그리 존경해 마지않는 남호 정지상 대감이 왔다니까?"

재하는 울상이 되었다. 친우를 위로하지 못해 안달하는 모습에 돈후의 가슴이 더워진다.

"남호 대감이 문헌공도 하계에 출강한다는 소식만으로도 설레어 잠을 설치던 녀석이 너 아니냐. 가서 술이나 한잔 마시다 가자."

그랬다. 남호 정지상이 내뱉는 한마디 한마디에 감격하던 때가 있었다. 세간에서는 그를 아버지의 정적이라고 불러도 돈후에게는 우상이었다. 정지상이 지은 아름다운 문장은 물론이고 고려의 기상을 일깨우는 강의와 거침없고 자유로운 일탈까지, 그의 모든 것을 흠모했다.

돈후는 재하의 거듭된 청구에 마지못해 일어났다. 딱히 할 일도 없었다. 지금 침상에 누우면 곯아떨어진 채 영영 집으로 돌아갈 수 없을 것 같다. 차라리 칠현루에서 소일하다 귀가하는 게 나을지도 모른다.

❖　❖　❖

"손에 감은 것은 무엇이냐? 다친 게냐?"

칠현루로 이어진 담장을 돌며 재하가 물었다. 돈후는 푸른 띠가 감긴 제 손을 내려다보았다. 시전 거리에서 돈후의 손을 덥석 잡고 작은 짐승처럼 핥던 여인이 떠올랐다. 따뜻하고 말캉했던 혀의 감촉도 되살아났다. 순간 얼굴이 뜨끈해졌다.

"말고삐에 베였어. 별것 아니야."

짐짓 심드렁하게 답했으나 황당한 기분이 들었다. 잠깐 스친 생면부지의 여인 때문에 숫총각처럼 얼굴을 붉히다니……. 돈후는 쓴웃음을 뱉어냈다. 그러고는 띠 감긴 손을 말아 쥐고 걷는 속도를 높였다.

해가 저물었으나 칠현루는 대낮처럼 밝았다. 처마에 걸린 붉은 등이 무색할 만큼 많은 초롱이 빛을 쏟아냈다. 비단옷을 걸쳤든 거친 베옷을 입었든, 많은 젊은이들이 초롱만큼 밝은 눈빛을 흘리며 그곳에 있었다.

"이런, 궁둥이 걸칠 자리나 있는지 모르겠군."

재하는 낭패한 표정을 지으면서도 돈후의 소매를 끌며 칠현루 안으로 들어섰다. 중정을 똬리처럼 둘러싸 메운 수많은 머리 사이로 언뜻 묘청의 얼굴이 나타났다 사라졌다. 청중에 둘러싸여 연설하는 모습을 제대로 확인하기는 어려웠다. 하지만 목소리는 천둥처럼 우렁우렁 칠현루를 흔들었다.

"우리가 상고●의 일을 살피는 것은 부모의 무덤을 살피는 것과 같음이라. 대저, 뿌리 없는 나무는 하늘을 바랄 수 없는 법. 고려의 뿌리가 대륙의 북방에 있을진대 어찌 개경에만 머물쏜가? 그대들은 고려의 혼을 저 야만의 말굽 아래 이대로 버려둘 것인가? 그대들의 뿌리가 썩어 문드러져도 상관없는가? 내가 천도를 주장하는 것은 바로 우리의 뿌리를 찾고 수천 년 죽어진 혼을 되살리자는 것에 다름 아니리라."

● 上古. 중국 역사에서 상(商)·주(周)·진(秦)·한(漢) 때까지의 기간을 이르는 말. 우리 역사에서는 주로 고조선 시대를 가리킨다.

몰아치는 연설에 중정의 숨결이 가빠졌다. 폭풍에 줄비 보태듯 박수가 쏟아졌다. 묘청의 위명은 익히 들어 알고 있었으나 이렇듯 가까이에서 본 것은 처음이다. 몸집은 작고 눈은 수리를 닮아 승려보다는 날랜 전위군 같은 인상을 주었다. 힘이 실린 목소리에서는 날카롭게 벼린 칼이 느껴졌다. 청중들은 기꺼이 그 칼에 베여 죽겠다는 표정이다. 재하는 들뜬 목소리로 소곤거렸다.

"묘청 대사의 연설은 언제 들어도 선동적이고 위험해. 그래서 더 아름답지만……."

어느 날 갑자기 개경에 나타나 임금은 물론 개경 젊은이들의 혼을 빼놓은 승려 묘청. 개경의 왕기가 다했으니 서경에 새로운 도읍을 마련해야 한다며 수년째 임금을 설득하고 있다. 서경을 발판 삼아 오랑캐로부터 고구려의 영토를 회복해야 하며 이를 훼방하는 자들은 고려의 혼을 갉아먹는 버러지라 비난했다. 묘청의 주장이 들판의 불길처럼 번져가니 개경에 뿌리를 둔 문벌 귀족들이 그를 어여삐 볼 리 없었다.

아버지 부식도 그를 요승이라 비난했다. 뱀 같은 혓바닥으로 요설을 늘어놓으며 사람들을 홀리지만 뒤로는 독을 뿌리는 괴물. 하지만 그가 설파하는 상고 이야기는 이미 팔관회의 백희연보다 인기 높은 개경의 명물이 되었다. 고려의 뿌리가 삼한이 아니라 대륙을 호령하던 상고의 조선이고, 고려 백성이 하늘 상제에게서 나왔다는데 젊은 누군들 매료되지 않겠는가.

"남호 대감과 백수한 어른은 술만 드시는군. 묘청 대사 연설이 끝나면 백수한 박사의 천체 이야기도 들을 수 있으려나?"

본래 재하는 집안의 기대와 달리 풍수학이나 천문학을 좋아했다. 아직도 틈만 나면 첨성대를 찾아 별을 헤아리는 녀석이니 일관 박사 백수한의 연설을 기다리는 것도 당연했다. 하지만 돈후는 도통 흥이 나지 않았다. 차라리 죽림에서 잠이나 청하는 것이 나을 걸 그랬다.

"어? 벌써 끝인가? 세 분 모두 퇴장하시네?"

삼성이 자리를 떴다. 칠현루가 자랑하는 기생 몇이 아기새처럼 뒤를 따랐다. 아마도 오늘 회합은 연설을 위해 마련된 자리가 아니었나 보다.

칼춤 추던 목소리가 사라진 칠현루의 중정은 금세 둥당거리는 악기의 선율로 채워졌다. 몇몇은 금을 뜯고 생황을 부는 기생들 옆에서 어깨를 들썩거렸으나 대부분은 중정 양쪽 회랑에 마련된 술자리로 썰물처럼 옮겨갔다. 상기되어 두런대는 그들에게서 연설의 여운이 감돌았다.

"내 참, 기생들이 부럽기는 오늘이 처음이로세."

중정을 벗어나던 재하는 못내 아쉬운지 연신 돌아보며 입맛을 다셨다.

"또 기회가 있겠지."

돈후는 풀 죽은 재하의 어깨를 힘껏 괴었다. 내심 연설이 늘어지지 않고 끝나 다행이라 생각했다. 뒤늦게 돈후를 알아본 기생들의 추파도 성가셨다. 맞춤한 곳을 찾아 재하와 더불어 술이나 한 동이 퍼마시면 될 일이다.

"이게 누구신가? 개경 최고의 미남자 아니신가?"

비꼬는 기운이 역력한 소리에 돈후는 걸음을 멈추었다. 목소리로 가늠컨대 이정이다. 재하가 화들짝 놀라 돈후를 가로막으며 섰다. 그러고는 답지 않게 너스레를 떨었다.

"아, 정이 자네도 왔는가? 이거 동문 잔치를 열어도 되겠네그려. 어쨌거나 반가우이. 잘 놀다 가시게."

이정은 고려의 하늘이 열리기 전부터 너른 땅을 밑천 삼아 부를 누려온 삼한갑족의 손이다. 문헌공도에 들어오자마자 돈후에게 시쟁(詩爭)을 걸 만큼 아둔한 놈이기도 했다. 겨우 싯발이나 다는 주제에 재력만 믿고 거들먹거리는 꼬락서니가 거슬려 조롱해줬더니 분을 참지 못한 놈이 다짜고짜 싸움을 걸어왔다. 돈후는 굼뜨고 피둥피둥한 놈을 주먹질 몇 번으로 때려눕힌 뒤 더 크게 조롱하며 창피를 주었다. 이후 이정은 돈후에게 앙심을 드러내며 사사건건 시비를 걸곤 했다.

"벽란도에 갔다더니 정혼녀 문상하러 오셨나? 아니지, 문상 정도로는 약하지. 정혼녀의 정절이 워낙 높으니 혼백례라도 올려줘야 예를 안다 할 것 아닌가."

기름기 번들거리는 이정의 얼굴에 매달린 야비한 웃음이 눈앞에 그려졌다. 돈후의 얼굴은 차갑게 굳었다. 예나 지금이나 아둔하고 오만한 녀석. 부디 조금만 더 나아가라. 핑계 삼아 한바탕 구르다 가리라. 돈후의 벼르는 기색을 읽은 재하가 정색하며 꾸짖었다.

"동문에게 이 무슨 무례한 언사인가. 괜한 시비 걸지 말고 가던 길 가게."

재하가 말렸으나 이정은 계속 이죽거렸다.

"부끄럼이라도 타시는가? 벗 뒤에 숨어 내외할 만큼?"

돈후는 천천히 돌아섰다. 이정은 예선에도 그랬던 것처럼 무리를 달고 있었다. 그는 집안에 신세 진 녀석들을 수하 부리듯 끌고 다녔다. 썩은 내 나는 오천가에서 비렁뱅이 꼭두나 하면 딱 어울릴 놈. 저런 녀석도 온전한 귀족 핏줄이라며 거들먹거리는 꼴에 욕지기가 치민다.

"혼백례라……."

돈후는 입을 비틀며 웃었다.

"뭐, 나야 상관없지. 혼백례 한 번에 홍안이 굴러들어온다면 이문 큰 장사가 아닌가. 그런데 자네, 내가 정녕 혼백례를 올려도 되겠나?"

이정의 미간에 설핏 주름이 졌다. 돈후의 말에 담긴 의미를 가늠하는 모양이다. 늘 눈앞의 하나밖에 보지 못하는 놈. 돈후는 눈을 가늘이며 말을 이었다.

"자네 누이가 얼마 전에 뜨거운 연서를 보냈지 뭔가. 내가 다른 여인과 혼인이라도 하면 자기는 혀를 물든 목을 매든 죽어버리겠다는 거야. 내가 어찌해야 되겠는가? 예를 배운 처지로 지고지순한 여인의 정염을 마냥 물리칠 수만은 없으니 첩으로라도 들여줄까?"

이정이 시뻘겋게 달아오른 낯으로 덮치듯 주먹을 뻗었다. 돈후는 몸을 외로 틀어 가볍게 피했다. 이정은 흙바닥에 넘어져 나뒹굴었다.

순식간에 벌어진 일에 벙벙하던 무리가 우르르 달려들어 이정을 부축했다. 가까스로 일어난 이정은 소리를 지르며 다시 달려들었다. 이번에는 돈후가 주먹을 내질렀다. 이정은 수수처럼 꺾여 고꾸라졌다. 재하가 돈후를 단단히 끌어안았다.

"왜 이러는가. 제발 그만하게."

이정이 코피를 쏟으며 몸부림쳤다. 분노에 받쳐 저를 말리는 무리에게 주먹질도 했다. 돈후는 재하의 어깨너머로 이정을 건너다보며 비웃었다. 뱃속 깊은 곳에서 욕계의 마왕 파순이 붉은 혓바닥을 널름거리며 날 선 근육을 충동질했다. 가슴이 활활 타올랐다.

"점잖은 공자님들이 이 무슨 행패십니까!"

행수 해월이었다. 힘 좋아 뵈는 장정 여럿이 병풍처럼 둘러쌌다. 잠시간의 소란은 금세 사위었다.

"모두 칠현루에서 추방합니다."

해월의 말이 끝나기 무섭게 장정들이 무리를 내몰았다. 이정은 장정에게 붙잡혀 나가면서 곧 도살될 돼지처럼 날뛰었다. 돈후는 순순히 물러섰다. 칠현루는 술 마시고 소란을 피우는 객을 호되게 다루기로 유명한 곳이다. 완력은 두렵지 않으나 뜻하지 않게 폐를 준 것이 미안했다. 해월이 돈후를 건너다보며 말했다.

"댁에서 종복이 와 기다리고 있습니다."

삼복이 온 모양이다. 돈후는 행수에게 정중히 사과했다.

"그저 목이나 축이려 했는데 면목이 없소. 용서하시오."

해월은 별다른 표정을 내보이지 않았다. 대꾸도 하지 않았다. 깍듯이 고개를 숙인 뒤 돌아설 뿐이다. 속을 알 수 없는 사람이다. 재하가 어깨를 툭툭 치며 돌아가자는 신호를 보냈다.

"네 사정 헤아리지 않은 내 잘못이다. 이만 돌아가자."

재하의 손짓을 따라 몸을 돌리던 돈후는 우뚝 멈춰 섰다. 가슴에서 찌르르 통증이 일었다. 적송으로 꾸며진 회랑을 가르며 총총 걸어가는 해월의 뒷모습, 그리고 해월이 향하는 저편 담장 아래 한 소년이 보였다. 작고 호리한 체구에 쪽물 들인 베옷을 입고 까만 머리카락을 늘어뜨린 미소년. 시전 거리에서 만났던 바로 그녀였다.

해후

온요는 우두커니 서서 칠현루 지붕을 바라보았다. 버선코처럼 들린 추녀를 따라 쪽빛 도자기와들이 줄지어 오르고, 용마루에 매어놓은 줄이 기세 좋게 내려와 오색등으로 열을 지었다. 매달린 오색등은 다시 일곱 적송을 비추며 춤추듯 흔들렸다.

칠현루는 언제 보아도 아름답다. 향기로운 술과 미희가 없다 한들 그 빛이 바래지는 않을 것이다. 그런데 온요는 아름다운 것이 편치 않다. 언제나 아름다운 것 뒤에는 가시와 독이 있다. 가시와 독은 찌르고 물들여 상처를 내고 숨을 조인다. 칠현루의 지붕 속에, 눈부신 오색등 안에, 혹은 귀하다는 적송 분재 속에도 가시와 독이 숨어있을까.

시전 거리에서 호의를 베풀었던 공자의 얼굴이 떠올랐다. 말에서 떨어져 정신을 잃었다 눈을 뜬 그를 보는 순간 깜짝 놀랐다. 이제껏 그렇게 아름답게 생긴 사내를 본 적이 없다. 분칠한 듯 하얀 피부며, 깎은 듯 솟은 콧날이며, 웃을 때 드러나는 가지런한 치아까지. 외모는 여인처럼 아름다우나 내뿜는 기운은 전사처럼 강해 가슴이 조여들었다. 그래서 도망치듯 자리를 벗어났다. 혜강 아재 말대로 개경은 위험한 곳이다.

"죽림에서 기다리지 않고 어찌 예로 왔느냐?"

해월이었다. 칠현루보다 아름다운 모습으로 웃고 있었다. 해월은 아름답지만 가시나 독이 느껴지지 않는다. 개경 제일의 주점을 운영하는 행수가 아니라 반빗간을 지키다 나온 어머니 같다.

"대사님이 이곳에 계시다 하여……."

온요가 말꼬리를 흐리자 해월이 눈을 찌푸렸다.

"나는 또 정인이라도 구하는 줄 알았지. 그럼 내가 개경 최고의 미남자를 찾아 너와 맺어줄 것인데."

"네에?"

온요는 동그랗게 눈을 키웠다. 해월은 그런 온요를 보며 장난스럽게 웃었다. 농인 것이다. 농인 줄은 알겠으나 어쩐 일인지 가슴이 철렁 내려앉는다.

해월이 칠현루 뒤편으로 걸음을 옮기며 물었다.

"병이는 잘 먹였느냐? 주리다 투정하더니 원풀이 했는지 모르겠구나."

"죽림에서 실컷 먹고 잠드는 것을 보고 건너왔어요. 먼 길 오느라 고단했을 거예요."

장정이라 할지라도 된 여정이었다. 한동안 병이 온요를 몰래 따라오는 줄도 몰랐다. 산속에서 자란 탓에 개경 구경이 소원인 녀석의 푸념을 너무 안이하게 생각했다. 데려가 달라는 청을 뿌리치고 길을 나선 뒤 송악을 돌아 도성에 이르러서야 발견했다. 그 험한 길을 짐승 쫓듯 따라오다니……. 아마도 뒤늦게 녀석이 없어진 것을 알고 산채가 발칵 뒤집혔을 것이다. 병이 때문이라도 서둘러 돌아가야 할 것 같다.

해월을 따라 별채로 향했다. 칠현루의 별채는 은밀한 회합이 있거나 중요한 객을 맞을 때만 쓰이는 곳이라 했다. 하지만 귀빈에게만 허락하는 공간치고는 소박한 가옥이 나타났다. 초가를 얹어야 어울릴 법한 삼간옥에 맞배로 기와지붕을 올린 작은 집이다. 키 작은 꽃들이 둘러 핀 못, 대나무 소정원이 운치를 자아냈다.

"별채는 처음이지? 이곳이 바로 운곡 스승님의 옛집이란다."

온요의 아버지 운곡은 개경에 머무른 적이 별로 없다고 했다. 젊은 시절에는 대륙을 떠돌아다녔고 고려로 돌아온 뒤에는 줄곧 산채에서 지낸 것으로 안다. 그런데 개경 한가운데 아버지를 꼭 닮은 집이 있다니.

"스승님 머무르실 때와 똑같이 보전하려 했는데, 집도 주인이 없으니 전 같지 않구나."

해월의 말에 물기가 배어났다. 온요는 뭉클해져 해월을 쳐다보았다. 그녀가 아버지를 오랫동안 바라고 있음은 진즉에 알고 있었다. 술과 웃음을 팔아 아버지의 뜻을 지키는 것은 그녀만의 연모 방식일까. 젖은 눈길로 별채 구석구석을 어루만지는 해월이 가을 들판의 억새처럼 쓸쓸해 보였다.

"스승님께 보낼 약재는 구해놓았다. 돌아살 때 잊시 말고 챙겨가거라."

운곡은 오랫동안 해소를 앓아왔다. 대륙을 떠돌 때 익혔다는 의술로 많은 이들에게 새 삶을 주었지만 정작 자신의 지병은 고치지 못했다. 때마다 해월이 보낸 약재로 탕을 달여 올리면 그저 순리를 거스르는 일이라 타박할 뿐이다.

"세 어른들 담화가 길어지려나 보다. 기다리겠느냐?"

부쩍 더워진 날임에도 굳게 닫힌 창호에 세 개의 그림자가 어른거렸다. 이따금 떨어져 움직였지만 굳건하게 얽혀 갈라놓기 어려울 듯했다. 천도에 관한 일로 번다한 시국이라 말씀도 길어지시는가. 온요에게는 전할 서찰이 있었다. 얼마 전 묘청이 보낸 서찰에 대한 운곡의 답신이다. 온요는 고개를 끄덕였다.

"그럼 곁방에서 기다리려무나. 예서 마냥 서있을 수만은 없으니."

해월이 온요의 손을 잡아 곁방으로 이끌었다. 정지마냥 아담하게 덧대어 지은 곁방에서 불빛이 흘러나왔다.

"먼저 든 손이 있나 봐요."

온요가 묻자 해월이 웃으며 답했다.

"너도 반가워할 손이지. 칠현루에 걸음 한 것도 다 이 손들 때문이 아니냐."

온요가 더 물을 새도 없이 해월이 곁방의 문을 두드렸다. 방 안에서 낮고 굵은 목소리가 흘러나왔다.

"들어오십시오."

이윽고 문이 열렸다. 반지르르하게 옻칠을 한 탁자 뒤로 한 사내가 보였다. 짙은 남색 포에 옥색 건을 쓴 사내는 반듯하게 허리를 세우고 앉아있었다. 호롱이 바람에 흔들리자 벽에 드리운 사내의 그림자도 크게 흔들렸다. 온요의 눈도 흔들렸다. 산중 굴속 제일 높은 곳에 앉은 우두머리 늑대처럼 사내의 눈동자가 파란 빛을 뿜었다.

그였다.

온요는 그대로 얼어붙었다.

"온요 네가 여기는 어인 일이냐?"

낯익은 목소리가 넋을 잃고 선 온요를 깨웠다. 나란이었다. 나란이 얼굴을 내밀고 반색했다.

"설마 오라버니 마중 나온 것이냐?"

나란은 온요와 함께 산채에서 자란 이다. 아버지 운곡이 대륙을 여행하다 고려로 돌아올 때 송에서 데려왔다고 했다. 대륙의 장성 건너 너른 초원에서 태어났지만 곡절이 있어 송에 노비로 팔렸다가 운곡을 만났다. 노예 시장에서도 야생마처럼 날뛰는 통에 헐값을 걸어도 팔리지 않던 어린 나란을 운곡이 사서 속량시켰다. 이후 나란은 운곡을 따라 고려로 들어와 온요의 오라비이자 산채를 지키는 파수꾼으로 살았다. 병사처럼 무예에 능하고 대륙의 말을 두루 잘해 상단 일도 했는데, 넉 달 전에 송으로 가는 무역선에 올라 산채를 떠났었다.

"나란!"

나란은 온요를 덥석 껴안아 올렸다. 온요는 나란의 팔에 안겨 발을 대롱거렸다. 온요가 흔들릴 때마다 나란이 우오오 하고 늑대 소리를 냈다. 어린 시절 초원에서 기쁠 때마다 내지르던 소리라고 했다.

"원, 녀석들하고는……. 소란스러우니 얼른 들어가거라."

해월이 도리질을 하며 온요와 나란을 곁방으로 밀어 넣었다. 온요는 얼떨결에 안으로 들어섰다. 심지 타는 냄새와 은은한 다향이 섞여 방 안을 채우고 있었다. 그리고 그 향 속에서 낯선 냄새가 났다.

"네가 개경에는 어쩐 일이냐. 영감탱이 심부름 온 게냐?"

나란의 물음이 이어졌지만 온요는 답하지 못했다. 탁자 맞은편에 여전히 그가 앉아있다. 온요의 기색을 뒤늦게 읽은 나란이 너스레 떨 듯 소개했다.

"온요 너 기억하지? 나와 기절할 때까지 싸움박질했던 놈. 어릴 때 이태* 정도 산채에서 지냈었잖아. 읽으라는 글은 안 읽고 목검 들고 설치다 영감탱이한테 혼쭐이 났었지. 이놈이 바로 그놈이다."

알고 있다. 곁방 문을 연 순간 단박에 그임을 알아보았다. 기실, 다른 이가 전해도 될 서찰을 굳이 제가 하겠다고 나선 것도 그가 온다는 소식을 들어서였다. 삼 년 전 팔관회 구경 차 개경에 나왔다가 마지막 본 이후 대륙으로 갔다는 소식을 들었다. 서운했다. 그는 그날의 일을 아예 잊어버린 것일까.

"임안** 뒷골목 싸움판에서 이놈을 만났다. 거지꼴을 하고 있어서 처음에는 못 알아봤지. 사막을 떠돌다 왔는지 어찌 알았겠냐. 어쨌거나 내 전대를 빼앗으려던 놈들을 함께 때려눕히고 나서는 이렇게 말하더라. 태양의 아들 나란, 안 죽었냐?"

나란의 호탕한 웃음소리가 방 안을 달궜다. 온요는 어색하게 미소 지으며 그를 살피다 흠칫 놀랐다. 언제부터였을까. 그가 온요를 뚫어지게 쳐다보고 있다. 눈빛이 살처럼 날아와 온요를 찔러댔다. 온요는 황급히 고개를 돌려 눈길을 피했다.

---

* 두 해.
** 중국 남송의 도읍. 지금의 저장성 항저우 지역이다.

"뭐야, 지금 둘이 내외하는 거야? 동무 삼았던 녀석들이 갑자기 왜 이래? 온요야, 이놈이 운이라니까, 정운!"

정운. 개경에서 가장 빛나는 별로 젊은이들의 숭앙을 받는 남호 정지상의 하나뿐인 아들. 아버지들끼리의 인연으로 어린 시절을 산채에서 보냈던 사내. 모습은 조금 달라졌지만 온요가 그를 못 알아볼 리 없다. 그러나 운은 온요를 기억하지 못하는 것 같다. 낯선 눈빛으로 쳐다보기만 한다.

온요는 눈빛을 털어내듯 말없이 고개 숙여 인사했다. 운도 무언으로 답례했다. 역시 기억하지 못한다.

"그나저나 온요 너, 개경까지 혼자 온 게냐? 그 꼴을 하고서?"

나란의 표정이 변했다. 엄한 오라버니의 얼굴이다. 나란이 인상을 쓰자 비로소 긴장이 풀렸다. 오라비이기는 해도 손위로 인정하지는 않았건만 늘 오라버니라 우기는 나란. 하지만 그런 나란이 정겹고 편안하다. 온요는 삐죽 입을 내밀었다.

"혼자 오긴, 병이도 함께 왔지."

나란은 과장된 몸짓으로 철썩 제 이마를 쳤다.

"내 이럴 줄 알았다니까! 계집애가 코흘리개까지 달고 산길을 나섰단 말이냐? 그러다 도적이나 산짐승이라도 만나면 어쩌려고? 나 없을 때는 절대 혼자 나서지 말라 하지 않았느냐. 오라버니 말을 어디로 듣는 거야?"

나란의 호통에 온요가 답했다.

"내가 어린애인 줄 알아? 혜강 아재 다리 다치셔서 대신 왔어. 병이는 나 몰래 따라온 거고. 그리고 혜강 아재 말씀이 곧 들어올 상선에 너도 탔을 거라고 하시더라."

나란의 입이 헤벌쭉 벌어졌다.

"그럼 내 마중을 왔다는 말이지?"

온요는 눈을 흘겼다.

"내가 언제 네 마중 왔다 했어? 상선에 네가 탔다는 말을 들었다했지."

나란은 다시 온요를 덥석 끌어안았다.

"그게 그 말 아니냐. 오라버니 올 줄 알고 험한 길 왔다고."

온요는 나란의 가슴을 쳐 떼어냈다. 떼어내고 웃었다. 나란이 더 크게 웃었다. 나란과 함께 있으면 모든 일이 쉽게 느껴진다. 시위처럼 팽팽한 긴장을 풀어내는 일도, 짓쳐 누르는 악몽을 떨치는 일도 가볍다. 어쩌면 나란은 진짜 오라버니일지도 모른다. 이생이 아니라면 전생이나 후생에서라도.

또르르 물소리가 났다. 운이 차를 따르고 있었다. 온요의 눈길이 다기에 닿았다. 찻물이 옻칠한 탁자 위에 흩어져 튀었다.

"영감탱이는 어떠냐? 여전히 골골하면서도 대바구니나 꿰고 계시냐?"

나란의 투박한 물음에 온요의 눈이 흐려졌다.

"그만그만하시지 뭐."

꿀꺽하고 목넘김 소리가 나더니 찻잔이 탁자에 닿으며 둔탁하게 울렸다. 온요의 목에도 갈증이 일었다. 곧이어 벌떡 일어난 운이 성큼성큼 걸어 문 앞에 멈춰 섰다. 큰 키에 지게문이 더 작아보였다. 삼 년 전보다 두 뼘은 더 커진 것 같다.

"벌써 가려고?"

나란이 후다닥 그에게 다가섰다.

"아버지에게 인사 안 할 거야? 오랜만에 온 거잖아."

운은 말없이 별채 쪽을 응시했다. 잠깐의 정적에 온요의 가슴이 두방망이질했다.

"먼저 간다. 내일 보자."

운은 온요를 향해 목례하고는 팔을 쭉 내밀어 문을 열었다. 습기를 머금은 바람이 훅 밀려들었다. 나란은 운의 팔을 붙잡은 채 뒤따랐다. 온요도 엉거주춤 일어섰다. 열린 문 새로 운과 나란이 보였다.

이대로 가려는가. 오랫동안 떠나 있었다면서 아버지에게 인사도 하지 않고? 온요는 아예 잊어버린 것인가.

온요는 굳은 낯으로 문밖을 내다보았다. 나란과 이야기하던 운의 눈길이 어둠을 가르며 온요에게 건너왔다. 잠시였지만 그의 눈에서 타는 듯 불길이 일었다.

"빙설 같은 놈이 성질은 불같다니까."

나란이 어깨를 늘어뜨리고 돌아왔다. 온요의 몸에서 기운이 빠져나갔다. 잠깐의 긴장만으로 절인 숭채처럼 느른해졌다.

"너는 땡초 만나려고 온 거지?"

나란은 묘청을 땡초라고 불렀다. 아버지가 땡초라 부른다고 저도 그리 불렀다. 묘청은 그런 나란을 몹쓸 오랑캐라 욕하면서도 귀애했다. 온요는 품에서 하얀 봉투를 꺼내 탁자에 올려놓았다.

"서찰을 전해 드려야 해."

나란은 주전자를 입에 물고 꿀꺽꿀꺽 마신 뒤 소리 나게 내려놓았다.

"보나마나 은병* 보낸다는 소리겠지. 땡초가 영감탱이에게 바라는 게 그것 말고 또 있냐? 대관절 뭐 하려는 거야? 서경에 대화궁인지 뭔지 짓는다고 법석을 떨더니 이젠 전쟁이라도 하자는 거야? 무슨 재물이 그리 많이 필요해? 젠장, 이번에는 분명 코딱지만큼 남은 아리수 이남 땅까지 팔아치우겠군. 빨리 전해주고 가버리자. 병이는 죽림에 있지?"

나란이 서찰을 집어 들고 곁방을 나섰다. 온요는 하얗게 질려 따라 나갔다.

❖　❖　❖

---

* 고려 성종 때 만든 은으로 된 화폐.

"못 본 새 온요가 여인이 되었구나. 사내 옷을 입고도 꽃처럼 어여쁘다."

불쑥 들이닥친 손이건만 묘청은 인자한 얼굴로 온요와 나란을 맞았다. 온요는 붉어진 얼굴로 허리를 숙였다. 언제나 나란이 말썽이다. 다짜고짜 땡초 있느냐며 소리치더니 별채 문을 벌컥 열어젖혔다. 숙의 중이던 삼성 모두가 놀란 토끼 눈을 하고 쳐다보았다. 쿵쿵 발소리까지 울리며 쳐들어간 나란 뒤에서 온요는 거듭 허리를 숙였다.

"저 오랑캐 놈은 언제 보아도 오랑캐 짓만 하는구나."

묘청의 꾸짖음에도 나란은 서찰을 탁자 위에 내던졌다.

"오랑캐가 오랑캐 짓을 해야 오랑캐지. 당신도 땡초 짓을 해서 땡초잖아."

눈을 부라리던 묘청이 목젖을 드러내고 웃었다. 나란은 아랑곳없이 으르렁댔다.

"작작 좀 하시우. 그러다 어르신 살가죽까지 벗기겠소."

"에끼, 이놈아. 내 아무리 땡초이기로 부처님 모시는 처지에 산 사람 살가죽까지야 벗기겠느냐."

"가죽 놔두고 등골만 빼먹으니 더 문제 아니요."

"운곡 등골로 여러 목숨 살린 게 어제오늘 일이더냐. 그리 애달프면 네놈 등골을 내놓든지."

"오랑캐 등골은 가져다 어디다 쓰시게? 도적질하고 쌈질할 때 쓰시게?"

"그렇다, 이놈아. 도적질과 쌈질이라면 어디 초원 오랑캐만 하겠
느냐?"

묘청과 나란이 유희극을 하듯 욕지거리를 주고받는 동안 정지상
은 빙그레 웃으며 술잔을 기울였다. 저이가 운의 아버지다. 일찍이
부인을 잃고 홀로 수절해온 이. 곱다운 얼굴만큼이나 아름다운 문
장을 지어 고려는 물론 대륙에까지 이름을 떨친 이. 반도의 두보가
대륙의 두보를 지웠다는 칭송까지 받은 이. 온요도 지상이 젊은 나
이에 부인을 떠나보내고 지었다는 이별의 시를 알고 있다.

비 개인 긴 둑에 풀빛 짙은데

雨歇長堤草色多

임 보내는 남포에는 슬픈 노래 흐르네

送君南浦動悲歌

대동강 물은 언제나 마르려나

大同江水何時盡

해마다 이별 눈물을 푸른 물결에 보태고 있으니

別淚年年添綠波

대동강을 적셨다는 지상의 눈물은 아직도 흐르고 있을까. 그 눈
물이 마르지 않아 아들마저 외로운 것일까.

"운곡 선생에게 고맙다 말 전해주시게. 먼 길 온 자네들에게도 고맙네."

물끄러미 바라보는 온요에게 지상이 말을 건넸다. 깍듯한 말씨에서 불편함이 느껴졌다. 온요는 그제야 자신의 눈길이 지나쳤음을 깨달았다.

"저희가 한 일이 있겠습니까. 무도하여 송구할 따름입니다."

고개 숙여 사과하는 온요에 세 백수한이 자그미한 옥돌을 건넸다. 옥과 돌이 섞여 묘한 무늬를 자아내는 돌이었다.

"지세 살피러 묘향산에 갔다가 얻은 것이야. 소원을 들어준다는 영묘한 불상을 그 돌로 만들었다는구나. 언제고 너 보면 주려 했는데 이리 만나 다행이다."

백수한은 천체와 풍수에 통달한 박사다. 가끔 산채에도 들러 아버지와 바둑을 두곤 했다. 지금은 정지상, 묘청 등과 함께 개혁 삼인방이 되어 정치의 중심에 있지만 본래는 아버지처럼 산중에 묻혀 지내기를 소망하던 이였다.

"소중하게 지니겠습니다."

온요가 백수한에게도 고개를 조아리자 나란이 투덜거렸다.

"은병 하나면 자그마치 포가 백 필이야. 은병 수십을 내놓고 까짓 돌멩이 하나에 그리 감격하는 것이냐. 쉰 소릴랑 그만하고 가자."

면구한 낯빛으로 인사하는 온요를 나란이 완력으로 돌려세웠다. 온요는 눈을 찡그려 힐난했다.

'제발 그만해.'

하지만 나란은 온요의 눈길을 외면했다. 그러고는 지상을 향해 나직하게 말했다.

"운이 이제껏 남호 대감을 만나려 기다리다 조금 전에 돌아갔소. 나와 함께 어제저녁 벽란도로 들어왔는데, 잘은 모르지만 댁으로 갔을 거요."

지상은 대꾸하지 않았다. 온요는 나란의 손에 이끌려 밖으로 나왔다. 문을 나서는 둘을 향해 묘청이 카랑한 목소리로 배웅했다.

"오랑캐 등골이 필요할지도 모르니 부르거든 다시 오너라."

온요와 나란이 별채의 정원을 가로지르는 동안 문 닫히는 소리는 나지 않았다. 온요는 뒤를 돌아보며 다시 인사했다. 열린 문 새로 묘청과 백수한이 손을 흔들었다. 정지상은 여전히 술만 마셨다. 시큰해진 온요는 종종 걸으며 쏘아붙였다.

"왜 그리 못되게 구는 거야? 세 어른을 도적으로 만들면 네 속이 편해?"

나란은 부루퉁하게 되받았다.

"세상 바꾸겠다고 설치는 놈들치고 제대로 하는 놈을 못 봤다. 초원에서도 그랬고 대륙에서도 그랬다. 고려라고 다를 리 없어."

그리고 이어진 욕지거리……. 나란은 뜨겁게 쏟아내다 음울하게 뇌까렸다.

"분명, 영감탱이 등골만 빼먹다 입 닦거나 그도 아니면 지들 스스로 고꾸라지고 말 거야."

온요는 목까지 올라온 말을 도로 삼켜버렸다. 나란의 마음을 모르지 않는다. 세상은 쉬 바뀌지 않는다. 비루했던 어린 시절 일찍이 깨달은 사실이다. 아버지 역시 바꾸려 하면 할수록 바뀌지 않을 것이라 했다. 세상은 스스로 바꿀 때만 바꿀 수 있다. 도(道)란 그런 것이라 했다.

하지만 그러면서도 아버지는 왜 저들에게 은병을 마련해주시는가. 그저 오랜 지기들에 대한 의리인가. 아니면 저들도 아버지가 돌보시는 또 다른 산채인가. 나란의 욕지거리가 시원하면서도 개운치 않은 것은 언제든 누구에게든 기꺼이 내주는 아버지, 운곡 선생 때문이다.

상념에 젖어 걷는 동안 비가 흩뿌렸다. 골 난 삽사리처럼 씩씩대던 나란도 조용해졌다. 담장을 돌자 곧바로 죽림의 대문이다. 내걸렸던 노란 등을 거둬들인 탓인지 사위가 어둡고 괴괴했다. 나란은 어린아이에게 하듯 온요의 머리를 쓰다듬었다.

"곤하지? 푹 쉬어라. 병이는 오라버니가 데리고 잘게."

고개를 들어 나란을 쳐다보았다. 젖은 밤하늘을 이고 있는 나란의 눈이 별처럼 반짝였다. 언젠가 천마산 고갯마루에서 고향으로 이어진 북녘 하늘을 보며 슬피 울던 짐승의 눈. 온요는 미소 지으며 고개를 끄덕였다.

✤ ✤ ✤

　날이 밝았으나 한밤중처럼 고요하다. 죽림이나 칠현루는 아침이 늦게 시작된다. 온요는 이불을 쓰고 웅크렸다. 잠을 청하기는 싫었다. 뜸해졌지만 아직도 간간이 악몽을 꾼다.

　허리춤에서 돌이 만져졌다. 간밤에 깊고 달게 잔 것이 이 돌 덕분인가. 소원을 이뤄주는 돌. 무슨 소원을 빌어야 하나. 아버지가 해소를 이기고 강건해지는 것, 혜강 아재 아픈 발목이 얼른 낫는 것, 병이 얼른 자라 나란처럼 상선을 타는 것, 나란이 언젠가 고려 호랑이 사냥에 성공하는 것, 산채는 물론 상단과 주점의 모든 사람이 안빈(安貧)하는 것……. 이 작은 돌이 그 많은 소원을 감당할 수 있을까. 내 소원까지 얹으면 무리할까.

　온요는 몸을 뒤척여 고쳐 누웠다. 그리고 또 빌었다.

　악몽에서 완전히 벗어나는 것, 언젠가는 어머니 묘에 가는 것, 그리고……. 대들보에 매달린 향낭이 빙그르르 돌았다. 달콤한 향내가 안개처럼 퍼졌다. 그가 온요를 기억해내는 것, 삼 년 전 그날 왜 그런 말을 했는지 이유를 듣는 것…….

　온요는 고개를 흔들었다. 아니다. 억지로 기억해내는 것은 욕스럽다. 그럴 바에야 차라리 잊히는 게 낫다. 깨끗하게 잊히면 자신도 잊어버릴 것이다.

"뭐야, 아직도 뒹굴고 있는 거야?"

장지문이 와락 열렸다. 나란이다. 내외 없이 아무 때나 문을 열어 젖힐 이는 온요가 아는 세상에서는 나란이 유일하다. 온요는 이불을 뒤집어쓴 채 기척하지 않았다. 다 큰 사내가 과년한 처자의 방문을 저리 무례하게 열어젖히다니. 고려에 왔으면 고려의 예법을 따르라 해도 무소용이다. 나란에게 국경이나 변방 따위란 없다. 오직 자신만의 예법과 세상이 있을 뿐.

"얼른 밥 먹고 시전 구경 가자. 오라버니 전대가 두둑하니 우리 누이 어여쁜 거 잔뜩 사줄 테다. 내일 개경 뜨려면 한나절밖에 없는데 상단까지 들르려면 서둘러야 해. 운도 나와 기다리고 있을지 몰라."

운이라고? 온요는 이불을 걷고 얼굴을 내보였다. 나란의 입에 일자 웃음이 걸렸다. 이미 깨어있었음을 알고 있다. 온요는 일어나 앉으며 말했다.

"알았으니 누구 보기 전에 문이나 닫아."

아침나절은 느린 듯 빠르게 흘러갔다. 온요는 나란, 병, 해월과 한 상에 둘러앉아 아침을 먹었다. 둘러앉아 먹으니 가족 같아 좋았다. 운곡이 그랬다. 피보다 밥을 나눠야 가족이라고.

나서려는 온요에게 해월이 비단 치마에 선군까지 내놓았으나 마다했다. 비단옷 입을 처지도 아니거니와 집 떠나 있는 동안에는 남복이 편했다. 나란이 손사래 치는 온요의 이마에 꿀밤을 놓았다.

"그 꼴을 하고 있으니 운도 못 알아보지."

그랬던가. 사내처럼 옷을 입어 기억하지 못한 것인가. 그럴 리 없다. 오래 전 그가 산채에 살던 때도 온요는 가배⁰를 입고 산속을 뛰어다녔다. 그런데도 기억하지 못한다면 그것은 잊혔거나 관심 밖에 있음이다. 온요는 그예 어제 입었던 옷 그대로 꿰어 입고 나섰다.

개경의 시전은 광화문 앞 남대가를 척추 삼아 거미줄처럼 이어졌다. 골목과 골목이 꼬리를 물며 종이와 기름, 가축 등속을 파는 전문 시장으로 연결되었다. 온요 일행은 가게마다 손님 맞을 준비가 한창인 대로를 가로질러 광덕상회 앞에 멈춰섰다. 익숙한 필체의 간판이 눈에 들어왔다. 광덕(廣德). 널리 덕을 베풀라는 가르침을 담은 상호. 운곡의 솜씨다.

고개를 돌리니 임금이 계시는 궐로 통하는 광화문이 지척에 보였다. 시전의 명당 지역에 자리한 광덕상회는 인삼 거상들에 비할 바는 아니지만 알찬 경영으로 몸집을 불려온 상단이다. 주로 칠기나 공예품을 다루었는데 암암리에 개경과 서경 귀족들의 청탁으로 사무역을 벌여 재정이 좋았다.

온요 일행이 잘 정돈된 점방으로 들어서자 안쪽에서 강덕우가 반색하며 나왔다. 덕우는 광덕상회의 행수다. 살집 넉넉하고 덥수룩한 팔자수염을 가진 탓에 장사치들은 그를 장비 행수라 불렀다. 겉으로는 운곡과 아무런 끈이 없으나 운곡의 일을 돕는 제일 참모이

⁰ 주로 아이들이 입던 바지옷.

기도 했다. 혜강은 덕우가 운곡의 먼 친척이라고 귀띔했는데, 어쩐
일인지 두 사람 모두 집안 이야기는 하지 않았다. 때문에 온요도 두
사람이 실제 피붙이인지는 모른다.

"어이쿠, 온요가 먼 길을 왔구나. 콩알 같은 이 녀석은 누구냐. 옳
거니, 갑이와 을이 동생 병이로구나."

덕우는 병을 번쩍 들어 안았다. 병이 제 아버지에게 하듯 덕우의
목을 안고 얼굴을 비비댔다. 온요가 허리를 숙여 인사하자 덕우가
웃으며 말했다.

"기별 받고 내내 기다리고 있었다. 어르신은 무탈하시냐?"

같은 물음을 연거푸 받고 있지만 이번에도 흔쾌히 답하지 못했
다. 온요는 머쓱하게 웃었다. 모두 운곡을 걱정하는데 별다른 차도
가 없는 것이 제 책임 같다.

"운이는 아직 안 왔소? 어젯밤에는 팔팔하더니 겨우 며칠 멀미한
걸로 뻗었나?"

나란이 묻자 덕우가 엄한 얼굴로 타박했다.

"개경에서는 운이, 운이 하지 말라 했거늘 아직도 말본새가 고약
하구나. 남호 대감의 장자이자 외아들을 그리 종복 부르듯 하다가
는 경을 친다, 이 녀석아."

나란은 덕우의 말에 콧방귀도 뀌지 않았다.

"운이를 운이라 하지, 그럼 뭐라 부르리까? 상단 일 보기로는 저
나 나나 매한가지인데 고이 이름이나마 불러주는 게 다행이지. 옛

날처럼 그냥 확, 얌생이라 부를까 보다."

덕우가 병에게 주전부리를 내어주며 도리질했다.

"말자, 말아. 네 녀석에게 훈계한 내가 잘못이다."

온요는 쿡쿡 웃었다. 나란은 어디를 가나 온풍을 몰고 다닌다. 병은 과자 맛에 흠뻑 빠졌는지 연신 입을 오물거렸다.

"산채에 보낼 물품은 이미 마련해두었다. 명일 새벽에 짐아비 둘을 보낼 것이니 너는 신경 쓰지 않아도 된다. 약재는 해월이 따로 마련했을 테니 그것만 챙겨가라."

온요는 새삼 덕우에게 고마웠다. 수완 좋고 이재에 밝은 그가 아니었다면 산채 살림을 꾸려오기 힘들었을 것이다.

"너희들은 오늘 무엇을 하고프냐? 오랜만에 개경 나들이를 왔으니 원하는 것은 아재가 무엇이든 다 해주마. 온요 어여쁜 노리개도 사고 병이 놀잇감도 사고 맛난 쌍화도 먹자꾸나."

덕우의 인심 좋은 제안에 나란이 손을 휘휘 내저었다.

"오늘은 내가 이 녀석들 데리고 시전 거리를 싹쓸이할 것이니 행수는 나서지 마시우."

덕우가 곤란한 표정을 지었다.

"한 시진 후에 송 상인이 올 게다. 내가 송 말이 짧지 않느냐. 상단 역사*도 저녁은 돼야 온다니 너는 예 있어라."

● 譯士. 통역.

나란은 펄쩍 뛰었다.

"그리는 못 하지. 나는 어제부로 파했으니 알 바 없소. 이만 가오."

나란이 온요의 손을 잡고 도망치듯 점방을 나섰다. 병도 온요의 고* 자락을 잡고 따라 나왔다. 뒤에서 덕우가 손가락질을 하며 소리쳤지만 나란은 아예 병을 들쳐 업고 줄행랑을 쳤다. 온요만이 덕우를 향해 공손히 인사했다.

나란은 뛰다시피 내달려 시전 한복판에 이른 뒤 호기에 차 외쳤다.

"얘들아, 뭐부터 할까? 말만 하라고!"

엿을 입에 문 병이 앞서고 나란과 온요가 뒤따랐다. 나란의 손에 들린 보따리가 묵직했다. 늘 산속에서 생활해온 병은 사람 구경하는 일만도 바쁜지 연신 고개가 돌아갔다.

"저……. 나란, 그는 왜 송에 갔었던 거야?"

온요는 나란의 눈치를 살피며 조심스럽게 물었다.

"그? 아하, 운이? 낸들 이유를 알겠냐. 그저 제 속에 쌓인 화를 씻

---

* 袴. 가랑이가 나뉜 홀바지.

어내려 했던 것이겠지. 과거에도 입격했다는 녀석이 상단에서 중노미 시늉하는 걸 보면 꼬여도 단단히 꼬였어. 어릴 때 산채에 와있을 때도 그 녀석은 늘 혼자였잖아. 땡초가 두어 번 다녀간 게 전부였지. 이상하다 싶어 물어봤더니 병이 아지매가 그러더라. 운이 아버지는 부인이 산독으로 죽은 것을 아들 탓이라 원망하는 것 같다고."

그래서였나. 어린 시절 산채에서도 늘 풀죽은 듯 말이 없었던 것이. 회초리를 맞으면서도 글은 읽지 않겠다며 버틴 이유가. 삼 년 전 보인 슬픈 눈빛도 그 때문이었나. 집을 뛰쳐나가 이국땅을 떠돌 만큼 외로웠던가.

나란이 벌컥 소리를 질렀다.

"뭐 그런 애비가 다 있냐? 지 아들놈이 거지꼴을 하고 떠도는데 기생첩 끼고 시나 읊어대고, 도성을 옮기니 마니 해가며 나라 걱정을 해?"

어젯밤 말없이 술잔을 기울이던 지상이 떠올랐다. 곁방 안쪽에 앉아있던 운도 그려졌다. 아버지와 아들은 담장 하나를 허물지 못할 정도로 소원했다. 알고 보면 사람은 모두 그렇게 아프고 외롭다. 온요의 가슴속에 먹먹한 안개가 피어났다.

"비녀다!"

언제 성을 냈냐는 듯 나란이 둥실 날아가는 목소리를 냈다. 나란의 손가락이 가리키는 곳을 따라가니 알록달록한 장신구를 죽 늘어놓은 가판이 보였다. 혹여 들치기라도 당할세라 험상궂게 생긴

장정이 가판대 옆을 지키고 있었다.

"하나 골라봐라. 오라버니가 사줄 테니. 나는 비녀로 머리 틀어 올린 여인들이 참 어여쁘더라."

상단 일을 오랫동안 했으면서도 물색 모르는 나란. 얹은머리는 부인들이나 한다. 산 생활 하는 온요에게 어울리지도 않을뿐더러 혼인하지 않은 처지에 쓸 일도 없다. 더욱이 제 스스로 오라버니라 우기는 나란이 누이에게 할 선물로도 마땅치 않다. 온요가 고개를 흔들자 나란이 가판 가운데에서 옥비녀를 하나 집어 들었다.

"이거 어떠냐. 빛깔이 새치름한 것이 꼭 너 같다."

매끈한 옥대의 가장자리를 칠보로 장식한 것이 온요가 보기에도 제법 어여쁘다. 온요는 샐쭉 눈을 흘기며 손을 내밀었다. 그때였다.

"이건 내가 사지."

나란이 온요에게 건네려던 비녀를 누군가 덥석 가로챘다. 나란은 낯을 잔뜩 구기며 덤벼들 듯 돌아섰다. 온요도 놀라 고개를 돌렸다.

"어? 운이잖아?"

그였다. 정운. 운이 장승처럼 내려다보며 서있었다.

"해가 기울도록 뭐 하나 했더니 계집처럼 장신구나 보러 다녀?"

나란이 운의 가슴을 퍽퍽 두들기며 반겼다. 굳게 다물렸던 운의 입술이 미끈 벌어졌다. 검게 그을린 뺨 사이로 하얀 치아가 드러났다. 온요의 얼굴은 빛에 덴 듯 달아올랐다.

구안정

"돈흡니다."

기척이 문을 넘어왔으나 손은 문고리 앞에 멈추었다. 돈후는 숨을 들이마신 뒤 힘주어 문고리를 당겼다. 아버지 김부식이 집에 머무는 시간 대부분을 보내는 서고가 한눈에 들어왔다. 들창을 뺀 사방을 책으로 병풍을 쳤고 한가운데에는 널찍한 책상이 놓여있다. 걸음을 옮길 때마다 책상머리에서 번진 묵향이 코끝에서 맴돌았다.

묵향의 농도로 보아 부식은 간밤을 예서 보낸 듯했다. 붓 아래서는 여전히 글씨가 흘러나왔다. 사서를 만들기 위해 준비하는 자료일 것이다. 부식의 어깨너머로 사마광의 자치통감이 보였다. 부식이 송에 사신으로 갔을 때 휘종 황제로부터 하사받은 것이다. 자치

통감에 버금가는 사서를 만드는 것이 부식의 오랜 염원이었다. 불과 여섯 달 전만 해도 돈후는 그런 아버지의 꿈을 존경하며 품에 닿는 일은 무엇이든 했었다.

"이제 기침했느냐?"

돈후는 답하지 않았다. 평소 같으면 얼른 달려가 먹을 갈고 종이를 정성스레 펴 거들 일이지만 그저 우두커니 책 더미 앞에 섰다. 부식의 눈길이 돈후의 손에 머물렀다. 둘둘 감싼 푸른 띠에 피 얼룩이 배어있다. 부식은 아들의 손에 눈길을 얽은 채 붓을 내려놓았다.

"어제 새벽길을 나섰다 들었는데 이제야 얼굴을 보이는구나. 어사 심부름을 갔다더니 그 때문에 늦은 것이냐?"

"칠현루에서 삼성의 연설을 듣느라 늦었습니다."

돈후의 뾰족한 대꾸에 부식의 표정이 일그러졌다. 돈후는 그저 심상하게 서있었다.

아버지는 어제 일을 이미 알고 있다. 그림자처럼 염탐하러 다니는 종복만도 여럿이다. 칠현루에서 싸움을 벌이고 유곽에서 동이째 술을 퍼마시다 삼복의 등에 업혀 돌아온 일까지 직접 본 듯 보고받았을 것이다. 그럼에도 시치미 떼는 모습에 반발하는 마음이 들어 도발했다. 정적들을 들먹였으니 분명 노기를 보이시리라.

예상대로 부식의 목소리가 높아졌다.

"계속 철없이 굴 것이냐? 하늘 상제의 후손이니 고토 회복이니 하는 허황된 요설에 홀려 천지분간 못 하고 날뛸 것이냐는 말이다.

천하에 다시없을 상스러운 잡배들 같으니! 때가 어느 때라고 잡설을 늘어놓으며 민심을 휘젓는 것이야. 너는 정녕 이 나라를 한낱 음양비술 따위로 다스릴 수 있다고 보느냐?"

"그들은 적어도 부패하지 않았습니다."

부식이 자리에서 벌떡 일어섰다. 그리고 한림원에서 강(講)하듯 말이 이어졌다.

"썩은 것은 문(文)과 제도로 바로잡으면 될 일이다. 드리우고 걸러내면 시간이 걸릴지언정 맑아진다. 애비가 하고자 하는 일이 바로 그것이다. 송만큼은 아니어도 고려가 문물의 중심이 되도록 이끄는 것이다. 허나 무모한 것은 거칠 것이 없어 위험하다. 도성을 옮겨 군사를 키우고 금을 정벌하겠다니 말이 되느냐? 그깟 사대의 예 좀 취한다고 나라가 망하기라도 한다더냐? 고려는 노략질로 살아온 오랑캐와는 근본이 다르다. 낫과 쇠스랑 들고 야차 같은 오랑캐들과 싸워 어쩌겠다는 것이냐. 무모한 잡배가 요설을 내세워 나라를 흔들고 있는데 부화뇌동하여 무엇을 얻을 것이냐. 오랑캐의 말굽에 강토를 내줘야 정신을 차리겠느냐?"

제도로 거르면 맑아진다고? 그 제도는 누가 만드는가? 개경의 문벌 귀족들이? 세상을 혼탁하게 만든 주역이 오물을 걸러낸다고? 돈후도 따라 목소리를 높였다.

"그들도 백치가 아닐진대 진정으로 오랑캐와 전쟁을 하자는 것이겠습니까. 그들이 치고자 하는 것은 북녘의 오랑캐가 아니라 개경의 오랑캐일 것입니다.”

말을 맺기 무섭게 벼루가 날아와 돈후의 이마를 쳤다. 피가 흘렀다. 부식이 입술을 물고 돈후를 쏘아보았다. 돈후도 피하지 않았다. 개경의 문벌 귀족을, 그 수장인 아버지를 오랑캐에 비유할 생각은 없었다. 그저 가슴속의 용암이 저를 이기지 못해 흘러나왔다. 쏟아내고 나니 더운 날 석빙고의 바람을 쏘인 듯 시원해졌다.

새장 속의 새가 가늘게 울었다. 서역에서 왔다는 노란 깃털의 새는 아버지가 애지중지하며 키우는 보물이다. 은병 하나를 주고도 못 산다는 저 귀한 새만큼은 제 주인을 위로하고 싶은 걸까.

부식이 창 쪽으로 고개를 돌렸다. 화를 가라앉히기 위한 거친 호흡이 서고를 흔들었다. 돈후는 천천히 고개를 떨궜다. 이마에서 떨어진 핏물이 버선코를 적셨다. 아들과 함께 사냥하길 좋아했던 아버지가 사냥을 마치고 돌아와 주물러주던 바로 그 자리에 붉은 꽃잎이 맺혔다. 아버지의 가슴에서도 피가 흐르고 있을 것이다.

침묵 속에 서있던 부식이 잠긴 소리로 말문을 열었다.

“너를 홍안의 여식과 혼인시킬 생각은 없었다. 아무렴, 아비가 그 따위 장사치와 사돈을 맺고 더러운 여식에게 집안의 대를 잇게 하겠느냐.”

돈후는 웃음을 머금고 이마를 쓸었다. 손바닥에 피가 흥건하게 묻어났다. 부식이 말을 이었다.

“어머니를 너무 원망하지 마라. 어머니는 그저……”

66

"어머니가 누굽니까."

창밖만 바라보던 부식은 눈을 키우며 고개를 돌렸다.

"저를 낳은 생모가 누구냐는 말입니다."

돈후는 피에 젖은 손을 말아 쥔 채 거듭 물었다. 하지만 부식은 입술을 물고 외면했다.

"네 생모는 죽었다."

뻔한 답이다. 요절했다는 아버지의 제일 부인 이씨. 아버지가 송에 가있는 동안 병이 깊어져 하세했다는 분. 사실, 아버지의 답은 그조차도 확실치 않다. 단지 어머니가 이 세상 사람이 아니라는 뜻일 뿐.

돈후는 아버지의 외모를 닮지 않았다. 부식은 투박하고 우람한 반면 돈후는 수려하고 호리했다. 그 덕분에 미남자라는 찬사까지 들었다. 물론 외모는 외택을 할 수도 있다. 하지만 지금의 어머니인 유씨 부인은 돈후를 낳았다기에는 너무 젊었다. 제 출생에 의문을 품은 소년 돈후에게 부식은 지금처럼 어머니가 죽었다고 답했다. 돈후가 끝내 미심쩍어하자 유모는 하세한 제일 부인 이씨가 생모라 귀띔했다.

그때부터였다. 돈후는 아버지를 닮기 위해 노력했다. 석학들을 길러낸 가문의 손으로서 손색이 없도록 애써 문장을 닦았다. 일찍이 고려 최고의 사학에 들어 발군으로 불렸고 짧은 기간 수학했던 국자감에서도 항상 손가락 안에 들었다. 세 번에 걸친 과거를 낙방 없이 단번에 통과하면서 돈후는 자부했다. 이 모든 영예가 제 몸속에 흐르는 고귀한 피 덕분이라고.

"제가 아버지 핏줄인 것은 맞습니까?"

어떤 답이 나온다 해도 상관하지 않을 것이다. 짐작하는 바도 있다. 이미 유모를 다그쳐 자신이 정승동 외가에서 태어나지 않았음을 확인했고, 본가 할아범을 얼러 아버지가 이씨 부인 하세 후 갓난 아기를 안고 왔다는 사실도 알아냈다.

"너는……."

목이 멘 듯 부식이 말을 멈추었다.

"내 피가 흐르는 내 아들이야."

돈후의 목에도 날카로운 돌조각이 걸렸다. 정녕 어떤 대답이든 상관없었던 것인가. 유달리 아들을 귀애하는 아버지였다. 돈후도 제가 부식의 핏줄임을 의심하지는 않았다. 그럼에도 어린애처럼 확인받고 싶었던 것일까. 가슴 저 밑바닥에서 다시금 용암이 끓었다.

"대감, 궐에서 사람이 왔습니다."

유씨 부인의 목소리였다. 망부석처럼 서있던 부식은 천천히 몸을 돌렸다. 곧이어 문이 열리고 유씨 부인이 서고 안으로 들어섰다. 그녀의 발 앞에 벼루 조각이 나뒹굴었다. 튀어 아롱진 먹물은 버선을 검게 물들였다.

"돈후 상처를 봐주시오."

부식이 옮기던 걸음을 멈추고 돈후를 돌아보았다.

"네가 해야 할 일이 있다. 퇴청해 일러줄 것이니 금일은 출타치 말고 집에서 얌전히 기다려라."

문 닫히는 소리가 났다. 돈후는 꼼짝하지 않았다. 이 지경에 돈후가 해야 할 일이란 무엇일까. 아버지의 명이 머릿속을 윙윙 헤저었다. 이어진 유씨 부인의 한숨 소리. 돈후는 눈을 감고 빌었다. 여기서 유씨 부인의 뻔한 소리까지 듣고 싶지 않다. 언제나 그랬던 것처럼 차갑고 담담하게 외면해주시라. 제발 그대로 돌아서 나가주시라…….

"내가 전에 한 말은 허언이었다."

그예, 지나치지 못하시는군. 돈후의 미간에 주름이 졌다.

개경을 떠나기 며칠 전, 돈후는 우연히 사랑에서 부식과 유씨 부인이 나누는 대화를 들었다. 유씨 부인은 차남인 돈중의 독선생을 구하는 일에 적극적이지 않은 부식에게 서운함을 토로했다. 돈중이 이른 나이에 사서를 줄줄 읽기 시작하자 그녀로서는 기대하는 바가 컸을 것이다. 부식이 장자인 돈후도 독선생 없이 공부했다 답하자 발끈한 유씨 부인이 말했다. 근본도 모르는 돈후와 자신이 낳은 아들이 어찌 똑같을 수 있느냐고.

"부부의 일이 아니냐. 그저 규방의 속 좁은 아녀자가 지아비에게 푸념을 했을 뿐이야. 네가 듣고 있는 줄 알았다면 그리 말하지는 않았을 것이다. 너는 누가 뭐래도 이 집안의 장자야. 내가 너를 장자로 인정하는데 문제 될 것이 무엇이냐."

진정 문제 될 것이 없는가. 품을 찾는 어린 돈후를 지그시 밀어내던 어머니가 하실 말씀은 아니지. 몇 번의 유산 끝에 친아들 돈중을 얻은 뒤로는 돈후를 눈엣가시처럼 바라보던 어머니가 하실 말씀은 더더욱 아니지.

돈후의 입에서 바람 낀 웃음이 흘러나왔다. 웃음소리를 들은 유씨 부인의 얼굴이 잔뜩 일그러졌다. 그러고는 노여운 목소리로 밖을 향해 소리쳤다.

"삼복이 밖에 있느냐."

말이 떨어지기 무섭게 삼복이 문을 부수듯 열고 뛰어들었다.

"아이고 도련님, 아이고 도련님……."

삼복의 눈에서 눈물이 줄줄 흘렀다. 거친 손마디가 돈후의 이마 언저리에서 휘휘 맴돌다 떨어졌다.

"의원을 불러 봐드려라. 계집종도 보낼 테니 의복도 봐드리고."

유씨 부인은 높낮이 없는 음색으로 이르고 돌아섰다. 조아렸던 삼복이 고개를 들고 주먹으로 눈물을 훔쳤다. 돈후는 삼복을 보며 씩 웃었다. 붉은 핏물이 잇새로 흘러내렸다.

온요는 상 밑에서 옥비녀를 만지작댔다. 나란은 펄쩍 뛰었지만 끝내 운이 값을 치렀다. 은전을 받아든 점주의 입이 헤벌쭉 벌어졌다. 이문 꽤나 남긴 웃음이었다. 나란은 바가지를 썼건 아니건 제가 골랐으니 제가 준 것이라 우겼다.

상 위에는 쌍화를 담았던 빈 그릇이 여러 겹 쌓였다. 쌍화가 접시에서 다 사라지도록 온요는 차 한 모금 넘기지 못했다.

"어디 불편한 데라도 있냐? 왜 한 점도 먹지를 못해?"

나란이 부루퉁하게 다그쳤다. 부유한 귀족이나 드나드는 비싼 쌍화점에 데려왔건만 온요 하는 양이 영 마뜩찮은 모양이다. 온요는 어색하게 웃으며 찻잔을 들어 입술을 축였다.

"아침 먹은 게 아직 남아있나 봐."

나란이 버럭 소리를 질렀다.

"조금 있으면 해가 떨어질 텐데 무슨 쉰 소리야? 그리 먹으니 싸릿대처럼 마르지."

나란의 고약한 성질머리를 어쩌랴. 먹는 시늉이라도 해야 했다. 쌍화가 온요 입에 들어가는 모습을 보고 나서야 나란은 운에게 말을 건넸다.

"나는 명일에 얘들 데리고 개경 뜬다. 너는 어쩔 테냐?"

운이 빈 잔에 차를 따르며 짧게 답했다.

"나도 간다."

"간다고? 어디를?"

"운곡 스승님께 인사드리러 간다."

나란의 눈이 동그래졌다. 쌍화를 우물거리던 온요의 입도 뚝 멈추었다.

"너도 산채에 가겠다고?"

운이 고개를 끄덕이자 나란은 대소하며 운을 잡고 흔들었다.

"잘됐다, 잘됐어. 이게 얼마 만이냐. 오랜만에 함께 사냥이나 실컷 하자."

나란의 웃음소리가 쌍화점 안을 휘저었다. 다른 손들이 상을 찌푸리며 나란을 흘긋거렸다. 온요는 말없이 운을 보았다. 운도 그녀를 쳐다보았다.

"그런데 병이는 어디로 사라진 거야? 이 녀석이 개경 바닥 무서운 줄 모르고……."

나란이 벌떡 일어나 두리번거렸다. 그러고 보니 병이 보이지 않았다. 조금 전까지만 해도 병이 앉아있던 의자가 비어있다. 온요가 파랗게 질려 일어나자 나란이 어깨를 눌러 주저앉혔다.

"콩알 같은 녀석이 가면 어디를 갔겠냐. 요 앞에서 잔나비 재주나 보고 있겠지. 내가 찾아 혼쭐을 낼 테니 너는 여기 있어. 운아, 온요 보고 있어라."

나란이 뛰어나갔다. 넷이었던 자리에 둘만 남았다. 온요는 걱정스러운 표정으로 나란이 나간 문만 쳐다보았다.

병은 몸이 날래고 영민한 아이다. 산채에서는 웬만한 장정 몫의 일도 해낸다. 하지만 여기는 개경이 아닌가. 아홉 살 어린아이가 길을 잃고 헤매면 걸패의 표적이 되기 쉽다. 걸패는 어린아이를 앞세워 동냥질을 한다. 한번 동냥질하는 패에 섞이면 빠져나오기도 어렵다. 그리되기 전에 일각이라도 빨리 병을 찾아야 한다. 온요는 참지 못하고 일어섰다.

"말하고 갔으니 염려 마라."

온요는 운을 쳐다보았다. 운이 가볍게 고개를 끄덕였다.

"나란이 간 곳에 있을 것이다."

온요는 다시 앉았다. 쌍화를 두고 나란과 옥신각신하던 중에 나간 게 틀림없다. 병은 쌍화점 앞에서 잔나비 공연으로 호객하는 광대를 보고 넋을 빼앗겼었다. 나중에 보여주겠다 다짐을 두었는데 결국 참지 못한 것이다. 허겁지겁 털어 넣듯 쌍화 먹을 때 짐작했어야 했는데 옥비녀에 정신이 팔린 새 놓쳐버렸다. 그나저나 운은 알면서도 입을 다물고 있었던 것인가. 온요는 설핏 미간을 구겼다. 대체 왜?

"너와 둘이 있고 싶어 말하지 않았다."

점잖은 운이 저렇게 낯 뜨거운 말을 하다니. 운도 나란처럼 물색을 모르는 이인가. 아니면 달콤한 말로 여인들을 홀리는 바람둥이인가. 찻잔을 잡는 손이 떨렸다. 떨리는 손이 부끄러워 거두니 더욱 부끄러워졌다.

"너는 삼 년 전 그날과 똑같구나."

삼 년 전? 잊은 줄 알았는데 아니었던가. 그날의 일을 기억하고 있었던 것인가. 온요의 가슴이 왈칵달칵 요동쳤다.

삼 년 전 겨울 초입, 온요는 개경에 있었다. 수완 좋은 덕우 행수

덕분에 법왕사에서 임금님이 주관하는 팔관회를 구경했다. 그리고 해월의 손에 이끌려 탑돌이 행사에도 갔다. 개경의 선남선녀가 모여 눈 맞춤을 한다는 불탑. 평소 같으면 나이 지긋한 부인들의 차지였을 불탑은 젊은 남녀로 둘러싸였다. 해월은 소녀 태를 벗지 못한 온요에게 관례 삼아 탑돌이를 해보라 권했다.

그곳에서 운을 만났다. 능라로 한껏 멋을 낸 이들 틈에 어색하게 끼어 탑을 둘러 돌기를 수차례. 낯선 인기척에 뒤를 돌아보니 운이 있었다. 그때도 온요는 운을 한눈에 알아보았다. 산채에서 함께 지냈던 과묵한 소년 운은 어느새 훌쩍 자라 청년이 되어있었다.

운은 온요를 따라 한 걸음, 한 걸음 느리게 내딛으며 탑을 돌았다. 온요도 운의 발소리를 들으며 걸었다. 걷다 보니 바닥에 한 점 두 점 흰 꽃이 피었다. 싸락눈이었다. 고개를 들고 싸락눈을 맞았다. 싸락눈은 바람에 지는 하얀 배꽃처럼 온요의 뺨 위에 내려앉았다. 어머니가 돌아가시던 날에도 배꽃 같은 싸락눈이 내렸었다. 추억하는 온요에게 운이 다가와 벽력같은 소리를 했다. 그러고는 온데간데없이 사라져버렸다.

온요가 운의 소식을 들은 것은 그로부터 몇 달이 지난 뒤였다. 개경에 다녀온 나란이 그랬다. 운이 광덕의 상선을 타고 대륙으로 갔다고.

온요는 잠긴 목을 가다듬고 말했다.

"삼 년 전이라니, 무슨 말씀인지 모르겠어요."

운은 빙긋 웃었다. 저 웃음의 뜻은 무엇일까. 온요의 거짓말을 비웃는 것일까. 아니면 이러나저러나 상관없다는 뜻일까.

"그날 불탑 앞에서 네게 말했었다. 만약 너를 다시 만나게 된다면⋯⋯."

운의 눈빛이 강렬해졌다.

"네 낭군이 되겠다고."

삼 년 전에 들었던 뇌성 같은 그 목소리. 역시 그날의 일은 참이었다. 시간이 흘러 꿈인 듯 여겼건만 실제 일어난 일이었다. 온요의 낯은 파리하게 식었다. 운이 그런 온요를 뚫어지게 바라보았다.

쌍화점 입구 쪽에서 소란이 일었다.

"내 참, 콩알만 한 녀석이 고집은 항우장사야. 버티는 걸 억지로 끌고 왔어."

나란은 병을 보따리처럼 들쳐메고 돌아왔다. 병은 나란의 팔에 갇혀 버둥거렸다. 온요는 그들을 향해 벌떡 일어섰다. 옥비녀가 떨어져 바닥에 굴렀다.

"이제 그만 가자. 길 떠나려면 일찍 쉬어야지."

나란은 다른 손으로 보따리를 집어 들고 성큼성큼 문 쪽으로 나아갔다. 운은 천천히 허리를 숙여 비녀를 주웠다. 그러고는 붙박여선 온요에게 옥비녀를 내밀었다. 온요는 운의 손에 들린 옥비녀를 내려다보았다.

❖ ❖ ❖

"도련님, 대감마님께서 부르십니다요."

돈후는 침상에서 몸을 일으켰다. 삼복이 부축하려 손을 뻗었으나 물리쳤다. 잠깐 눈을 감았다 싶었는데 잠이 들었었나 보다. 어느새 날이 저물었는지 창호에는 어둠이 짙었다.

벼루 맞은 이마에서 묵직한 통증이 느껴졌다. 어제와 오늘 연달아 수난이다. 이마를 쓸다 이물감에 손을 내려 보니 하얀 비단이 감겨있다. 낮에 의원이 이마를 치료하면서 손의 상처도 봐주었다. 초동 조치를 잘했으니 덧나지 않을 것이라 했다.

"전에 것은 어찌했느냐?"

삼복은 영문을 모르겠다는 표정을 지었다. 돈후가 비단 감은 손을 들어 보이자 그제야 고개를 끄덕였다. 손에 감았던 푸른 띠는 여종이 옷가지와 함께 가져갔다고 했다. 옷가지에 피 얼룩이 져 빨아도 온전해질지 모르겠다며 삼복은 다시 눈자위를 물들였다.

"빨았거든 다시 가져오라고 해라."

돌려줄 방법은 없다. 이름도, 사는 곳도 묻지 않았다. 혹시 가문의 문장이나 이름자라도 있나 싶어 살펴보았지만 띠 끝에 노란 점 하나만 수놓아져 있을 뿐 단서라곤 없었다. 다시 만날 연이 아니건만 이상하게도 처음 본 여인의 얼굴이 머릿속에 낙인처럼 남아 맴돌다. 그녀는 아직도 개경에 있을까. 칠현루에는 무슨 일로 갔을까.

"대감께서 퇴청하시자마자 도련님 안부부터 물으셨습니다요. 걱정이 크셨을 것입니다요. 예전부터 도련님이라면 끔찍하셨던 분이 아닙니까요. 소인놈 보실 때마다 잘 뫼시라 당부하셨습니다요."

삼복의 사설이 길었다. 돈후는 자리끼로 목을 축인 뒤 일어나 천천히 옷을 갈아입었다. 삼복이 거들었다.

"조금이라도 편찮으시면 소인놈이 잠드셨다 아뢸 것입니다요. 그리 피를 흘리셨는데 어쩌겠습니까요. 대감마님께서도 이해해주실 겁니다요."

피는 좀 흘렸으나 드러난 상처는 크지 않다. 덧나지만 않는다면 곧 아물 것이다. 돈후는 대꾸하지 않고 방을 나섰다. 할 일이 있다고 했다. 어떤 일을 명하시려는 걸까. 과거에 입격한 후에도 달리 요구한 일이 없었던 아버지다. 삼복이 걱정스러운 눈빛을 하고 뒤를 따랐다.

사랑 앞에서 장익환이 돈후에게 허리를 숙였다. 익환은 아버지를 지근에서 모시는 충복이자 집사다. 본래 귀족의 핏줄이었으나 농노와 다름없이 빈한하게 살다 부식의 눈에 띄어 집안에 들어왔다. 가계가 괜찮았다면 말직일지언정 출사해 관리가 되었겠으나 익환은 김씨 집안의 집사로서 만족했다. 머리가 좋고 입이 무거운 사람이었다. 돈후는 어린 시절부터 그를 아저씨라 부르며 따랐다.

사랑에는 이미 손이 들어있었다. 안쪽에서 두런대는 소리가 들렸다. 익환이 대청에 놓인 의자를 가리켰다. 아버지가 사랑의 정원에서 자라는 포도나무를 감상하기 위해 앉아있곤 하던 자리다.

"예서 기다리라 하셨습니다."

손을 받은 터에 대청에서 기다리라면 밖에서 들으라는 뜻인가. 돈후는 의자에 앉았다. 처마에 여러 개의 초롱을 내걸어 대청 주변은 대낮처럼 밝았다. 익환은 돈후의 이마에 감긴 천을 보더니 아저씨 눈빛이 되었다. 돈후는 멋쩍게 웃어보였다. 분합문 너머에서 굵은 목소리가 연달아 흘러나왔다.

"아침나절에 정지상이 묘청과 함께 궐에 들어 상을 알현했답니다. 서경의 대화궁에 순어*하시라 재차 간했다는데 상께서 저를 불러 어찌 생각하느냐 하문하시더이다."

"순어요? 기어이 순어를 밀어붙이겠다고요? 허 참, 대동강에 기름 바른 떡을 띄우고 용의 비늘이 보입네, 천도하라는 계시입네 사기를 쳐 망신을 사더니, 무슨 낯으로 또 순어를 입에 담는답니까. 게다가 상께서 형님을 불러 그런 하문을 하시는 연유는 또 무엇입니까? 떠보시려는 겁니까? 저는 서경 놈들보다 상을 더 이해하지 못하겠습니다."

"상께서는 더 이상 외할아버지 그늘에 있던 연치 어린 임금이 아니시잖은가. 서경 놈들을 중용하는 것도, 중신들을 이간하는 것도

---

* 巡御. 임금이 통치를 위해 특정 지역을 돌아보거나 나들이하는 일.

다 강건하다 보이시려는 게지."

목소리를 들으니 사랑에 든 손은 숙부 김부철과 백부 김부필이다. 돈후가 쳐다보자 익환이 고개를 끄덕였다.

"형님, 순어는 절대 안 됩니다. 필시 간계가 있을 것입니다. 그러지 않아도 재물이 서경의 상단으로 다시 모이고 있답니다. 저들이 서경에서 상을 붙잡고 돌려보내지 않으면 낭패입니다. 임금이 있는 곳이 곧 황도라 주장한다면 방법이 없습니다. 장기판에서조차 왕을 잃으면 패하는 법입니다."

"수년 걸려 서경에 대화궁을 지어놓고도 상께서 제대로 보시지 못했잖은가. 역이 의심된다 하나 이제야말로 제대로 낙성식을 하겠다는데 무슨 명분으로 막겠는가. 자네는 상께 뭐라 아뢰고 왔는가."

"아뢰지 않고 물러나왔습니다. 상께서도 그저 생각해 보라고만 하시더이다."

어젯밤 칠현루에서의 삼성 회합은 아마도 순어에 관한 일이었나 보다. 그래서 연설도 짧았던 것이다.

"중요한 것은 군이 아닙니까. 개경이야 문제 될 것이 없는데 최근 조광 쪽 움직임이 심상치 않다 합니다. 조광이 누굽니까. 무부 출신은 아니나 사실상 서북면 군사들을 움직이는 사령관입니다. 그는 야심이 크고 꾀가 많은 자입니다. 노략질한 오랑캐들을 세 치 혀로 잡지 않았습니까. 만약 저들이 일전을 준비하고 있는 것이라면 순어는 더더욱 안 됩니다."

"섣불리 군사를 움직이기야 하겠는가. 조광이 야심은 크나 역을 도모할 위인은 아니야. 게다가 주력군 대부분은 개경 주변에 있지 않은가."

"충과 역은 상을 누가 붙잡고 있느냐에 따라 갈립니다. 상을 빼앗기면 우리가 역이 될 수도 있습니다."

"부철의 말이 과하나 영 틀리지는 않습니다. 물이 차면 배가 떠오르는 법이지요. 저들에게 세가 모이면 닻도 오를 것입니다. 그러니 우선은 물길 막을 방법부터 찾아보겠습니다."

돈후는 의자에 몸을 파묻고 사랑에서 흘러나오는 이야기에 귀를 기울였다. 아버지는 왜 이런 대화를 듣게 하신 걸까. 철없는 아들을 깨우치기 위함일까. 할 일이 있다는 것이 이 대화와 관련된 것일까.

"차라도 올릴까요?"

돈후의 표정이 너무 어두웠는지 익환이 환기하듯 물었다. 돈후는 고개를 저었다. 거절에도 익환은 차를 가져와 따랐다. 한 모금 마시니 비로소 갈증이 일었다. 돈후는 거푸 찻잔을 비웠다.

"어르신들이 나오시려나 봅니다."

익환의 말이 끝나기도 전에 사랑의 문이 열렸다. 돈후는 찻잔을 내려놓고 일어나 예를 갖추었다. 제일 먼저 대청으로 나온 숙부 부철이 돈후의 손을 덥석 잡고 흔들며 반겼다. 반면 언제나 돈후를 탐탁잖아 했던 백부 부필은 가볍게 눈길만 건네고는 댓돌로 내려섰다.

부식은 대문 앞까지 나가 형제들을 배웅했다. 돈후는 그저 부식

뒤에 있었다. 부필과 부철을 태운 교자가 멀어지자 부식은 몸을 돌려 다시 사랑으로 향했다.

"할 이야기가 있으니 따라오너라."

부식은 하얀 비단이 감긴 돈후의 이마를 바로 쳐다보지 못했다. 손을 뻗어 상 위에 놓인 난만 쓸었다. 어색한 침묵이 계속되자 돈후가 먼저 입을 열었다.

"제가 할 일이 무엇입니까?"

그제야 부식이 고개를 돌려 돈후의 이마를 보았다. 비단 위로 밴 피 얼룩을 확인하자 부식의 목울대가 출렁거렸다.

"할 일이 있어 세 분 말씀을 듣게 하신 것 아닙니까."

거듭 물었으나 부식은 여전히 침묵했다. 불편했다. 아버지의 침묵이, 애잔한 눈빛이 가슴을 옥죄었다. 타인에게는 엄격하고 냉정하지만 가족에게만은 한없이 약하고 따뜻했던 아버지다. 난생 처음 아들에게 한 손찌검 때문에 내내 가시덤불 속에 계셨을 것이다.

한참 후 부식이 굳게 다물었던 입을 열었다.

"운곡이라는 자가 있다. 아비의 옛 지기다. 젊은 날에는 다시없을 인재로 촉망받았으나 도학이니 뭐니 하며 잡설에 골몰하다 은둔해 버렸지. 예전에 송에 사신으로 갔을 때 변경°에서 그를 만났었다. 문인들과 시쟁을 벌이고 법명 높다는 대사 밑에서 걸식하며 지내더구나. 그 후에도 계속 대륙을 떠돌아다닌다는 소식을 전해 들었는데, 언제인지 모르게 고려에 들어왔다. 정확하지는 않지만 금의 군사들이 변경을 함락하기 전에 귀국한 것 같다."

돈후는 이제껏 운곡이라는 이름을 들어본 적이 없다. 뜬금없이 왜 이런 이야기를 하시는 걸까.

"운곡은 남경°° 사람이다. 남경 주변의 토지를 제법 많이 갖고 있었지. 대대로 남경에서 살았는데 손이 귀해 일족이 차츰 사위었다. 지금은 남은 이가 운곡밖에 없는 것으로 안다. 토지도 대부분 다른 이의 손에 넘어갔더구나. 멸문한 것인가 했는데 근자에 그가 개경 인근에서 사학을 열었다는 것을 알게 되었다. 서경과 교분이 있다는 소리도 들린다. 묘청과 지상이 운곡 이야기를 여러 번 했다니 그른 소문은 아닐 것이다."

아버지의 의도를 알 것 같다. 서경의 일이다.

"네가 운곡의 사학에 다녀와야겠다."

돈후는 부식의 눈을 주시하며 물었다.

"간자 노릇을 하라는 말씀입니까."

부식은 입을 굳게 다물었다. 다문 입 아래로 다시금 목울대가 출렁였다.

"밖에서 들었다면 알 일이지만 서경의 일에는 우리 가문의 명운이 달렸다. 백부와 숙부까지 이에 매진하는 것도 그 때문이지. 마냥 어린애로 남을 것이 아니라면 너도 이제 가문의 일을 돌보아야 하지 않겠느냐."

부식의 목소리에 떨림이 배어났다.

"허나, 아무리 급하기로 아들을 간자로 쓸 만큼 용렬하지는 않다."

"그런 일은 아버지가 부리는 그림자들이 해도 충분합니다. 그들이 못 미덥다면 익환 아저씨도 있습니다. 굳이 제가 가야 할 이유는 무엇입니까."

"너는 내 아들이야. 밥은 누구와도 나눌 수 있으나 피는 아무와 나눌 수 없다. 아비는 그저 네게 시간을 주고 싶을 뿐이야."

"……."

이번에는 돈후의 목울대가 출렁댔다. 부식이 말을 이었다.

"홍안의 여식 일도 있고 하니 얼마간 바람 쏘인다 생각해라. 내가 아는 운곡은 서경 놈들처럼 함부로 운신하는 이가 아니다. 학문이 높고 은자연 하는 위인이니 목전에 칼바람이 분다 해도 쉬 세상에 나서지 않을 게야. 그런 운곡이 운영하는 사학이라면 네가 머물러 쉬기에도 나쁘지 않을 테지. 다만……."

그러면 그렇지, 아버지의 이야기는 지금부터다. 돈후는 다시금 평정을 찾았다.

"네가 집으로 돌아올 때 운곡이 적인지 아닌지는 알았으면 좋겠구나."

정탐만 하라는 뜻이었군. 아버지가 나를 불러들인 이유는 바로 이것이었다. 홍안의 여식이 죽은 일 때문도, 아들이 집을 뛰쳐나가 벽란도로 달아난 때문도 아니다. 실제로는 가장 위험한 적이라 여기는 이에게 핏줄로 가림막을 세우고 전세를 가늠해 보려고 한다. 아버지의 장기판에서 나는 가장 위험하면서도 안전한 말이다.

돈후는 부식을 향해 가볍게 목례하고 돌아섰다. 이상하리만치 마음이 홀가분해졌다. 돈후가 방에서 나오자 익환이 기다렸다는 듯 다가섰다. 아마도 미리 받아둔 아버지의 언질이 있을 것이다.

"길 떠나실 준비는 해두었습니다. 도련님이 가신다 연통도 해놓았습니다. 허나 도련님 상태도 그렇고 하니 충분히 조리하시고 떠나시도록……."

돈후는 자르듯 일렀다.

"미룰 것 없습니다. 명일 아침에 바로 출발하지요."

익환이 돈후의 이마를 보며 난감한 표정을 지었다. 준비도 준비려니와 상처가 걱정스러운 얼굴이다. 돈후는 일부러 목소리를 높였다.

"제가 갈 곳, 이름은 있습니까?"

익환이 품에서 꺼낸 지도를 펼쳐 보였다.

"구안정이라 합니다. 개경서 하루 거리가 되지 않습니다. 근처까지 모실 길잡이가 있으나 삼복이도 데리고 가시는 게 여러 모로 편하실 겁니다."

간략하게나마 지도까지 그려 준비한 것을 보니 이미 그림자들이 다녀온 모양이다. 구안정(久安亭). 오래도록 편안한 집이라……. 사학이 아니라 개경에 널린 기생집 이름 같다. 기생집보다 많은 게 사학이라지만 이제껏 귀동냥조차 하지 못한 것을 보면 시원찮은 곳임이 분명하다.

지도에는 송악의 뒷자락을 타고 이어진 천마산 등선에 붉은 점이 찍혀 있었다. 과거에 입격하고 출사까지 한 마당에 촌구석의 사학을 찾아가는 신세라니. 허나 아무려면 어떠랴. 집에 남아있는 것보다는 나으리라.

돈후는 지도를 섶에 갈무리한 뒤 바람처럼 사랑채를 나섰다.

인연

　돈후는 천마산 능선 언저리에 앉아 땀을 식혔다. 소서를 앞둔 데다 바람 한 점 불지 않아 무더웠다. 높자란 나무와 풀만이 소리를 죽인 채 둘을 내려다보았다.

　길잡이를 너무 일찍 돌려보냈다. 개경 인근이라 만만하게 본 탓이다. 산중에서 맴돌이를 한 지 한 시진. 계속 갈 것인지, 돌아갔다 다시 올 것인지 결정해야 한다. 반 시진쯤 후면 해가 질 것이다. 돈후가 땀을 닦는 동안 숲 저편에서 이름 모를 새가 삐이익 울었다.

　"제가 길을 살피고 올 테니 도련님은 예서 쉬고 계셔요."

　아래편에 앉았던 삼복이 일어났다. 이제껏 개경 밖을 벗어나 본 적도 없는 녀석이 큰소리를 치고 있다. 돈후의 입에서 바람 빠지는 소리가 났다.

"이놈아, 기운이 남거든 적토 목이나 축여줘라. 괜히 나서 길 잃은 종복 찾아 헤매게 하지 말고."

삼복은 제 가슴을 쾅쾅 치며 말했다.

"아니, 도련님! 저를 어찌 보시고 그런 말씀을 하십니까요. 그 복잡한 시전 골목을 눈 감고도 다니던 놈인데 이깟 산길 하나 못 찾겠습니까요. 도련님은 저만 믿으시면 됩니다요."

말은 탕탕 했으나 자신은 없는 모양이다. 삼복은 내쳐 나아가지 못하고 움찔거렸다. 어정쩡하게 서서 궁둥이를 씰룩대는 모습을 보자니 웃음이 절로 났다.

어쩐 일인지 길을 잃고도 조급한 마음이 일지 않았다. 저물면 꼼짝없이 밤이슬을 덮고 노숙을 해야 할 판인데 저어되지도 않았다. 돈후는 다리를 길게 뻗고 벌렁 누웠다. 팔 벌려 선 나무 사이로 붉은 기운이 비늘처럼 반짝거렸다.

이참에 행선지를 바꿔버릴까. 할아범은 돈후가 태어나던 해에 아버지가 서경에 머물렀다고 했다. 그렇다면 서경에 생모의 흔적이 남아있을지도 모른다. 아버지가 생모의 존재를 애써 감추려는 것은 신분이 천해서인가. 장자가 천출인 것을 감추고자 함인가. 만약 진실을 알려줬다면 두말없이 접고 받아들였을 텐데……. 벽란도로 도망치듯 떠난 것도 속내는 외면하고 싶어서였다. 하지만 아버지는 끝내 함구했고 돈후는 다시 원점에 섰다.

입에서 긴 한숨이 샜다. 숨과 함께 새어나온 상념이 적막한 산중을 바람처럼 떠돌았다.

"여기가 저기 같고, 저기가 여기 같으니 원! 도련님, 아무래도 돌아갔다 다시 오심이⋯⋯."

삼복이 몸을 돌려 아뢰던 참이었다. 느닷없이 쐐애액 바람 가르는 소리가 달려 지나갔다. 곧이어 삼복 뒤편의 나무에 퍽 하는 소리와 함께 구멍이 팼다. 살이다!

돈후는 벌떡 몸을 일으켰다. 곧이어 이름 모를 새 울음소리가 요란하게 대기를 찢었다. 적토가 푸르릉 숨을 뱉으며 뒷걸음질 쳤다. 삼복이 입을 움찔거렸다. 돈후는 손을 들어 제지했다.

어인 변고인가. 도적인가. 구월산이나 묘향산도 아니고, 감히 황도 인근의 얕은 산중에서 살을 쏘며 암약한다는 도적 이야기는 들어본 적이 없다. 도적이 아니라면 사냥꾼일 가능성이 높은데, 뭔가 이상하다. 다시 생각해 보니 적막한 산중을 흔들었던 소리는 새의 것이 아니다. 사람이 흉내 낸 소리다. 그것도 몹시 다급한 기운이 담겼다.

다시 쐐애액 바람을 가르며 살이 날았다. 이번에는 돈후 일행과 떨어진 숲 저편으로 날아갔다. 삼복이 움찔대는 적토의 고삐를 잡았고 돈후도 일어섰다. 이십여 장 앞에서 풀숲 지치는 소리가 들렸다. 누군가 돈후 쪽으로 달려오고 있었다. 주먹과 다리에 절로 힘이 들어갔다.

잠시 후 풀숲을 헤치고 중년의 사내가 나타났다. 다리를 다쳤는지 절뚝이며 달려오는 모습이 영락없는 사냥감의 몰골이다. 그가 돈후를 발견하고 달려와 고꾸라지듯 엎드렸다. 땀이 흥건해 번들거리는 얼굴은 두려움에 질려있었다.

"살려주십시오!"

삼복이 돈후를 보호하려는 듯 두 팔을 한껏 벌리며 앞으로 나섰다. 호기롭게 나서기는 했으나 목소리는 떨렸다.

"뉘, 뉘시오? 뉘신데 이, 이리 쫓기는 것이오?"

사내는 삼복 뒤편에 서있는 돈후를 간절한 눈빛으로 쳐다봤다.

"소인은 구안정의 종복 혜강이라 합니다. 웬 놈들이 나타나 다짜고짜 죽이려 들기에 이렇듯 도망치는 중입니다."

거친 숨을 쏟아내며 내뱉는 사내의 말에 돈후는 눈을 키웠다. 구안정이라면 돈후가 가려는 곳이 아닌가. 삼복이 재차 물었다.

"그들이 왜 댁을 죽이려 한단 말이오?"

"그건 소인도 알 수가 없습니다. 이유를 모르니 더욱 기가 막힐 노릇입니다."

묻는 이는 삼복이었으나 혜강이라 칭한 사내는 계속 돈후를 향해 답했다. 나이는 불혹쯤 되었을까. 날아드는 살에 목이 꿰일 수도 있는 상황인데 두려운 낯빛 속에서도 차분하다. 범상치 않은 자다. 게다가 이름이 혜강이라니, 종복 처지로는 과한 이름이 아닌가.

지켜보던 돈후는 혜강 쪽으로 다가섰다. 동시에 풀숲에서 두 명의 사내가 뛰어나왔다. 가죽 띠를 두른 험악한 인상의 사내와 몸집이 작고 승냥이처럼 날카로운 눈을 가진 사내였다. 작은 사내의 손에 매끈한 활이 들려있는 것을 보니 아까의 살은 저자의 손에서 나온 것이 분명했다. 사내들을 본 혜강이 벌떡 일어나 돈후의 뒤편으로 숨듯 물러났다.

"어이, 돌돌돌 돌쇠야. 달아나 숨은 데가 고작 곱상한 공자 가랑이냐?"

큰 사내가 희롱하듯 칼을 흔들며 말했다. 제 딴에는 위협하기 위함이겠으나 무사라고 보기에는 꺼내든 칼이 조악하다. 작은 사내는 한 걸음 뒤에서 누런 이를 드러내며 히죽거렸다.

"사람을 잘못 보았소. 나는 돌쇠가 누군지도 모르오. 대체 내게 왜 이러는 것이오?"

혜강이 떨리는 목소리로 답하자 사내 둘이 키득거렸다. 저들은 누구일까. 분위기로 봐서는 도적도, 사냥꾼도 아니다. 큰 사내가 조롱하듯 혜강의 말을 흉내 내더니 언제 그랬냐는 듯 대번에 상을 구기며 얼렀다.

"좋은 말로 할 때 기어 나와. 배때지에 칼 박혀 끌려가지 말고. 아니다, 너는 낫으로 목을 꿰어 죽였다며? 그러니 똑같이 목을 꿰어 줄까?"

"무, 무슨 소리요? 나, 나는 사람을 죽인 적이 없소!"

"하, 저놈 벌벌 떠는 것 좀 봐라. 하늘 같은 주인 죽이고 도망친 종놈이 그리 간이 작아서야 실망인걸?"

"이, 이보시오. 사, 사람을 잘못 봤다 하지 않소. 나는……."

혜강이 돈후의 고를 잡은 채 무릎을 꿇고 쳐다보았다. 도와달라
는 뜻이다. 오가는 말로 짐작건대 사내들은 도망친 노비를 붙잡아
주고 사례를 챙기는 추쇄꾼이다. 혜강은 왜 저들의 표적이 된 것일
까. 벽란도에서 추쇄를 한답시고 가난한 양민을 잡다 노비 장사
를 하는 놈들을 본 적이 있다. 저들도 그런 패거리인가. 돈후는 사
내들을 향해 입을 열었다.

"증좌는 무엇인가?"

관망하며 히죽거리던 작은 사내의 눈썹이 획 치켜 올라갔다. 눈
동자에는 금세 살기가 번뜩였다. 돈후는 작은 사내가 활을 고쳐 쥐
는 모습을 보며 목소리를 더욱 높였다.

"네놈들의 살이 나를 죽일 뻔했으니 단단히 고하라! 그렇지 않으
면 네놈들은 어사대의 추문을 받게 될 것이다."

사내들은 주춤했다. 어사대라는 말 때문일 것이다. 돈후는 눈빛
을 벼리며 말을 이었다.

"설마 살인 노비라는 증좌 없이 양민에게 사사로이 위해를 가한
것은 아니겠지? 어떠냐? 모두 함께 어사대로 가서 자초지종을 고
할 테냐?"

큰 사내의 눈빛이 흔들렸다. 작은 사내는 여전히 활을 그러쥐고
승냥이처럼 돈후를 노려보았다. 돈후는 작은 사내를 주시했다. 정

체를 알 수는 없으나 무공이 있는 자다. 몸집은 작아도 내뿜는 기운이 만만치 않다. 여기서 밀리면 안 된다. 저들이 강도로 돌변한다면 돈후 자신조차 안위를 장담하기 어렵다.

"나리, 죄송합니다. 아우들이 실수를 한 것 같습니다."

낯선 목소리가 팽팽했던 공기를 흩뜨렸다. 언제 나타났는지 알 수 없지만 머리 희끗한 사내가 돈후 앞에 다가와 고개를 숙였다. 큰 사내와 작은 사내가 그 모습을 보고 황당한 표정을 지었다. 나이 든 사내가 저들의 대장인 모양이다. 대장 사내가 고개를 들자 뺨을 가로지른 흉터가 드러났다.

"저희는 물러갈 테니 가던 길 가십시오."

돈후는 대장 사내를 보며 눈을 찡그렸다. 저자는 낯이 익다. 어디서 보았을까. 그렇다. 몇 해 전 아버지의 사랑에서 나오는 모습을 본 적이 있다. 그때도 거친 흉터 때문에 돈후의 눈길을 끌었다. 곱상한 얼굴에 무사처럼 탄탄한 몸을 가졌으나 흉터로 인해 험악한 인상을 주었다. 괴이쩍어 익환에게 물었는데 아버지가 부리는 자는 아니라고 했다.

"형님, 저놈이 분명하우. 귀밑의 붉은 점이 아무에게나 있는 게 아니잖소. 저놈 쫓느라 들인 공이 얼만데 그냥 간단 말이오? 게다가 저놈한테 걸린 은자가⋯⋯."

큰 사내가 투덜거리자 대장 사내는 살을 쏘듯 노려보았다. 큰 사내는 맹수 앞에 조아린 토끼처럼 이내 풀이 죽었다. 대장 사내는 돈후를 향해 목례한 뒤 몸을 돌렸다. 작은 사내는 말없이 돈후를 주시하다 대장 사내를 따랐다.

"이보게, 혹시 나를 아는가?"

돈후의 물음에 대장 사내가 걸음을 멈추었다.

"일개 추쇄꾼이 귀한 공자님을 어찌 알겠습니까."

짧게 답을 마친 대장 사내는 수하들을 이끌고 풀숲 저편으로 사라졌다. 돈후는 사내들이 사라진 뒤에도 시선을 거두지 못했다. 대장 사내는 분명 돈후를 알고 있다. 알면서 모른 척하는 이유는 무엇인가. 또 단번에 기세를 꺾고 순순히 물러선 이유는 무엇인가.

"고맙습니다. 공자님께서 소인의 목숨을 살려주셨습니다."

혜강이 인사했다. 그가 고개를 숙이자 드러난 귓불 아래로 붉은 점이 보였다. 돈후는 점을 내려다보며 물었다.

"구안정의 종복이라 했는가?"

혜강이 다시 한 번 고개를 숙이며 답했다.

"네, 맞습니다. 개경서 오셨지요? 저는 운곡 어르신께서 보내셔서 마중 나왔습니다. 진즉에 모셨어야 했는데 봉변을 당해 쫓기느라 늦었습니다. 죄송합니다."

혜강은 산골에 사는 종복치고는 말 품새가 진중했다. 돈후는 고개를 끄덕였다.

"내가 길을 잃고 헤매는 동안 애먼 자네가 봉변을 치렀군. 불편해 보이는데 다친 것인가?"

"아닙니다. 다리는 며칠 전에 다쳤으나 나아가는 중입니다. 산에 사는 처지에서야 일도 아니지요. 염려해주시니 고맙습니다."

혜강은 괜찮다며 휘휘 손을 내저었다. 하지만 상처에서 배어나온 피가 낡은 고 자락을 적시고 있었다. 돈후는 삼복에게 처치를 해주라 일렀다. 다행히 살이 스치기만 했는지 상처는 깊지 않았다. 삼복이 베를 꺼내 혜강의 다리를 둘둘 감았다. 혜강은 거듭 고개 숙여 인사했다.

"아버지!"

앳된 목소리가 숲을 갈랐다. 이어 어린 사내아이가 뛰어와 혜강의 품에 안겼다. 돈후는 흠칫 놀랐다. 그 아이였다. 개경의 시전 거리에서 적토와 부딪혔던 사내아이. 고개를 돌리니 그녀도 있었다. 돈후의 다친 손을 치료해줬던 남복 차림의 여인. 그녀가 비탈에 서서 돈후를 내려다보고 있었다.

"젠장!"

참은 숨 새로 욕지거리가 흘러나왔다. 그깟 덫이 뭐가 중요하다고 길을 갈랐나. 나란은 내달리면서 거듭 후회했다.

처음에는 자신이 키우던 참매 소리인 줄 알았다. 지난해 산채를 비운 사이 잃어버려 다시 돌아왔나 했는데 아니었다. 길게 두 번, 다급함을 알리는 신호가 분명했다. 그것도 하필 온요와 병이 길을 잡은 쪽에서 났다. 산을 잘 아는 녀석들이니 구르거나 넘어진 사고일 리는 없다. 인근에는 도적이 없으니 필경 산짐승이다. 어떤 놈을 만난 것인가. 간혹 산채까지 들어와 밭을 짓밟던 멧돼지인가.

"우라질!"

다시금 욕을 내뱉으며 바위를 차고 뛰어내렸다. 발밑에서 풀이 짓이겨졌다. 퉁기듯 일어나 가속을 붙여 내달렸다. 나무들이 적군처럼 달려오다 몸을 비껴갔다. 흘긋 돌아보니 운이 한 장 거리를 유지하며 따라붙었다.

도깨비 같은 녀석, 제법 잘 뛴다. 어릴 때는 계집처럼 순하고 곱상하더니 어느새 사내가 다 되었다. 임안에서 만났을 때도 날래게 싸우는 모습이 흡사 무사 같았다. 어쩌다 싸움질을 배웠는지 알 수 없지만 적어도 지금은 운이 있어 든든하다. 맹수라도 만났다면 하나보다는 둘이 상대하기 나을 것이다.

등걸을 차고 내를 뛰어넘었다. 목표 지점이 가까워지니 장애물이 더 많아졌다. 내달리는 길마다 후드득 나뭇가지 부러지는 소리가 났다.

불안하다. 왜 이리 잠잠한 것인가. 더 이상 신호가 들리지 않는다. 설마 짧은 새 일이 벌어진 것은 아니겠지. 등성이 하나 넘는 것이 이리 더딜 줄 몰랐다.

"길은 제대로 잡은 것이냐?"

운이 덤불을 뛰어넘으며 물었다. 호흡은 거칠지만 아직 숨에 여유가 있다.

"여긴 내 손바닥이야."

나란은 다리로 곡괭이질을 하며 비탈을 올랐다. 이 능선 끝에서도 보이지 않는다면 정말 낭패다. 운도 네 발을 짚어가며 기어올랐다. 나란은 중마루의 너른 바위 위에 섰다. 눈으로 매처럼 숲을 훑었다. 산은 온통 짙은 녹피로 덮여 출렁댔다.

온요, 어디 있는 것이냐. 숨은 것이냐. 숨었다면 어디에 몸을 감춘 것이냐…….

녹피 사이로 언뜻 푸르스름한 게 보였다. 온요다! 나란은 훌쩍 날아 비탈에 몸을 굴렸다. 말아 모은 몸을 펴자 등 뒤에서 쿵 소리가 났다. 장승처럼 크니 소리도 크다.

"운, 다치지 말고 잘 따라와라."

나란은 소리치며 일어나 다시 달렸다. 달려가며 등에 맨 활과 살을 뽑았다. 십여 장쯤 달려 내려가자 수풀 사이로 푸른 옷자락이 보였다. 온요다. 온요가 맞다.

"온요야!"

나란이 소리치자 온요가 돌아섰다. 놀랐는지 설핏 찡그렸지만 무사하다. 그런데 온요뿐이 아니다. 푸른 옷자락만 보고 내달릴 때는 몰랐는데, 온요 옆에 낯선 자들이 보였다. 나란은 달려가며 활을 쟀다. 그리고 살 끝을 낯선 자들에게 겨누며 멈추어 섰다.

"웬 놈들이냐?"

나란의 목소리는 숲을 찢을 듯 날카로웠다. 온요가 화들짝 놀라며 다가와 나란을 붙잡았다.

"나란! 그러지 마. 오해야."

"오해?"

"신호는 혜강 아재가 낸 거였어. 추쇄꾼들한테 봉변을 당할 뻔했는데 저 공자님이 도와주셨대. 아버지 손님이야."

"손님?"

나란이 쳐다보자 온요가 고개를 끄덕였다. 병과 혜강도 맞장구치듯 똑같이 끄덕였다. 나란은 천천히 활을 내렸다. 그러고는 온요가 가리킨 사내를 쳐다보았다.

이상하게 생긴 놈이다. 하얀 낯빛에 짙은 눈썹, 얇고 붉은 입술이 도무지 사내놈 같지 않다. 큰 키와 벌어진 어깨만 아니라면 계집이라 해도 속을 것 같다. 값 꽤나 나갈 능라포를 두른 걸 보면 화초처럼 자란 부잣집 도령이 분명한데, 저런 놈이 야차 같은 추쇄꾼을 떨쳐냈다고? 게다가 아버지의 손님이라고?

"처음 뵙소. 개경 사는 김돈후라고 하오."

곱상한 얼굴의 사내가 한 걸음 나서 인사했다. 김돈후? 처음 듣는 이름이다. 운곡과 관계를 맺고 있는 이들 가운데에서는 들어본 기억이 없다. 그런데 인사하는 품새가 꽤나 반듯하다. 비굴하거나 오만하지 않고 거리낌도 없다. 방금 전 살로 위협을 받았음에도 불쾌한 내색조차 보이지 않는다. 대범하고 신중한 놈이다. 저런 놈들이 적이 되면 만만치 않은 법이다.

나란이 대꾸 없이 노려보자 수행한 놈이 경계하며 쏘아보았다. 건장한 몸을 가졌지만 눈매가 순박하고 소 같은 인상이다. 저 부잣집 도령이 부리는 가노일 것이다.

분위기가 험악해서인지 온요가 나서 나란을 소개했다.

"이쪽은 나란입니다. 대륙에서 온 아버지의 제자입니다. 그리고 저분은……."

"정운이라고 하오. 운곡 스승님을 뵈러 온 제자요."

잠시 잊고 있었는데 운이 한 걸음 뒤에 서있었다. 그가 힘이 잔뜩 들어간 나란의 어깨를 잡고 지그시 힘을 주었다. 긴장을 풀라는 뜻이다. 운의 인사를 받은 돈후는 가벼운 목례로 답했다. 그러고는 운을 뚫어지게 쳐다보았다. 거슬렸다. 좀 전과는 달리 무언가를 가늠하는 눈빛이다.

"운 도련님, 오랜만에 뵙습니다. 이리 훤칠한 장부가 되시니 시전 거리에서 만났다면 몰라보았겠습니다. 격조하신 동안 어르신께서 걱정을 많이 하셨습니다."

혜강이 운을 보고 반색했다. 운도 웃으며 인사를 받았다.

"병이야말로 장부가 다 되었소. 십 리 길을 걸어도 끄떡없으니 상단 일을 보아도 될 것 같소. 그런데…… 다리가 불편해 보이오?"

운이 다리를 굽히고 앉아 혜강의 상처를 살폈다. 나란은 그제야 돈후에게서 눈길을 거두고 혜강을 돌아보았다. 다리에 베가 둘둘 감겨 있는 것이 다친 듯했다.

"웬 놈들이 쏜 살에 살짝 스쳤습니다. 공자님께서 목숨 구해주시고 치료까지 해주셨으니 곧 괜찮아질 것입니다. 염려 마십시오."

나란의 눈길이 다시 돈후에게로 향했다. 과한 경계였나. 하지만 빗장이 쉬 풀어지지 않는다. 처음 보는 자로부터 받는 호의는 전모를 가늠하기 어렵다. 노비로 팔려 다니던 시절에 경험한 낯선 호의는 늘 화를 달고 돌아왔다. 나란은 왈칵 성을 내며 소리를 질렀다.

"어떤 놈들이 감히 산채 주변에서 살을 쏜단 말이오? 그놈들 어느 쪽으로 갔소? 내 당장 붙잡아 혼쭐을 내고 말 테요."

혜강이 사색이 된 얼굴로 손을 내저으며 말렸다.

"아이쿠, 그런 소릴랑 마라. 다시 볼까 오금이 저린다. 공자님께서 맵게 야단쳐 보냈는데 별일 있겠냐. 어르신 기다리고 계시니 서둘러 돌아가자. 수개월 떠나 있지 않았느냐. 조금 있으면 해도 저물 것이다."

혜강은 다리를 절뚝거리며 나아가 돈후 앞에 조아렸다. 서두르는 몸짓이다.

"공자님, 저를 따르시지요. 구안정이 지척이긴 하나 좀 걸으셔야 합니다."

돈후는 순순히 혜강을 따라나섰다. 그리고 종복이 말을 이끌고 뒤쫓았다. 온요는 병의 손을 잡은 채 눈을 찡긋거리며 따라오라는 신호를 보냈다. 나란이 꿈쩍도 하지 않자 아예 몸을 돌려 손짓까지 했다. 나란은 고개를 끄덕이며 먼저 가라고, 곧 따라가겠다고 답했다. 마지못해 돌아서 일행을 쫓는 온요의 뒷모습을 보며 나란은 생각했다.

추쇄꾼이 산채 앞마당까지 들어왔다. 나쁜 조짐이다. 더럽고 끈질기기로는 포주나 고리업자보다 더한 족속이 아닌가. 지금이라도 그들의 뒤를 쫓아 꼬리를 잘라야 할까. 무리 중에 살을 쏘는 자가 있다면 온전히 소탕하기 어려울 수도 있다. 보통의 경우 살을 쏘는 자는 무리와 거리를 두고 다니기 때문이다. 꼬리를 온전히 자르지 못해 벌집을 건드린다면 그 역시 낭패다. 처음에는 서넛이나 다음에는 수십이 몰려올 것이다.

"쫓을 것이냐?"

운이 물었으나 나란은 답하지 못했다. 운곡이 알면 펄쩍 뛸 것이 분명한데 어쩔 것인가. 살생만은 안 된다는 운곡의 목소리가 귓가에 쟁쟁하다.

"쫓겠다면 함께 가겠다."

나란은 운을 쳐다보았다. 검게 그을려 사내다워진 얼굴과 다부진 몸이 시야에 들어왔다. 내뿜는 기세는 장군 같지만 선한 눈만큼은 어린 시절 그대로다. 무엇을 하려는 줄 알고 저리 말하는 것인가.

세세히 일러준 적 없는데도 이미 산채 식구들의 비밀을 알고 있었던가. 눈치 빠르고 속 깊은 녀석. 나란은 빙긋 웃었다.

"안 간다. 얌생이 데리고 칼춤 추다 영감탱이한테 맞아 죽을까 겁난다."

운은 피식 웃었다. 어린 시절 둘이 목검 들고 싸우다 운곡에게 회초리 세례를 받은 기억을 떠올린 모양이다.

싸움은 호칭 때문에 시작되었다. 나란이 운을 얌생이라고 부르자 운은 주먹으로 답했다. 산을 옮겨가며 반나절 동안 엉켜 싸우다 운곡에게 발견되었다. 구안정에서는 어떤 이유로든 싸움이 금지되어 있다. 게다가 둘 다 용서를 구하지 않아 싸릿대가 부러지도록 종아리를 맞았다. 종아리를 맞은 뒤엔 거름지기 벌까지 받았다. 거름을 재와 섞어 짓이기면서 나란은 노래를 불렀다. 빌어먹을 영감탱이, 빌어먹을 얌생이…….

"저물기 전에 우리도 가자. 가서 저 곱상한 도령의 정체가 뭔지 알아봐야지."

나란은 뚜벅뚜벅 나아갔다. 운은 할 말이 있는 듯 입을 움찔거리다 굳게 다물고 뒤따랐다.

"어르신께서 편찮으십니다."

운은 산채에 도착하자마자 걱정스러운 소식을 들었다. 온요가 제일 먼저 달려나갔으나 금세 나란이 앞섰다. 떨어진 꼬리처럼 서있던 병도 쪼르르 따라갔다.

산자락 중턱에 산채 식구 서넛이 서성이고 있는 것이 보였다. 온요와 나란은 그들과 잠시 이야기를 나누더니 구안정 안으로 들어갔다. 나란에게 들어 알고는 있었으나 운곡의 병세가 더 악화된 것이 분명하다. 이런 일이 자주 있었는지 혜강은 비교적 담담한 표정이었다.

"해소를 앓고 계시는데 잠시 전부터 상태가 나빠지셨습니다. 기력을 찾으시려면 쉬셔야 할 것 같습니다. 죄송하오나 손들께서는 명일 뵈오시지요."

소식을 전한 사람은 완적이었다. 완적은 운과 돈후를 향해 머리를 조아린 뒤 다소 굳은 얼굴로 운곡의 상태를 전했다. 완적은 운을 못 알아보는 듯했지만 운은 완적을 기억했다. 운이 산채를 떠난 이후 희끗한 머리가 더 희어졌다.

완적은 산채 귀퉁이에 있는 대장간에서 항상 무언가를 만들던 재주 좋은 이였다. 짐승 가죽을 누벼 운과 나란에게 피갑을 만들어주기도 했다. 당시에는 장군들이 전쟁터에 나갈 때 입는 귀한 피갑을 받아 마냥 좋았는데, 피갑 만드는 기술이 나라의 군기시에서 일하는 피갑장이나 가질 수 있는 것임을 나중에 알았다. 저이는 아마도 관속 공장이었거나 관청에 무기를 만들어 납품하는 소*민이었을 것이다.

"이보게 완적, 운 도련님일세. 헌헌장부가 되시니 자네도 못 알아보는구먼."

혜강이 운을 소개하자 완적은 깜짝 놀라며 손을 덥석 잡았다.

"이런! 정녕 운 도련님이십니까? 장성하시어 몰라뵈었습니다. 저는 손과 함께 오신 군관 나리인 줄 알았습니다."

완적이 잡은 손에 힘을 주었다. 억세고 거친 손마디가 따뜻했다. 집다운 집을 가져본 적이 없는 운이 기억하는 한, 산채나 산채 식구들만큼 따뜻한 존재는 없다. 대륙을 떠돌아다니며 외로움에 몸부림칠 때도 기억으로나마 운을 위로한 것은 산채에서의 나날이었다.

"떠나신 지 벌써 다섯 해가 넘었지요? 나란 통해 가끔 소식은 들었습니다만 이리 변하실 줄이야……. 남호 대감은 난처럼 아름다우신데 아드님은 악비 장군처럼 늠름하십니다."

완적이 반가워 던진 말에 혜강은 헛기침을 하며 곤란해했다. 운이 아버지와 소원한 것을 알고 있는 탓이다. 운은 멋쩍은 미소를 지었다. 속사정 모르는 완적보다 속속들이 아는 혜강이 더 불편했다.

"공자님 죄송합니다. 날이 어찌 이리 험한지 모르겠습니다. 아무래도 오늘은 어르신을 뵙지 못하시겠습니다."

---

* 所. 지방의 특수 행정구역. 주로 천민 계급이 거주하면서 부역의 의무를 졌다.

혜강이 누군가에게 허리를 굽히며 사죄했다. 그러고 보니 또 다른 객을 잊고 있었다.

김돈후라고 했던가. 면식은 없으나 이름은 여러 번 들었다. 고려 최고의 실력자로 떠오른 김부식의 아들. 문헌공도에서 발군이라 기대를 모았던 수재다. 외모까지 출중해 사람들 입에 오르내리는 줄은 알았으나, 실제로 보니 과연 헛된 이름이 아니었다.

"괘념치 말게. 어르신 쾌차하시면 그때 뵙지. 번다한 때에 폐가 되어 미안하군."

돈후의 말에 혜강이 거듭 고개를 숙였다.

"미안하시다니요. 먼 길 오셨는데 뵈올 낯이 없습니다. 유생 나리들 숙소에 공자님 머무르실 방을 마련해두었으니 제가 모시겠습니다. 삼복이 자네는 불편하겠지만 내 거처에 머무르게나. 거기가 마구간도 가까우이."

혜강이 이르자 삼복이 솥뚜껑 같은 손을 휘휘 내저었다.

"이놈이야 마구간에서 지내도 괜찮습니다요. 그저 우리 도련님 거처만 잘 살펴주십시오. 제가 힘 좀 쓰니 품 닿는 일은 뭐든 도울 것입니다요."

혜강은 다리를 절룩거리며 유생들의 숙소가 있는 윗채를 향해 앞장섰다. 돈후는 운과 목례를 나눈 뒤 혜강을 따랐다. 운은 경사진 길을 오르는 돈후의 뒷모습을 지켜보았다.

머무를 방까지 미리 마련해놓았다면 잠깐의 방문이 아니라는 뜻인가. 저런 수재가 후미진 사학에 구학차 왔을 리는 없고 민감한 시국에 휴양차 왔을 리도 만무하다. 종복 하나에 말 한 필 이끌고 적대하러 올 리는 더더욱 없으니 목적을 짐작하기 어렵다.

하지만 운은 나란처럼 그가 저어되지는 않았다. 산채로 들어오는 길 내내 고요히 걷던 그의 뒷모습에서 왠지 모를 쓸쓸함을 느꼈다. 종복을 대하는 태도나 신분을 가리지 않는 범절도 반듯하니 품성은 고운 자일 것이다. 아비들의 일로 얽히지만 않는다면 적대할 일도 없으리라.

"도련님, 잠깐이라도 어르신을 뵈시겠습니까?"

돈후가 떠나기 무섭게 완적이 물었다. 완적은 돈후가 경계되었던 모양이다.

"뵈어도 되겠소?"

"편찮으셔도 반갑다 하실 것입니다. 올라가 보십시오."

운은 땅거미가 내려앉기 시작한 구안정을 바라보았다. 현판은 왕희지 못지않은 필체로 당당하나 건물의 몸체는 한낱 토막에 불과한 운곡의 사랑방. 저곳에서 회초리를 맞았고 글을 읽었고 화로 속에서 익은 군밤도 까먹었다. 아버지 같고 할아버지 같았던 운곡은 그때도 해소를 앓고 있었다. 운이 산채를 떠나며 하직 인사를 올리자 요란한 기침 끝에 운곡이 말했다. 집을 찾지 못하겠거든 네 스스로 집이 되라고…….

운이 구안정 앞에 이르자 문이 열리고 온요가 나왔다. 운을 보고 멈칫하더니 곧바로 운을 향해 걸어왔다.

온요(溫曜). 세상과 담쌓고 말을 끊어버린 어린 운에게 이름자처럼 따뜻한 볕이 되어줬던 계집아이. 분기를 이기지 못해 종일 숲을 헤매다 돌아온 운에게 밥덩이부터 건네던 어린 소녀는 세월이 빗긴 듯 작고 고왔다.

"잠드셨습니다. 안정되셨으니 염려 마셔요."

온요는 개경에서부터 계속 경어를 쓰고 있다. 함께 산자락을 뛰어다니며 동무 삼았던 예전과는 달라진 말씨다. 뿐이 아니다. 눈도 제대로 맞추지 않는다.

칠현루 별채에서 마주쳤을 때 운은 현기증을 느낄 만큼 놀랍고 반가웠다. 하지만 온요는 운을 낯선 이처럼 대했다. 세월이 만든 거리감인가. 아니면 운의 존재가 희미해진 탓인가. 고려로 돌아가겠다 결심했을 때부터 줄곧 온요만을 바라왔건만 눈길 한 자락 받기 어렵다. 운은 온요가 자신을 외면할 때마다 가슴이 헛헛해졌다.

"오늘 밤은 나란이 아버지 곁을 지키겠다 합니다. 곤하실 테니 쉬시고 명일 아침에 뵈시지요."

온요는 말을 하면서도 제 발끝만 내려다보았다. 동그란 정수리만 보여주는 그녀가 야속하지만 하얀 가마조차 어여쁘다. 운에게서 아무런 대답이 없자 온요가 고개를 들었다. 고개를 들다 자신을 뚫어지게 내려다보는 눈길과 마주치자 피하듯 외면했다.

"유생들의 숙소를 쓰시겠습니까, 아니면 전처럼 나란의……"

"나란의 게르에 머물도록 하지."

나란의 게르. 나란은 자신의 오두막을 그렇게 불렀다. 초원의 종족들이 동물의 가죽으로 짓는 집이라는데, 고려의 소나무로 지은 오두막에 살지언정 자신의 뿌리만큼은 잃지 않겠다는 의지일 것이다. 나란이란 이름도 초원 말로 태양을 뜻한다고 했다. 나란의 게르가 가장 높은 곳에 위치한 것이 마음에 들어 운은 줄곧 그곳에서 지냈었다.

운이 자르듯 답한 뒤 어색한 침묵이 흘렀다. 온요는 계속 운의 눈길을 피했다. 무엇이 편치 않은 것인가. 쌍화점에서 삼 년 전의 일을 꺼낸 것이 그리 불쾌했나.

사실, 불탑 앞에서 온요에게 불쑥 건넨 말은 치기가 다분히 섞여 있었다. 대륙으로 가는 상선에 오르면서 고려로 돌아오리라는 생각 따위는 하지 않았다. 어차피 뿌리를 자르고 떠난 길, 부평초처럼 떠돌다 길 위에서 죽으리라 마음먹었다.

하지만 생은 언제나 생각대로, 치기대로 되지 않았다. 회회인들을 따라 오른 여행길에서 모래폭풍을 만났다. 모든 것을 쓸어가던 거대한 바람 속에서 운은 죽음과 직면했다. 각오는 했으나 두렵고 고통스러웠다. 견디다 못해 생의 끈을 놓으려던 순간, 불현듯 불탑 앞에서 본 고운 얼굴이 빛처럼 떠올랐다. 생애 처음 미래를 기약했던 날도 기억해 냈다. 그래, 온요! 온요를 만나러 가겠다 했었지. 운은 명멸하는 빛을 쫓아 기적처럼 모래폭풍을 빠져나왔다. 그날 이후 운은 오직 한 가지 생각밖에 하지 않았다. 돌아가자. 산채로, 온요가 있는 곳으로.

"운아! 어르신께서 들라신다."

둘 사이의 침묵을 가르고 나란이 소리쳤다. 열린 문 새로 침상에 일어나 앉은 운곡의 모습이 보였다. 온요와 나눈 짧은 대화가 운곡의 휴식을 방해한 모양이다. 운은 나란을 향해 고개를 끄덕인 뒤 온요를 보았다.

서두르지 않겠다. 숱한 죽음의 고비를 넘기며 돌아온 길 아닌가. 세상에서 가장 따뜻하고 편안한 집에서 온요의 마음을 얻을 수 있도록 노력하면 될 것이다.

운은 온요의 어깨에 손을 올렸다. 움찔 놀란 온요가 고개를 들어 눈을 맞추었다.

"앞으로 내게 말할 때는 나를 보아다오. 네가 나를 외면하는 모습은 보고 싶지 않다."

운은 할 수 있는 한 가장 따뜻한 미소를 지어 보였다. 그러고는 동그랗게 눈을 키운 온요를 뒤로 하고 구안정으로 들어갔다.

산채

빼꼼 열린 문 새로 밤톨 같은 머리가 나타났다 사라졌다. 문이 닫
히는가 싶더니 다시 밤톨이 벌어지듯 조막만 한 얼굴이 나타났다.
병이다. 새로 온 손이 기침했는지를 알아보려는 것인가. 제 딴에는
소리를 죽이려 애쓰지만 지게문이 여닫힐 때마다 덜그럭 소리가
요란했다. 소리가 날 때마다 병의 상도 잔뜩 구겨졌다.

"그 정도 해서 어디 잠을 깨우겠느냐. 문고리 떨어지기 전에 들어
오너라."

돈후는 침상에서 일어나 앉았다. 밤새 울어대는 소쩍새 소리에
잠을 설쳐 진즉에 깼던 참이다. 산중이라 그런가. 잠자리를 가리지
않으나 새소리와 상념으로 어지러운 밤이었다. 돈후가 일어나 앉

자 병이 쪼르르 들어와 머리를 조아렸다. 어제는 제 아비를 구해준 은인이라며 넙죽 엎드려 절까지 했던 예바른 아이다.

"삼복 아재 대신 왔습니다. 간밤에 불편하진 않으셨는지요. 아버지가 공자님께 세숫물과 조반을 올려도 되올지 알아보라 했습니다. 조반 후에 어르신께서 뵙자고 하십니다."

병이 새 모이를 쪼듯 작은 입을 오물거리며 말했다. 어른처럼 애써 예를 갖추어 말하는 모습이 귀여워 웃음이 났다.

"편히 잤다. 신경 써줘 고맙구나. 기침했으니 일대로 하라 전하여라."

병의 얼굴에 함박웃음이 물렸다. 티끌 하나 없이 맑은 웃음. 돈후의 가슴까지 맑아진다.

병이 다시 꾸벅 절하고 방을 나갔다. 낯선 방에 홀로 앉아있으니 비로소 타지에 있음이 실감되었다. 자그마한 구들로 만든 침상과 책상, 화로가 전부인 오두막. 허름하긴 해도 제법 아늑하다. 돈후는 일어나 침상 옆에 가지런히 개켜둔 베옷을 꿰었다. 유생들이 일상복으로 입는 옷인 듯했다. 운곡과 마주하기 전에 산채나 둘러봐야겠다.

방을 나서자 공들여 돌아볼 것도 없이 산채의 전모가 한눈에 들어왔다. 지난밤에는 어두워 몰랐는데 숙소가 제법 높은 위치에 있었다. 굽어보니 두 개의 산자락 사이에 오두막이 옹기종기 모여있다. 운곡이 기거한다는 구안정은 중앙에 있고 유생들의 숙소와 종복들의 거처로 보이는 오두막이 좌청룡 우백호처럼 늘어섰다. 중앙에는 제법 멋스럽게 기와를 얹은 정자도 보였다. 오두막 하나 덜렁 지어놓은 허름한 사학인 줄 알았는데 산중에 이런 규모의 마을을 짓다니, 아버지의 짐작대로 운곡은 역시 범상치 않은 인사다.

종복들 거처 앞에서 아낙들이 일하는 모습이 보였다. 화덕에서 나온 연기가 승천하는 용처럼 피어오르고, 걸어놓은 솥단지와 약탕기에서 김이 아른거렸다. 땔감을 나르는 아이들과 장작을 패는 건장한 사내들의 모습도 보였다. 새소리가 걷힌 중천에는 아낙들의 웃음소리, 아이들이 재잘거리는 말소리가 날아다녔다. 평화로웠다.

"새로 오신 유생이오?"

누군가 돈후에게 인사를 건넸다. 소리 나는 쪽을 돌아보던 돈후는 흡, 하고 숨을 멈추었다. 말을 건넨 이의 인중이 붉게 갈라져있었다. 언청이였다.

"미안……하오. 보기…… 흉하지요?"

그가 손으로 입을 가리며 고개를 숙였다. 돈후는 당황해 할 말을 찾지 못했다. 놀란 표정을 보인 것이 미안해 더욱 말문이 막혔다.

"나는…… 윗 처소에 묵는 유생이오. 이인호라고 하오."

인호가 고개를 숙이자 돈후도 엉거주춤 답례했다.

"면구스럽소만 놀란 것이 아니오. 갑작스럽게 부른지라 미처…….'

돈후가 낯을 붉히며 사과하자 인호는 손사래를 쳤다.

"처음 보는 사람은 다 놀란다오. 집에서 숨어 지낼 때는 늘 먼저 조심했는데, 이곳에서 오랫동안 허물없이 지내다 보니 내가 경솔했소. 새 식구가 왔다기에 반가워 그랬소."

돈후는 여전히 당혹스러웠지만 인호는 느리고 차분하게 인사를 이어갔다.

"아픈 자나 사람 구실 하기 힘든 자, 곡절 깊은 자들이 찾는 곳이 구안정 아니오. 사형도 곧 익숙해질 것이외다. 적응할 때까지 뭐든 아쉬운 게 있으면 말하시오. 내가 도우리다."

그래서 이리 후미진 곳에 터를 잡은 것이군. 인호의 짧은 인사 속에서 구안정의 면모가 조금은 파악되는 느낌이다. 돈후는 뒤늦게 통성명을 했다.

"김돈후라고 하오. 개경서 왔소. 사형 말대로라면 나는 곡절 깊은 유생이 되겠구려."

인호가 웃었다. 웃느라 갈라진 인중 사이로 다시 붉은 잇몸이 드러났다. 낮낮한 말씨나 태도 때문인지 갈라진 인중이 처음만큼 당혹스럽지는 않았다.

"알고 있소. 정혼녀와 관련된 구설을 피해 피접 왔다지요?"

인호의 말에 돈후의 낯이 단박에 굳었다.

"아, 내가 또 경솔했구려. 미안하오. 이곳은 비밀이 없소. 사형의 부친이 서찰을 보내신 뒤 스승님께서 모두에게 말씀하셨소. 마음이 번다할 것이니 배려하라 당부도 하셨다오."

불쾌하다. 아버지는 주란의 죽음을 이렇게 이용하시는가. 구설을 피해 도망친 못난 한량 행세를 하라는 뜻인가. 말 많은 인호가 다시 거슬리기 시작한다.

"나는 양주 사람이오. 구안정에 온 지는 두 해가 넘었소. 그 전까지는 가문의 수치로 뒷방에 갇혀 살았지요. 얼굴을 가린 채 부인과 합방하고 회임이 확인되자마자 이곳으로 쫓겨왔소. 여인네처럼 가마를 타고 한 달을 걸려 왔는데……. 믿어지시오? 가마에서 내린 뒤 나는 난생 처음 햇빛을 보았소. 창호 너머로가 아니라 날것 그대로 말이요."

인호는 눈을 감고 턱을 높였다. 햇빛과 바람을 쏘이는 품새다. 찬찬히 살피니 갈라진 인중만 아니라면 미남자 소리를 들었을 법도 하다.

"아이가 보고 싶진 않소?"

돈후의 물음에 인호의 눈이 끄느름해졌다. 그예 눈물이 맺히는 모습을 보며 돈후는 입을 다물었다. 묻기는 했으나 듣고 싶지 않다. 양주 땅에서 내로라하는 집안일 것이다. 집안의 대를 이어 소용이 다했으니 내쳐졌고, 내쳐졌으니 아이를 볼 처지도 못 될 것이다. 생면부지의 공간에서 생면부지의 사람이 가진 구구절절 사연에 발 담글 생각은 없다. 괜히 물었다는 후회가 밀려들었다.

"도련님, 기침하셨습니까요?"

삼복이 다가와 넙죽 조아렸다. 양손에는 세숫물을 담은 목대야가 들려있다.

"소인이 제일 먼저 뵈려 했는데 병이 녀석이 어찌나 조르는지 대신 보냈습니다요. 콩알만 한 놈이 은혜를 알고 정스러운 게 참 기특했습니다요. 혜강 아저씨가 아들 하나는 아주 잘 키우셨지 싶습니다요. 아이쿠, 이놈 정신 좀 보게. 우리 도련님 시장하실 텐데, 얼른 소세하시고 조반 드셔야겠습니다요."

수다가 늘어진 삼복 뒤로 밥상을 들고 서있는 처자가 보였다. 아직은 연치 어린 듯 보이는데 차림새는 꽤 성숙했다. 머리는 개경 처자들처럼 멋스럽게 쌍계*를 틀었고, 갸름한 턱을 외로 비튼 모습이 새치름하니 제법 고왔다. 돈후가 처자를 계속 쳐다보자 삼복이 소곤거렸다.

"병이 누이입니다. 이름이 갑이랍니다."

갑이 밥상을 방 안으로 들인 뒤 물러갔다. 소리를 내지 않고 종종 걷는 걸음걸이가 흡사 기생 같다. 삼복은 돈후가 소세하기 좋도록 쪽마루 위에 대야를 놓은 뒤 새하얀 비단을 들고 대기했다. 돈후는 소매를 걷다 말고 인호를 돌아보았다.

"나는 벌써 소세하고 조반도 들었소. 소세는 아래 냇가에서 했고 조반은 지락재에서 들었지. 구안정에서는 아프거나 거동이 불편한 이에게만 세숫물과 조반을 가져다준다오."

이 말은 무슨 뜻인가. 돈후는 고개를 기울이며 삼복을 쳐다보았다.

---

* 두 갈래로 땋거나 묶은 뒤 올려붙인 머리 모양.

"희한하게도 여기서는 유생 나리들과 종복들이 지락재인지 뭔지 하는 곳에 모여 조반을 들지 뭡니까요. 반빗간에 이름을 지어놓은 것도 이상한데 상하를 가리지 않고 한 상에 둘러앉아 먹는 것은 더 요상합니다요. 어쨌거나 도련님께서는 괘념치 않으셔도 됩니다요. 도련님 수발은 제 것입니다요. 누가 감히 소인놈한테서 뺏어갑니까요. 세상 법도가 바뀐다 해도 절대 안 됩니다요."

삼복이 씩씩대며 내뱉자 인호는 기가 막힌다는 듯 허허 소리를 내며 웃었다.

지락재(至樂齋). 즐거움에 이르기 위한 배움의 전당이 하필 반빗간이라……. 유생들에게 음식의 소중함이나 애민의 마음을 가르치기 위한 의도일까. 하지만 반빗간에서 상전과 종복이 어울려 밥을 먹다니 해괴하기 짝이 없다. 병이 그녀를 누나라 부르고, 그녀가 혜강을 아재라 부르는 모습이 생각났다. 신분의 경계를 없앴다는 뜻인가. 점점 흥미로워진다.

돈후는 양손 가득 세숫물을 담아 얼굴을 문질렀다. 갑자기 맹렬하게 식욕이 몰려왔다.

온요는 운곡 옆에서 먹을 갈았다. 운곡은 실처럼 가늘게 쪼갠 대나무 살을 하나씩 꿰어 오목한 바구니를 만들고 있다. 밤새 기침하느라 편히 쉬지 못하고 섭식도 부실했건만 아침나절 내내 대나무 살과 씨름 중이다. 이제는 뼈밖에 남지 않은 앙상한 몸을 구부린 채 몇 번이고 헛손질을 하는 운곡을 향해 온요가 말했다.

"눈도 침침하신데 그만하셔요. 오랫동안 쪼그려 앉아계시다 기침하실까 걱정입니다."

"허허, 기침이 나면 하면 되지. 해소 앓는 늙은이가 기침하는 게 뭔 대수라고."

꿰어지지 않는 대나무 살을 살살 문지른 뒤 다시금 엮어보려 애쓰는 운곡. 온요는 보다 못해 먹을 내려놓고 거들었다. 운곡이 옳거니, 옳거니 감탄사를 내뱉었다.

온요는 다시 고쳐 앉아 붓을 쥐었다. 필사는 운곡의 뒤를 이어 온요가 오랫동안 해온 일이다. 운곡이 가진 서책을 필사해두면 광덕상회의 덕우 행수가 개경 귀족들에게 비싼 값으로 팔았다. 종이도 귀하지만 서책은 은병만큼이나 귀해 광덕의 인기 물목이었다.

"어르신, 우리 도련님께서 뵙기를 청합니다요."

정자 아래에서 삼복이 고했다. 돈후의 모습도 보였다. 어제와 달리 베옷을 입었다. 구안정의 유생들이 입는 일상복. 거친 베를 두르고도 여전히 수려한 모습이다. 뜻하지 않게 두 번이나 호의를 받고 나니 겉모습만 보고 경계했던 것이 미안했다. 온요는 다소곳이 일어나 돈후를 맞았다.

"김, 부 자, 식 자 어른의 장남 돈후라 합니다. 구안정의 어르신을 뵙습니다."

돈후는 부복하여 인사했다. 운곡이 빙그레 웃으며 맞배했다. 한 보 물러나 비껴 앉은 온요는 차를 달였다.

"밤새 평안하셨소? 뇌천에게 이리 훤한 아들이 계셨구먼. 반갑소. 오는 길이 험해 고생했을 터인데 온요와 혜강까지 도와주어 고맙소."

"도움을 받은 것은 저이니 제가 감사를 드려야지요. 그리고 말씀 편히 해주십시오. 유생으로 왔으니 스승님으로 모시고자 합니다."

겸양한 돈후가 온요 쪽을 보았다. 온요 앞에 놓인 지필묵을 훑어보더니 이내 운곡이 만들던 바구니들을 내려다본다. 운곡이 대바구니를 만들고 온요가 글을 쓰고 있으니 그에게는 낯선 광경이리라.

"스승이라……. 듣기 좋구나. 그런데 출사까지 한 마당에 더 배울 것이 있겠느냐. 혈기 왕성한 장부가 산중에 피접을 왔으니 무료할까 걱정이다."

운곡은 대나무 살과 바구니 등속을 밀어낸 뒤 온요가 건넨 차를 마셨다.

"짐작하셨겠지만 피접은 핑계입니다. 정혼한 적도 없습니다."

온요는 찻잎을 뜨다 말고 돈후를 쳐다보았다. 핑계? 정혼녀가 갑자기 세상을 떠나 휴양 온 것이 아니라는 말인가. 마룻바닥에 찻잎이 떨어져 흩어졌다.

"아버지는 스승님께서 서경파와 한통속인지 아닌지 궁금해하십니다. 그리고 제가 그에 대해 알아오기를 바라십니다."

잠시 침묵이 흘렀다. 온요는 떨리는 손으로 바닥에 떨어진 찻잎을 쓸어 모았다. 어쩌면 저리 거침이 없을까. 솔직한 것인지 적대하는 것인지 분간이 가지 않는다. 동요하는 온요와 달리 운곡은 미동도 않고 차를 달게 마셨다. 떨어진 찻잎을 다 모을 즈음 운곡이 말끔하게 비운 찻잔을 내려놓았다.

"무료하지는 않겠구나. 머무는 동안 천천히 알아보아라."

온요는 운곡의 빈 찻잔을 다시 채웠다. 불안하다. 운곡의 답은 충분히 예견한 것이나 돈후의 거침없음이 날이 되어 다가온다. 나란이 염려하는 것처럼 돈후는 위험한 사람 같다.

"외람되오나 그리하지 않을 것입니다. 저는 정치나 가문의 일에 관심이 없습니다. 쉴 곳이 필요해 왔고, 오래 머물지는 않을 것입니다. 저어하지 마십시오."

운곡은 돈후를 물끄러미 바라보다 심드렁하게 답했다.

"그러냐. 편한 대로 하여라."

운곡이 다시 차를 마셨다. 온요는 돈후를 쳐다보았다. 차를 마시던 돈후도 천천히 고개를 돌려 눈길을 맞받았다. 온요는 생각했다. 저리 깊고 맑은 눈 속에 무엇을 숨길 수 있을까. 아름다움을 가장한 날카로운 칼일까. 그 칼로 운곡을 베고 온요를 베고 산채까지 베어

넘길까.

순간, 돈후의 눈빛이 변했다. 강렬해지는가 싶더니 이내 풀어졌다. 그러고는 처음 만났던 날처럼 빙긋 웃었다. 황당했다. 저 웃음은 무슨 뜻이지? 희롱인가? 불쾌한 느낌에 얼굴이 화끈거렸다. 돈후는 찻잔을 내려놓으며 운곡에게 말했다.

"스승님, 청이 있습니다. 산 생활을 해본 적이 없어 서름합니다. 따님께 도움을 구해도 되겠습니까."

온요의 눈길에 날이 섰다. 언짢은 기색을 담아 쏘아보았음에도 돈후의 낯은 담담했다.

"온요를 이름이냐? 그렇다면 내가 아니라 온요에게 물을 일이지. 온요 네 생각은 어떠냐?"

운곡이 물었으나 답하지 않았다.

"산채에 급한 일이 없으니 품 닿는 대로 도와드려라. 너도 필사할 때 늙은이 귀찮게 말고 도움 청하면 되겠구나. 식견 높은 뇌천의 아들이니 문장도 좋을 것이야."

필사라는 말을 듣자마자 돈후는 온요 앞에 놓인 서책을 살폈다. 온요는 눈길을 잘라내듯 야무지게 답했다.

"미욱한 제가 도움 드릴 게 있겠습니까. 하지만 필요한 것이 있으시면 무엇이든 말씀하시지요."

돈후의 다물린 입에 호선이 그어졌으나 온요의 미간에는 주름이 졌다. 오래 머무르지 않을 것이라면서 산 생활에 적응하도록 도와

달라니, 속내를 짐작하기 어렵다. 운곡의 속내도 알 수 없기는 마찬가지다. 필사할 때 도움을 청하라니……. 제 입으로 간자 노릇 하러 왔다 고한 이에게 무슨 도움을 받으라는 것인가.

"해가 성하니 제법 덥구나. 낮잠이라도 자야겠다. 너희는 이만 물러가 볼일 보아라."

운곡이 자리에서 일어나 정자를 나갔다. 돈후도 일어나 예를 갖추었다. 어지러이 널린 대나무 살과 지필묵을 정리하는데 어쩐 일인지 돈후는 물러가지 않았다. 정자 밖에 서서 온요 하는 양을 지켜보았다. 그의 눈길이 신경 쓰였다. 왜 저러고 있는 걸까? 종복까지 거느리고 왔으면서 아쉬울 게 무엇이 있단 말인가. 소제까지 마치고 정자에서 내려서는 온요를 향해 돈후가 입을 열었다.

"아름답습니다."

온요의 얼굴이 일그러졌다.

"글씨 말입니다. 웬만한 유생들이 울고 가겠습니다. 아녀자가 글을 아는 것도 놀라운데 서체가 단아하면서도 힘이 넘치니 보기 좋습니다."

뺨이 화끈 달아올랐다. 이자는 정말 한량이거나 호색한이 틀림없다. 여인들을 희롱하는 법을 잘 알고 있다. 온요는 민망함을 감추고 돈후를 쏘아보았다.

"간자로 오셨다 했습니까?"

"간자로 왔으나 간자 노릇을 하지 않겠다 했습니다."

뾰족하게 물었으나 돈후는 유유했다. 문제 될 것이 없다는 식의 당당한 태도였다. 그 뻔뻔함이 오히려 혼란스러웠다. 온요는 차갑게 물었다.

"도와달라 하셨지요? 제가 무엇을 해드리면 되겠습니까?"

돈후는 빙긋 웃으며 답했다.

"우선 산채부터 소개해주시지요."

나란은 게르 앞 평상에 앉아 살과 덫을 손질했다. 두어 달 전 산 곳곳에 놓은 덫은 모두 망가져 못 쓰게 되었을 것이다. 설령 작은 짐승 몇이 걸렸다 해도 이미 큰 짐승 차지가 되었을 가능성이 높다. 하는 수 없다. 처음부터 다시 시작하는 수밖에. 산채 식구들에게 두루 고기 맛이라도 보이려면 토끼나 꿩 따위로는 어림없을 것이다. 운도 있고 하니 번번이 실패했던 멧돼지잡이에 도전해볼 일이다.

바닷바람을 맞고 자랐다는 해죽을 들어 곧기와 굳기를 가늠했다. 만만하게 쓰기로는 싸리로 만든 호시가 낫지만 숲에서 짐승 사냥하기에는 역시 대나무로 만든 죽전이 제격이다. 제대로 맞히기만 한다면 꼼짝없이 쓰러진다. 수완 좋은 덕우 아재가 단단한 놈들만 골라 보내 만족스럽다.

나란의 입에 웃음이 걸릴 즈음, 서풍이 불었다. 더운 기가 담겼으나 땀을 닦기에는 꼭 알맞은 바람. 눈을 감고 바람이 실어다주는 산내음을 맡았다.

"돌아오니 참 좋다. 너도 좋지?"

물었으나 답이 없다. 나란은 실눈을 뜨고 운을 찾았다. 방금까지만 해도 옆에 있던 녀석이 보이지 않는다. 다시 눈을 크게 뜨고 두리번거렸다. 어디 갔나 했더니 비탈 끝에 서서 산채를 내려다보고 있다. 내려다보는 눈길이 제법 진지하다.

하긴, 산채가 많이 달라지긴 했다. 운이 지낼 때보다 오두막도, 식구도 늘었다. 작은 고을이라 해도 부족함이 없을 것이다. 지금의 모습을 갖추기까지 땀 꽤나 흘렸다. 중정의 정자를 제외하면 나란의 손길이 미치지 않은 곳이 없다. 정자는 완함 혼자 지었다. 완함은 궁궐 공사를 맡아 한다는 선공시의 공장들처럼 솜씨가 좋았다. 구안정이라는 이름에 걸맞은 정자를 짓겠다고 했을 때는 콧방귀만 꿰었는데 손수 구운 기와까지 얹어 마무리할 때는 나란의 입이 소처럼 벌어졌었다.

나란은 평상 위에 벌렁 누웠다. 운은 어젯밤 운곡과 이해할 수 없는 대화를 나누었다. 운곡이 물었다. 구하던 것은 찾았느냐고. 운이 답했다. 찾는 것이 이곳에 있었다고. 종잡을 수 없었으나 끼어들지는 않았다. 비렁뱅이처럼 떠돌다 산채에 돌아왔으니 그저 다행이라 여길 뿐이다.

"산채에는 얼마나 머무를 테냐? 장비 행수가 서경 일 좀 봐주라던데 그리할 것이냐?"

속으로 생각했다. 아비와 얽히는 일은 끔찍이 싫어하니 역시 마다하겠지. 그래도 광덕상회의 일을 보고 있는 처지에 마냥 외면할 수는 없을 것이다. 떠보듯 물었으나 운은 묵묵부답이다. 말조차 꺼내기 싫다는 뜻인가. 답답한 마음에 나란이 벌떡 일어나 소리쳤다.

"잡지도 않은 꿩고기를 삶아 먹었냐? 왜 대꾸가 없어?"

어라? 잠시 전까지만 해도 비탈 끝에 서있던 운이 보이지 않는다. 평상에서 일어나 보니 운이 비탈을 내려가고 있다. 건장한 녀석이 날래기가 노루 같다. 몇 걸음 걷지 않고도 벌써 산채 안마당에 닿았다. 마땅히 할 일도 없으면서 어디를 그리 바삐 가는 것일까.

"도깨비 같은 놈."

중얼거리며 돌아서려던 참이었다. 비탈 아래 저만치 온요의 모습이 보였다. 산채 식구들의 오두막 앞에서 온요가 웃고 있었다. 남복을 벗고 치마를 두른 온요. 나란의 입에도 웃음이 물렸다. 온요의 웃음은 언제 보아도 곱다. 산 내음 가득 실은 바람보다 향기롭다.

순간, 나란의 표정이 굳었다. 다시 보니 온요는 혼자가 아니다. 온요 앞에 돈후가 함께 있다. 들리지는 않지만 그가 온요에게 무언가 말하는 듯하다. 다시 웃는 온요. 가슴에 쿵, 바위가 떨어졌다. 저 여우 같은 놈이 순진한 온요를 홀리고 있는 것인가. 나란은 뛰기 시작했다. 계집처럼 곱상한 얼굴을 하고서는 감히 산채에서 한량 짓을 해? 그것도 온요를 상대로?

"내 이놈을 당장!"

한달음에 비탈을 내려가 오두막으로 향했다. 가면서 장작더미에서 날렵한 놈 하나를 집어 단단히 틀어쥐었다. 손바닥에서 통증이 느껴졌지만 개의치 않았다. 허튼짓을 하고 있다면 당장 요절을 내고 말 것이다. 나란은 숨을 고르며 오두막을 돌아서다 엉거주춤 멈추어 섰다.

솥단지를 걸어놓은 화덕 앞에 온요와 돈후, 그리고 운이 보였다. 게다가 함께 웃고 있다. 이게 무슨 상황인가. 운이 저 녀석은 언제 나타난 거지?

나란은 멀뚱멀뚱 셋을 쳐다보았다. 온요가 나란을 발견하고 웃다 시선을 내리더니 사색이 되어 달려왔다. 그러고는 나란의 손에서 장작을 떼어냈다. 피 묻은 장작이 흙바닥을 굴렀다. 다친 손을 살피던 온요는 울상이 되었다. 나란은 온요의 손을 거칠게 떼어냈다.

"가시 하나 박혔다고 호들갑은!"

"가만히 좀 있어봐. 날도 더운데 덧나면 고생한단 말이야."

온요는 눈을 흘기며 다시 손을 잡았다.

"됐다. 이까짓 것 뽑아버리면 그만이지."

나란은 손에 박힌 굵은 가시를 쑥 뽑아버렸다. 온요는 질색하는 표정을 짓더니 품에서 약초 가루를 꺼내 뿌리고 베를 둘둘 감았다.

돈후는 그런 온요를 뚫어지게 쳐다보았다. 눈길이 거세어 솥단지라도 뚫을 것 같다. 역시 잘못 본 게 아니다. 저놈 눈빛이 심상치 않다.

"신도 아재가 아침 내내 고생하셔서 장작은 충분해. 날이 더워 밥하고 약 달일 것만 있으면 되니까. 제발 조심 좀 해. 그리 거칠게 구니 깨지고 부러지느라 성할 날이 없잖아."

온요는 매듭을 지으며 투덜거렸다.

"그러는 너는 예서 뭐 하고 있었던 거야? 운이 너는 또 여기서 뭐하고?"

"돈후 공자님께 산채를 보여드리고 있었어. 그런데 운 도련님도 함께 돌아보고 싶다고 하셔서……."

온요의 뺨이 발그레해졌다. 얼씨구, 이것은 또 무슨 일인가.

"혜강 아재도 있는데 왜 네가 나서? 그리고 뭐? 운 도련님? 언제부터 운이 도련님이 됐어?"

나란의 호통에 온요가 난감한 표정을 지으며 다가섰다. 그러고는 나란의 팔을 꼬집으며 소곤거렸다.

"아버지께서 명하신 일이야. 그리고 도련님이 아니면 뭐라고 불러? 장성한 사내에게 어린애처럼 이름이라도 부르란 말이야?"

나란의 고개가 홱 돌아갔다. 뭐, 사내? 운이 사내라고? 다시금 빽 소리치려는 참, 운이 나섰다.

"도련님 소리는 나도 듣기 불편하다. 일찍이 동무 삼기로 하지 않았느냐. 전처럼 운이라 불러다오."

온요가 돌아보자 목석 같은 운의 눈에 반달이 떴다. 나란의 입이 저도 모르게 쩍 벌어졌다.

"그것은 물정 모르던 철부지 때의 일입니다. 장성하신 분을 그리 부를 수는 없습니다."

"내 기억이 맞는다면 구안정은 신분이든 성이든 유별하지 않는 곳이었다. 변한 것이 없다면 그리하자."

온요는 난감한 표정으로 입을 다물었다. 나란은 벙벙한 낯으로 둘을 번갈아 보았다. 그럼 이제껏 내외하고 있었던 것인가. 뭐, 오랜만에 만났으니 그럴 수도 있으렷다. 눈치가 없구나, 나란! 나란은 제 머리를 쥐어박았다.

"호형호제가 구안정의 법도였습니까? 그거 아주 마음에 듭니다. 말 나온 김에 저도 합시다."

돈후가 성큼 다가서며 말했다. 나란과 온요, 운이 모두 놀라 쳐다 보았다.

"구안정에서는 신분도 성도 유별하지 않는다면서요. 저도 구안 정에 자리를 깔았으니 함께 합시다."

나란은 낯을 구겼다. 신분의 경계가 없는 것은 산채 식구에게나 가당한 이야기다. 구안정에 머무는 유생들은 깍듯이 손님으로 예우받는다. 게다가 정체 모호한 놈과 호형호제를 하다니 어림없는 일이다. 나란이 호통을 치려 입을 움찔거리는데 운이 나섰다.

"원한다면 그리하지. 돈후라 했던가? 이미 통성명은 했으니 자네도 운이라 부르게."

"뭐가 어째?"

힐난의 뜻으로 쏘아보았으나 운은 빙긋 웃어 보였다. 대체 무슨 생각으로 이런 짓을 벌이는가. 돈후 얼굴에 뜬 웃음까지 확인한 나란은 상을 더욱 찌그렸다.

"나라의 법도가 지엄한데 그럴 수는 없습니다. 더욱이 두 분 공자님은 산채 식구가 아니십니다."

온요가 나섰다. 운과 돈후의 대화를 단칼에 자르고는 돌아서 중정을 향해 걸어갔다. 매운 걸음걸이에 붉은 치맛자락이 나풀거렸다. 온요의 치맛자락을 거친 청량한 바람이 나란의 가슴을 쓸고 갔다. 그럼 그렇지, 그래야 내 누이지. 나란의 입꼬리가 춤추듯 씰룩댔다.

운의 굳은 눈길이 온요의 뒷모습을 쫓았으나 온요는 끝내 돌아보지 않았다. 돈후는 온요를 쫓는 운을 쳐다보며 애매한 미소만 지었다. 감정이나 생각을 읽기 어렵다. 나란은 돈후를 향해 물었다.

"너, 김부식의 아들이라지? 여기 온 진짜 속셈이 뭐냐?"

❖　❖　❖

운은 곱씹었다. 두 분 공자님은 산채 식구가 아니십니다……. 온요가 그랬다. 운이 산채 식구가 아니라고. 곱씹을 때마다 서늘한 바람이 가슴을 쓸었다.

온요는 중정을 가로질러 정자에 닿았다. 그곳에서 서책들을 챙겨 가슴에 안고는 다시 종종 걸어 아래채로 향했다. 제 오두막으로 가려는 것이다. 운은 온요에게서 눈길을 떼지 못했다.

"똑같은 질문을 거듭 받는군. 속셈 따위는 없다. 그저 마음이 번다하여 쉬러 왔을 뿐이야."

"지금 그걸 순순히 믿으라는 거냐? 김부식의 아들이 명산명절 놔두고 이 허름한 촌구석에 쉬러 왔다고?"

"너는 사람을 잘 믿지 않는구나? 믿는 도끼에 발등 찍힌 적이라도 있는 것이냐? 그게 아니라면…… 내가 무서우냐?"

"무서워? 뭐 이런……"

나란이 주먹을 내뻗었다. 운은 재빨리 돌아서 나란의 팔을 붙잡았다. 언제나 말보다 주먹이 빠른 녀석이다. 불끈거리는 나란과 달리 돈후는 여유롭게 웃었다. 여인처럼 고운 얼굴을 가졌으나 기세가 만만치 않다. 나란은 범 같은 기상을 내뿜어 사람들을 위축시키곤 하는데, 한 치의 흔들림도 없다.

"나도 궁금하긴 하다. 위세 높은 개경 귀족의 자제가 산골의 사학을 찾았으니 누구든 궁금해할 일이 아니냐. 혹시 다른 연유라도 있는 것이냐?"

운이 묻자 돈후는 웃음을 지운 채 답했다.

"연유라……. 내 아버지에게는 있을지도 모르지. 워낙 하시는 일이 많은 분이니. 허나 내겐 없다. 아버지는 아버지고 나는 나일 뿐, 나는 아버지 일에는 관심 없다."

운은 돈후를 보며 생각했다. 아비들의 일로 얽히지 않기를 바랐듯 온요의 일로도 얽히지 않기를 바란다. 나란의 게르 앞에서 온요와 함께 있는 모습을 본 순간, 낭떠러지에 외발로 선 듯 아찔한 기분이 들었었다. 그래서 미친 듯 뛰어 내려와 체면 따질 겨를 없이 대화에 끼어들었다. 스스로도 이해할 수 없는 즉흥적인 행동이었다.

"구안정에는 얼마나 머무를 생각이냐?"

"기약은 없다. 허나 군이 정한다면…… 무료해질 때까지?"

냉소에 가까워 오만해 보일 수도 있는 웃음. 그러나 위선이 느껴지지는 않았다. 쉬 속을 내보이지 않겠으나 거짓으로 위장할 자는 아니다. 운은 고개를 끄덕였다.

"그렇구나. 있는 동안 잘 지내보자. 나도 오래 머무르지는 않을 것이다."

이번에는 돈후가 표정을 바꾸어 물었다.

"그럼 이제는 내가 물을 차례군. 부친이 남호 정지상 대감이라 들었다. 너 역시 나와 다르지 않은 처지인데 이곳에는 무슨 인연으로 온 것이냐?"

"어린 시절에 이곳에서 수학한 적이 있다. 오랫동안 고려를 떠나

있다가 스승님께 인사드리러 왔지. 나란이나 온요와는 어릴 때 동무 삼은 사이다. 이 녀석이 입정은 사납지만 알고 보면 괜찮은 놈이다."

돈후는 나란을 건너다보았다. 하지만 나란은 입을 꾹 다문 채 돈후를 노려보았다. 여전히 경계하는 눈빛이나 기세는 한결 누그러졌다. 누구보다 더운 가슴을 가진 녀석이 초면에는 늘 창처럼 뾰족하게 군다. 운이 무언으로 인사 나누길 재촉하자 나란은 비틀린 웃음을 머금었다.

"산채에 왔으니 산채의 법도를 따른다 했겠다? 그럼 신참례를 해야지. 호형호제는 신참례를 치른 연후에나 하자고."

나란은 말을 마치자마자 몸을 돌려 비탈길을 올랐다. 게르로 오라는 뜻이다. 돈후가 고개를 기울이며 운을 쳐다보았다. 무엇을 하려는지 묻는 것이다. 운도 영문을 짐작할 수 없었다. 설마 어릴 때처럼 목검 들고 싸우자는 뜻은 아닐 테고, 새로운 통과의례라도 생긴 걸까. 운은 어깨를 으쓱했다.

"나도 모른다. 내키지 않으면 가지 않아도 된다."

돈후는 삐죽, 웃음을 물더니 선뜻 비탈을 올랐다. 보기와 달리 거침이 없다. 운도 뒤를 따랐다.

돈후의 숨소리가 거칠어질 무렵 게르에 닿았다. 나란이 오두막 뒤편에서 작은 동이를 들고 와 평상 위에 쿵 내려놓았다. 나무 덮개 아래로 짙은 빛깔의 액체가 흘러나왔다.

"이 술동이를 다 비우면 호형호제를 허락해주지."

나란의 입이 가로로 벌어졌다. 꿍꿍이가 있다. 저 동이에 담긴 것이 무엇인지 알 수 없지만 필경 돈후를 골탕 먹이려는 짓이다. 운의 입에서 피식 웃음이 새어나왔다. 나란 이 녀석, 예나 지금이나 짓궂은 악동인 것은 변함이 없군. 아무리 기세가 좋다 한들 곱다랗게 살아온 돈후는 감당하기 어려울 것이다.

"신참례라는 게 고작 술 푸는 것이냐? 술이라면 나야 언제든 환영이지."

돈후는 주저함 없이 평상에 앉아 나란이 내미는 표주박을 받았다. 나란은 다시금 입을 쭉 찢으며 웃었다. 박에 담긴 술을 입에 가져가던 돈후가 상을 찌푸렸다.

"향이 고약하군."

돈후는 고개를 갸웃하더니 술을 들이켰다. 꿀꺽꿀꺽 목 넘기는 소리가 요란했다. 박을 비운 뒤에는 상이 더욱 구겨졌다. 입가를 훔친 돈후가 빈 박을 내밀자 나란이 씩 웃으며 냉큼 박을 채웠다. 돈후는 다시 받아 벌컥 들이켰다. 그렇게 주고받기를 몇 번. 돈후의 술 넘기는 속도가 현저히 느려졌다. 하얗던 얼굴은 벌겋게 달아올랐고 고약한 냄새를 참느라 눈자위도 촉촉했다.

"벌써 항복하는 것이냐? 향이 고약해서 못 마시겠다면 당장 그만 둬라. 귀하신 개경 공자님은 기생이 따라주는 단술이나 마시면 될 일이다."

나란이 이죽거렸으나 돈후는 멈추지 않았다. 몇 번이고 숨을 고르며 박을 비웠다. 운은 술동이에 다가가 코를 대고 냄새를 맡았다. 대체 이것은 무엇인가. 코를 찌르는 알싸한 기운을 보면 분명 술인데, 비릿하면서도 구린 것이 정체를 알기 어렵다. 구역질을 참으며 쳐다보자 나란이 헤벌쭉 웃었다.

"뱀 썩은 물이야. 지난겨울에 뱀굴을 뒤져 잡았는데 약재 좀 섞어서 뱀술을 만들려다 실패했지. 송에 다녀오느라 비운 동안 콤콤하게 삭았더라고."

돈후가 웩 소리를 내며 술을 내뿜었다. 구역질을 하는 입에서 갈색 액체가 마구 흘러나왔다. 운은 돈후에게 다가가 등을 두드려주었다. 두드릴 때마다 요란한 소리와 함께 토사물이 쏟아졌다.

"왜? 뱀 썩은 물이라 하니 더 이상 못 마시겠냐? 고상한 처지에 할 일이 못 되지?"

나란은 빙글빙글 웃었다. 평상 주변에는 토사물이 흥건했다. 돈후는 헛구역질을 몇 번 더 하더니 손을 들어 보였다.

"비워야 채울 것이 아니냐. 술 들어가는 창자는 따로 있다지만 내 창자가 좀 작아서 말이지. 이제 자리가 생겼으니 어서 채워라."

돈후는 벌건 얼굴에 미소를 담고 빈 박을 내밀었다. 나란의 입에서 웃음이 가셨다. 돈후가 거푸 박을 비우자 나란의 얼굴은 점점 부루퉁해졌다. 운이 말렸지만 돈후는 그예 술동이를 다 비웠다. 마지막에는 동이째 들고 탈탈 털더니 완전히 빈 것을 확인하고는 풀썩, 평상 위에 쓰러져 정신을 놓았다.

나란은 씩씩거렸다. 분이 오른 듯했으나 말은 내뱉지 않았다. 운이 웃으며 물었다.

"네놈 고약한 심보는 세월이 흘러도 똑같구나. 골탕을 먹이고 나니 이제는 좀 시원하냐?"

나란은 분을 참지 못하고 동이를 들어 내던졌다. 와장창 소리가 파편과 함께 튀었다. 게르 뒤편에서 새들이 푸드덕 날아올랐다. 한 차례 욕지거리를 내뱉은 나란은 털썩 평상에 걸터앉았다.

"나는 저놈 못 믿는다. 개경 귀족 우두머리가 김부식이라더라. 그 아들이 산채에 왔다는 건 서경파 자금줄 잡으려는 수작 아니겠냐. 영감탱이는 무슨 생각으로 저놈을 받아들인 건지 모르겠다. 어제 본 추쇄꾼도 그렇고, 저놈이 나타나자마자 불길한 일만 생긴다."

나란은 널브러진 돈후를 툭툭 쳐 밀더니 평상에 길게 누웠다. 돈후는 쿨럭 기침 소리를 내며 술을 토해내고는 다시 평상 위에 널브러졌다.

과연 돈후는 그 때문에 왔을까. 나란이 돈후를 의심하는 것은 개경파와 서경파의 싸움이 그만큼 격해졌다는 뜻이겠지. 하지만 싸움이 아무리 급하다고 김부식이 자신의 귀한 아들을 간자로 보냈을까. 부식의 극진한 아들 사랑은 일찍부터 소문이 돌아 알고 있다.

운의 눈이 흐려졌다.

아버지, 당신도 그 싸움의 한복판에 계시는가…….

"젠장, 이놈 병날 것이 자명한데 어쩌지? 영감탱이가 알면 내 다리를 분지르려고 들 거야. 그냥 확 내다 버릴까? 밤사이 늑대들이 흔적도 없이 먹어치우게."

나란은 벌떡 일어나 앉으며 중얼거렸다. 앞뒤 가리지 않고 골탕부터 먹이더니 걱정이 되긴 하나 보다.

운은 평상에서 일어나 비탈 끝으로 갔다. 멀리 온요의 모습이 보였다. 약초밭에서 아낙들과 어울려 김을 매고 있다. 어젯밤 늦도록 스승님 간병하더니 새벽같이 일어나 필사하는 모습을 보았다. 몇 해째 의술도 익히는 중이라 들었다. 어릴 때부터 부지런하더니 여전하다.

"에잇, 골칫덩이 같으니! 온요를 불러 봐주라 해야 하나?"

운은 돌아섰다. 돈후를 살피기 위해 온요를 부르는 것은 달갑지 않다. 의도한 것인지는 알 수 없으나 돈후는 마신 것 대부분을 토했다. 심지어 정신을 놓은 와중에도 털어냈다. 큰 탈은 없을 것이다.

"그럴 것 없다. 한잠 자고 일어나면 괜찮아질 거야."

운은 돈후를 들쳐 업고 게르 안으로 들어갔다.

"야, 이놈을 어디로 들이는 거야? 게르는 아무 놈이나 들이는 곳이 아니라고!"

나란이 펄쩍 뛰며 뒤따랐다.

폭우

소쩍새 우는 소리에 눈을 떴다. 풍경이 낯설다. 벽에는 활과 짐승 가죽이 걸려있고 침상 옆에는 빈 화로가 보였다. 작은 소반 위에는 약탕기와 목대접이 올라있다. 여기는 어디일까. 고개를 돌려보니 나란이 다른 침상에 누워있다. 깊게 잠들었는지 숨소리가 규칙적이다. 후들거리는 팔로 바닥을 짚어 몸을 일으켰다. 머리가 무지근했다.

그래, 뱀술인지 뱀 썩은 물인지 동이째 마셔댔지. 그러고는 평상 위에서 잠이 들었었다. 대체 얼마나 잔 것일까. 사위가 어둡다.

돈후는 느리게 몸을 움직여 방을 나섰다. 문을 닫고 몇 걸음 옮기기도 전에 휘청댔다. 간신히 걸음을 옮겨 평상에 걸터앉은 뒤 숨을 골랐다. 물기 많은 공기가 폐부로 밀려들었다. 어둡지만 희미하게나마 푸른 기운이 감도는 것을 보니 새벽이다. 묘시쯤 되었을까. 산중에서는 시간을 가늠키 어렵다.

"일어난 것이냐?"

어스름 사이로 누군가 비탈을 올라오는 모습이 보였다. 운이다. 손에는 작은 동이가 들려있다. 설마 또 술인가. 오기로 마셨으나 두 번 다시 맛보고 싶지 않다. 운이 다가와 평상에 동이를 내려놓았다.

"하루 하고도 반나절을 잤다. 깨어나 다행이다."

하루 하고도 반나절? 아예 정신을 놓았던 모양이다. 운이 작은 바가지를 내밀었다. 어두워 분명치는 않으나 바가지 안에서 술처럼 보이는 액체가 찰랑거렸다. 돈후가 상을 찡그리며 내려다보자 운은 피식 웃었다.

"약수다. 재 넘어 샘까지 가서 길어왔으니 마셔라."

물이라는 소리를 들으니 비로소 갈증이 일었다. 운에게서 바가지를 받아 단숨에 들이켰다. 꿀꺽 소리를 내며 넘어간 물이 온몸으로 퍼져나갔다. 달고 시원했다. 맛 좋기로 소문 난 구산사 샘물도 이처럼 달지는 않을 것이다. 내친김에 한 바가지를 더 떠서 마셨다.

"고생했다. 호되게 골탕 먹은 덕에 산채 생활이 편안해질 것이다."

이번에는 돈후가 피식 웃었다. 어쭙잖은 신참례 따위야 겪을 만큼 겪었다. 어리석은 놈들일수록 신참례를 치른 이에게 후한 법이지. 마치 졸개라도 얻은 것처럼. 이 정도면 값싸게 신참례를 치른 셈이다. 돈후는 바가지를 내려놓고 털썩 평상에 누웠다. 세상이 빙그르르 돌았다. 어지럼 때문인지 혹은 날이 흐린 탓인지 별이 보이지 않았다.

"이마의 상처는 웬 것이냐? 치료할 줄 몰라 그냥 두었다."

돈후는 손을 올려 이마를 쓸었다. 손끝에 벼루 조각 같은 딱지가 우툴두툴 만져졌다. 그새 많이 아물었는지 통증도 가셨다. 돈후는 생각했다. 이마를 찢고 부서진 벼루는 어디에서 뒹굴고 있을까. 여간한 귀족은 구경조차 할 수 없을 정도로 귀한 벼루였다. 그 벼루는 자신이 그렇듯 무참히 깨지고 부서질 운명인지 알고 있었을까? 그것도 주인의 아들이 삼성을 보러 갔다는 이유로? 삼성, 개경을 비추는 세 개의 별, 정지상, 운의 아버지…….

돈후는 소리 내어 웃기 시작했다. 웃을수록 소리도 커졌다. 운이 영문을 모르겠다는 듯 눈을 키웠다.

"우습지 않냐? 김부식과 정지상의 아들이 산중에서 이런 대화를 하고 있다는 게? 세간에서는 네 집안과 우리 집안이 원수지간이라 한다. 같은 자리에는 오줌도 누지 않을 사이라고 말이야."

걸진 농을 건넸음에도 운은 말이 없었다. 돈후는 평상에 걸터앉은 그의 등을 바라보았다. 건장한 몸을 가져서일까. 운은 아버지 지상과는 다른 인상이다. 지상처럼 얼굴은 단정하나 눈빛만큼은 더 곧고 깊다. 웅혼한 기운마저 느껴진다. 완적이라는 자가 운을 보고 악비 장군 같다 했었지. 금의 침략에 맞서 저항한 송의 영웅. 그러고 보니 악비를 닮은 것도 같다. 제 신념에만 투철하고 계략 따위는 모르는 꽉 막힌 장수……. 하지만 재하처럼 친절하고 따뜻한 마음씨를 가진 점은 마음에 든다.

"너는 아버지의 일에 관심이 없다고 했지. 나 역시 그렇다. 사실 나는 아버지 그늘을 떠난 지 오래되었다."

운이 잠긴 목소리로 말했다. 그러고 보니 정지상의 아들 이야기를 들어본 기억이 거의 없다. 장원으로 낙점되었다가 기명이 없어 휴지조각이 된 답지가 그의 것이었다는 풍문이 돌기는 했다. 하지만 주인이 누구인지 끝내 밝혀지지 않아 흐지부지되고 말았다. 구안정에서 어린 시절을 보냈다더니 아버지와는 소원한 것인가.

소쩍새가 울었다. 사위가 조금은 밝아졌으나 여전히 어둑했다. 멀리서 고양이 울음 같은 소리가 들렸다. 노비들이 기거하는 아래채 쪽이다. 또다시 소리가 들렸다. 이번에는 비명 같다. 돈후와 운은 동시에 일어나 비탈로 갔다.

잠시간 지켜보는데 사람 몇이 오두막으로 몰려들었다. 여인네로 보이는 이가 오두막 안에서 뛰어나와 다른 오두막으로 갔다. 밖에 있던 사람이 오두막 안으로 들어갔고 다시 조용해졌다. 변화 없이 잠잠한 것을 보니 큰일은 아닌 듯했다. 돈후는 평상으로 돌아와 누웠다. 운은 계속 서서 지켜보았다.

도원경이나 다름없는 이곳에 큰일이 있겠는가. 큰일이란 개경처럼 욕심 많은 자들이 사는 곳에서 일어나는 법이다. 가진 것이 아무

리 많아도 남의 것을 탐하고 빼앗기 위해 싸우는 자들. 물론 돈후
자신도 그 무리에 속해있다. 반쪽짜리 갑옷을 입은 채…….

돈후가 한숨을 내쉬는데 운이 중얼거리듯 말했다.

"아무래도 공기가 지나치게 무거운 것이 큰비가 올 것 같다. 오늘
산채 식구들과 유생들이 모여 흙막이 공사를 할 것이라던데 걱정
이구나."

"흙막이?"

"작년 장마 때 토사가 덮쳐 큰 곤란을 겪었다더라. 흙길에 돌과
나무를 괴어 피해를 막으려 한다는구나."

"……"

"너는 신경 쓸 것 없다. 회복이나 잘해라."

신분의 경계가 없다더니 이곳에서는 제방 공사에도 신분을 가리
지 않나 보다. 신분이나 성의 유별 없이 함부로 이름을 불러대질 않
나, 종복들에게는 어울리지 않게 성현들의 이름을 지어주질 않
나……. 그러고 보니 종복들의 이름이 영 찜찜하다. 구안정의 집사
노릇을 하는 혜강, 운곡의 병증을 전하던 완적, 힘 좋게 장작을 패
던 신도, 중정의 멋스러운 정자를 지었다는 완함…….

머릿속에 불꽃이 일었다. 왜 진즉 눈치채지 못했을까. 혜강, 완적,
신도, 완함. 하나같이 죽림칠현이라 불리는 위나라 성현들의 이름
이다. 죽림칠현……. 온요를 죽림 옆 칠현루에서 본 적이 있다. 물
론 삼성까지. 음전한 처자가 남복을 하고 칠현루에 나타난 까닭이

궁금했는데 그렇게 연결된 것이었다.

　돈후의 입에서 다시 웃음이 흘러나왔다. 술 마시고 널브러진 자신을 옆에 두고 나란이 그랬다. 돈후가 서경파의 자금줄을 잡기 위해 간자로 왔을 것이라고. 그렇구나. 개경 최고의 다점과 주점이 바로 운곡의 것이었구나. 운과 나란이 상단을 통해 송에 다녀왔다니 시전의 상단 중에도 자금줄이 있겠군. 아버지의 짐작이 맞았다.

　"삼복이 오는구나. 잊고 있었는데 네가 자는 동안 삼복의 걱정이 아주 컸다. 나란이 어르고 꾀지 않았다면 온 산채가 다 알았을 것이다. 좋은 종복을 두었더구나. 부지런하고 심성이 고와 산채 식구들과도 잘 어울린다. 병이는 아예 삼촌이라고 부르더라."

　운의 말이 채 끝나기도 전에 삼복이 반색하며 달려왔다.

　"아이고 도련님, 깨어나셨습니까요?"

　어째 이 녀석이 보이지 않는다 했다. 삼복은 늘 그랬던 것처럼 과장을 섞어가며 걱정을 늘어놓았다. 돈후가 일어나려 하자 냉큼 다가서 부축하면서도 입은 쉬지 않았다.

　"시끄럽다! 조용히 안 해?"

　오두막 안에서 나란이 소리쳤다. 잠을 깼나 보다. 나란의 호통에 삼복은 곧바로 자라목이 되었다. 뭐라 얼렀기에 곰 같은 녀석이 이런 반응을 보이는 것일까. 삼복이 돈후의 귀에 대고 소곤거렸다.

　"내 살다 살다 저런 오랑캐 같은 인사는 처음 보았습니다요. 하는 짓은 꼭 오랑캐 같은데 저이가 운곡 어르신 양아드님이라지 뭡니까요. 도련님 술병도 저분 짓이지요? 아주 몹쓸 인삽니다요."

제자가 아니라 양아들이라고? 그럼 온요와 오누이 사이가 되는가. 구안정은 정말이지 족보가 꼬여도 한참 꼬였다.

"내 처소로 돌아가겠다. 물 잘 마셨다."

돈후는 삼복의 부축을 물리치고 허청대며 비탈길을 내려갔다. 운은 어스름이 걷히기 시작한 비탈 끝에서 돈후의 뒷모습을 내려다보았다.

❖   ❖   ❖

비가 쏟아졌다. 산봉우리 위로 우르릉 천둥도 쳤다. 삽시간에 빛이 사위고 한밤중처럼 어둠이 내려앉았다. 서두르라는 혜강의 외침이 빗줄기를 갈랐다. 돌을 나르던 아낙들과 아이들의 발걸음이 빨라지고 사내들의 입에서 신음이 튀어나왔다.

온요는 치마폭에 제법 큰 돌을 담고 있었다. 나무 보를 지지할 중심 돌로 맞춤해 보여 골랐는데 무겁기가 바윗덩이 같다. 온요는 자꾸만 처지는 치마폭을 고쳐 잡았다. 오늘 마무리하기는 힘들 것이나 적어도 골조 세우기는 꼭 마쳐야 한다. 그러지 않으면 내리는 비에 그간의 수고가 모두 헛일이 될 것이다.

비탈은 빗물을 머금어 미끄러웠다. 돌을 이고 왔던 이들이 조심하라 당부하며 온요를 비껴 내려갔다. 땀이 비와 함께 흘러 눈을 가렸다. 힘이 풀린 다리는 억새처럼 흔들렸다. 조금만 더 힘을 내자 중얼거리며 단전에 힘을 모은 뒤 발을 내딛었다. 순간, 발밑에서 나뭇가지가 부러졌다. 그리고 기우뚱 몸이 기울었다. 온요는 눈을 감아버렸다.

휘청, 기울었으나 넘어가지는 않았다. 감았던 눈을 뜨니 운이 보였다. 온요의 팔과 허리를 단단히 감아 안고 기둥처럼 서있었다. 고개를 들자 운의 반듯한 이마를 타고 내려온 빗물이 그을린 뺨을 거쳐 목으로 흘러내렸다. 곧이어 운의 목울대가 출렁거렸다.

온요는 황망히 운을 밀어낸 뒤 자세를 바로잡았다. 떨리는 손으로 치맛자락을 고쳐잡아 돌을 감싸려는데 운이 치마폭에서 돌을 빼내 들었다.

"좀 쉬어라. 보는 내가 더 힘들다."

운은 한 손으로 돌을 감싸 안더니 다른 손으로는 온요의 손을 덥석 잡았다. 깜짝 놀라 빼려 하자 더욱 힘주어 잡았다. 그러고는 비탈을 올랐다. 온요는 운에 이끌려갔다.

"온요 아가씨, 쉬엄쉬엄 하십시오. 그러다 병나시겠습니다."

제방을 등지고 선 인호가 잇몸을 드러내며 붉게 웃었다. 온요의 뺨도 붉게 달아올랐다. 인호의 걱정보다는 운에게 잡힌 손이 부끄러웠다. 운은 온요를 비탈 한켠의 편평한 지대로 이끈 뒤 야트막한 등걸 위에 밀어 앉혔다. 그러고는 훌쩍 뛰어 흙막이 쪽으로 갔다. 허리 숙여 일하던 장정들이 민망해하는 온요를 보며 덕담했다.

"아가씨께 탈이 나면 누가 있어 산채 식구들을 돌본답니까. 아가씨는 곁에만 계셔도 든든하니 그냥 지켜만 보세요."

"그러세요. 예서 농땡이 피우는 놈은 없는지 감시만 하셔도 충분합니다."

"이놈아, 너만 농땡이 안 피우면 된다."

"뭐야? 힘도 없어 흙도 제대로 다지지 못하는 놈이?"

"아가씨, 버릇 고치는 약은 없습니까? 있으면 이놈 좀 고쳐주세요. 나이 어린 것이 매번 형님에게 이놈 저놈 하니 산채의 기강이 다 무너졌습니다."

"이놈아, 산채에서는 먼저 들어온 놈이 형님이야. 서약할 때 나이 어리다고 함부로 하대하지 말라는 아가씨 당부 잊었어? 그리고 약이 있다면 네놈부터 먹어야지. 흙도 제대로 못 다지니 마누라 궁둥이인들 두드려줄 수 있겠느냐?"

"아니, 이놈이? 네놈이 내 마누라 궁둥이 걱정은 왜 하느냐? 아무렴 내가 네놈보다 못할까 보냐?"

"에끼, 이 사람들아! 아가씨 앞에서 못 하는 소리가 없네."

혜강이 야단을 치고서야 만담 같은 대화가 중단되었다. 입을 다물고 눈알을 데굴데굴 굴리던 장정들은 약속이라도 한 듯 동시에 웃음을 터뜨렸다. 온요도 함께 웃었다.

"약이 필요하면 말씀만 하세요. 제가 모르는 약은 아버지께 여쭈어서라도 지어드릴 테니."

"정말입니까, 아가씨? 그럼 거시기에 좋다는 그……."

완적이 퍽 소리가 나도록 장정의 뒤통수를 때렸다. 놀란 장정이 돌아보자 눈을 부라려 나무랐다. 다시금 웃음이 터져 나왔다. 짓궂은 농과 웃음 덕분에 어색했던 분위기가 사라졌다. 상처와 사연은 제각각 기구하지만 피붙이처럼 정겨운 이들. 저들이 있어 산채는 더 안온해진다.

한바탕 웃고 난 뒤 작업은 계속되었다. 둘러보니 흙막이는 얼추 모습을 갖추었다. 단단한 소나무로 기둥과 보를 만들고 돌과 흙으로 튼튼히 다져 메웠으니 올해는 토사로 인해 난리를 겪지 않을 것이다. 아래쪽에 두어 개쯤 더 세워야겠지만 이 정도만 해도 한결 마음이 놓인다.

운은 장정들 사이에서 기둥을 다졌다. 쏟아지는 빗줄기에 동 피갑처럼 단단한 몸이 벗은 듯 드러났다. 지켜보던 온요는 얼굴을 붉혔다. 운이 허리를 펴다 말고 온요와 눈길을 맞추었다. 당황한 온요는 고개를 돌려버렸다.

운이 건네는 눈길을 받아내기 어렵다. 무심히 떠났다가 돌아와서는 온요를 태워버릴 듯 바라본다. 처음에는 불탑 앞에서 한 말의 진의를 따져 물을 생각이었는데 자꾸만 마음이 향해 혼란스럽다. 설령 불탑 앞에서 던진 말이 진심이었다 해도 어차피 온요 몫이 될 수 없는 사람이다. 그저 예전처럼, 철모르고 동무로 지냈던 날들처럼 담담해지면 좋으련만…….

"온요 너, 또 올라온 거야? 미끄러져 다치기라도 하면 어쩌려고 그래? 하여튼 고집은…….'

나란이었다. 커다란 지게에 잔돌을 가득 지고 올라왔다.

"아재들, 이제 돌은 그만 올리라 했소. 이게 마지막이오."

나란이 지게를 기울여 와르르 돌을 쏟았다. 이제 정말 막바지인가 보다. 종일 땀 흘린 보람이 느껴져 온요의 입에도 미소가 걸렸다.

빗줄기가 더욱 굵어지자 산채 오두막들 위로 물안개가 피어올랐다. 내려다보니 돌을 나르던 아낙들의 모습이 보이지 않았다. 저녁을 지으러 간 것이다. 내려가 도와야 할 것 같다. 아픈 유생들 약 들일 시간도 멀지 않았다.

온요는 몸을 일으켰다. 그때였다. 번쩍 섬광이 일더니 천둥소리가 요란하게 울렸다. 곧이어 우지끈 나무 부러지는 소리도 났다. 제방 앞에 있던 모두의 고개가 위쪽을 향했다. 잠시 긴장이 흘렀으나 빗소리만 요란할 뿐 별다른 변화는 보이지 않았다.

"자, 얼른 마무리하고 내려가세. 뱃가죽이 등허리에 붙겠네."

혜강이 모두를 독려했다. 돌을 쌓은 뒤 진흙을 발라 틈을 메우는 작업이 이어졌다. 내려가려던 온요도 다시 등걸에 걸터앉았다. 혼자 내려가다 미끄러진다며 나란이 부득불 말린 탓이다. 그런데 앉은 지 얼마 되지 않아 비탈 위쪽에서 다급히 부르는 소리가 났다.

고개를 들고 보니 삼복이다.

"아이고 아저씨들, 우리 도련님 좀 살려주소."

운과 나란이 눈을 맞추더니 비탈을 뛰어올랐다. 곧이어 혜강도 뒤따랐다. 완적을 비롯한 몇몇은 남아 작업을 마무리하기로 했다. 온요도 일어나 기슭을 오르기 시작했다.

어인 일일까. 사고라도 난 것일까. 나란 때문에 술병이 나 쉬고 있는 줄 알았는데 어쩌다 산 위에서 사고가 난 것일까.

숨을 몰아쉬며 오르던 온요의 눈이 동그래졌다. 기슭 위쪽에 돈후가 보였다. 기다란 보와 청송을 등으로 인 그가 고개를 숙인 채 피 흘리며 앉아있었다. 나란은 혜강, 삼복과 함께 벼락 맞아 잘린 청송의 밑둥을 밀어내고 있고, 운은 돈후의 어깨를 짓누르는 보를 손으로 받치고 있었다.

잠시 후 돈후가 고개를 들었다. 그러고는 온요를 향해 빙긋 웃었다. 파리한 얼굴에 빗물이 마구 흘러내렸다. 온요는 아연했다. 저 사람은 저 와중에도 웃음이 나오는가.

"미련한 놈. 제 등이 무쇠로 만들어진 줄 아나? 보가 무너진다고 몸으로 막아? 몸뚱이나 튼실하면 또 몰라. 계집처럼 하늘거리는 놈이 호기가 넘쳐도 유분수지."

나란은 연신 구시렁댔다. 그러고는 온요를 향해 소리쳤다.

"온요야, 이놈 괜찮은지 좀 봐줘라."

온요는 천천히 돈후 쪽으로 다가갔다. 우두둑 소리를 내며 청송이 들렸고 운이 보를 밀어 공간을 냈다. 돈후는 풀썩 앞으로 고꾸라졌다. 어깨와 등에서 빗물을 따라 피가 배어나왔다. 찢어진 옷자락을 들추자 상처가 드러났다. 꽤 길게, 꽤 깊이 패었다.

"아이고, 이게 무슨 날벼락입니까요. 흙막이 공사 구경하신다고 나가셔서는 돌아오지 않으셔서 올라와 봤더니 저리 계시지 뭡니까요. 아가씨, 우리 도련님 괜찮으시겠지요?"

삼복의 말에 움찔, 등이 움직이는가 싶더니 돈후가 몸을 일으켰다. 그러고는 온요를 보며 다시금 씩 웃었다.

"괜찮다, 이놈아. 호들갑 좀 그만 떨어라."

온요는 미간을 좁혔으나 돈후는 여전히 미소를 거두지 않았다. 나란과 운, 혜강이 흐트러진 제방을 갈무리하는 동안 삼복이 돈후를 들쳐 업었다.

"아무래도 우리 도련님에게 단단히 살이 끼었나 봅니다요. 거듭 수난을 당하시니 액막이굿이라도 해야겠습니다요."

삼복이 온요를 내려다보았다. 어디로 가야 하는지 묻는 것이다. 멍하니 앉아있던 온요는 벌떡 일어났다.

"비탈은 미끄러워 구를 수 있으니 돌아가야 해요. 제가 길을 잡을 테니 조심해서 따라오세요."

온요는 고개를 돌려 보 쪽을 보았다. 나란은 어서 가라 손짓했고 운도 고개를 끄덕였다. 혜강은 허리를 깊이 숙여 돈후에게 인사했다.

"공자님, 또 은혜를 입었습니다. 감사합니다. 온요 아가씨, 잘 부탁드립니다."

돈후가 몸으로 보를 막은 덕분에 아래쪽에서 일하던 사람들이 무사했다는 뜻이다. 온요는 삼복을 지나 앞장섰다. 삼복이 돈후를 업고 뒤따랐다. 비탈을 우회해 내려가려면 제법 시간이 소요될 것이다. 서둘러야 한다. 무성한 풀숲을 헤쳐나아가며 온요는 생각했다.

김돈후라는 저 사람, 정말이지 종잡을 수가 없구나.

"으윽……."

돈후의 입에서 신음이 흘러나왔다. 삼복이 녀석 말대로 살이 끼었나 보다. 요 며칠 제대로 수난을 겪고 있다. 흙막이 공사는 어찌하는지 둘러나 보려던 것인데 또다시 사고를 치고 말았다.

산허리에서 흙길을 내려다보는 중에 왁자한 웃음소리가 들렸다. 온요 목소리까지 들리기에 무슨 일인가 싶어 귀 기울이는데, 느닷없이 벼락 맞은 소나무가 굴러 내려왔다. 생각할 틈도 없이 몸이 먼저 움직였다. 나무가 흙막이를 부수거나 굴러떨어지면 십여 장 아래에 있는 온요와 사람들이 다칠 것이 자명했다. 손으로 잡아 막을 수 없을 것 같아 몸을 던졌다. 다행히 구르던 나무가 보에 걸려 멈추었고 어깨로 받쳐 지지하며 버텼다. 삼복이 조금이라도 늦게 나왔다면, 아니 폭우를 핑계 삼아 돈후를 찾아 나서지 않았더라면 나무와 함께 구르다 황천으로 갔을 것이다.

침상에 모로 눕자 삼복이 물기를 닦아냈다. 온요는 물동이를 들고 들어왔다.

"이제 어찌해야 합니까요. 여기서는 아가씨가 의원이라던데 얼른 우리 도련님 좀 봐주셔요."

"우선 구안정에 가서 고하세요. 아버지께서 마땅한 것을 내주실 거예요. 상처를 곪지 않게 하려면 탕약도 만들어야 하니 병이 아지매에게도 말씀드리시고요."

온요의 말이 채 끝나기도 전에 삼복이 뛰어나갔다. 문이 닫히자 빗소리가 아련해졌다. 온요에게서는 움직임이 느껴지지 않았다. 의원처럼 또박또박 지시까지 하더니 둘만 남았다고 내외하는 것인가. 돈후가 몸을 일으키려 하자 온요가 어깨를 눌러 제지했다.

"움직이지 마세요. 상처에 묻은 흙을 닦아야 해요."

순순히 따랐다. 온요는 조심스럽게 옷자락을 찢으며 걷어냈다. 손길이 느릿하고 겉도는 것을 보니 사내 몸에 손대는 것이 저어되는 모양이다. 자존심은 강하지만 순진한 처녀였던가. 피식 웃음이 샜다.

"원래 그리 한량처럼 잘 웃나요?"

온요의 날 선 타박과 함께 돈후의 입에서 웃음이 가셨다. 상처를 헤집는 중인지 어깨에서 지독한 통증이 느껴졌다. 순진한 처녀가 아니라 신중한 의원이었나 보다.

둔탁한 신음을 뱉어내며 견뎌내길 일다경쯤, 통증이 사라졌다. 찰랑찰랑 물소리도 났다. 피와 흙이 묻은 베를 빨고 있는 듯했다. 또다시 날카로운 통증…….

"한량처럼 웃었다고 상처에 칼부림이라도 하는 것이오?"

온요의 손이 잠시 멈추는 듯하더니 이내 계속되었다. 참기 힘들었으나 이를 악물고 버텼다. 고통은 지독해도 돌보는 손길이 싫지 않았다. 신음을 참기 위해 속으로 수를 헤아렸다. 하나, 둘, 셋, 넷…….

얼마쯤 헤아렸을까. 고통이 줄어드는가 싶더니 툭 소리와 함께 뺨에서 물기가 느껴졌다. 흘끔 보니 온요의 턱에 물방울이 맺혀있다. 처음에는 작던 것이 점점 커지다 동그란 구슬이 되어 돈후의 뺨으로 떨어졌다. 또 한 방울…….

잠시간 사위가 밝아졌다가 다시 어두워졌다. 우르릉 천둥도 쳤다. 어두워 안 보이는 탓인지 온요가 상체를 기울여 다가왔다. 섶에서 단 향기가 났다. 다래 같기도 하고 수밀도 같기도 하다. 저도 모르게 눈을 감고 향을 맡았다. 순간, 아랫도리에서 뜨거운 열기가 느껴졌다.

이 무슨! 돈후는 숨을 삼키며 베개에 얼굴을 묻었다.

"아프게 해서 미안해요. 이제 다 끝나가요."

그녀의 손이 닿을 때마다 소름이 송송 돋기 시작했다. 말에서 떨어졌던 그날, 상처를 핥던 혀처럼 부드러운 손길에 숨을 쉴 수 없었다. 숨을 내쉬면 모든 것이 부서지고 깨질 것만 같다. 고약한 짐승의 열기가 온몸을 휘감았다. 다시 수를 헤아렸다. 하나, 둘, 셋, 넷…….

"잘 참으셨어요. 이제 약초를 발라 베만 두르면 돼요."

온요는 피 묻은 베와 물동이를 치우고 문가로 갔다. 삼복을 기다리는 듯하다. 문을 열자 습기와 함께 빗소리가 밀려들었다. 돈후는 소리를 죽이며 숨을 내쉬었다. 두방망이질하던 가슴도 차츰 진정되었다. 숨이 평정된 뒤 몸을 일으켜 벽에 기댔다. 통증이 느껴졌으나 참았다. 참고 기대어 앉아 온요의 뒷모습을 바라보았다.

꽂이 하나 없이 질끈 동여매 말총처럼 늘인 까만 머리카락, 작고 연약해 보이는 어깨. 저고리와 치마에는 흙이 지저분하게 묻었으나 젖은 옷 위로 가냘픈 몸이 드러났다. 유달리 선이 고운 여인이다. 선이 고우니 볼수록 어여쁘고, 꾸미지 않으니 되레 귀하게 느껴진다. 운곡의 여식답다.

"아무래도 제가 다녀와야……."

뒤를 돌아보던 온요는 자신을 보는 돈후의 눈길과 마주치자 낯을 굳혔다. 빙긋 미소를 지어 보였더니 미간을 찡그렸다. 그러고는 몸을 홱 돌렸다.

"한량처럼 웃었다고 환자를 버리고 갈 셈이오?"

온요는 다시 몸을 돌렸다. 쏘아 보는 눈길이 매섭다. 돈후는 손을 들어 보였다.

"가기 전에 이 상처도 좀 봐주면 어떻소?"

온요는 뒤늦게 생각났는지 겸연쩍어하며 다가왔다. 그럴 줄 알았다. 낙마 사고도 제 책임이라 여기고 있겠지. 측은지심이 많은 여인이다. 남의 고통이나 불행을 쉬 지나치지 못한다.

온요는 바닥에 앉아 조심스레 비단 띠를 풀고 손바닥을 들여다보았다. 가르마를 곱게 탄 정수리에서 달큼한 땀 냄새가 났다. 농밀한 단 향에 다시금 단전 아래에서 열기가 피어올랐다.

충동…….

이제껏 한 번도 느껴보지 못한 충동이 치민다. 꽃들이 즐비한 기방에서조차 경험해 보지 못한 낯선 충동이다. 다스리기 힘겨울 만큼 강렬하다. 저 작고 가냘픈 몸뚱이를 덥석 끌어안고 입을 맞추면 어떤 반응을 보일까. 어여쁜 눈동자로 죽일 듯이 노려본 뒤 다시는 얼굴도 보여주지 않겠지. 간자 노릇에 추행까지 했으니 산채에서 몰매를 맞고 쫓겨날 거야. 야수 같은 나란에게 잡힌다면 사지를 물어 뜯길지도 모르지. 그러고 나면 제대로 원수지간이 되겠군.

"잘 아물고 있네요. 누구 솜씨인지 모르지만 의술 좋은 분이 치료했나 봐요. 다행이에요."

미소 짓는 온요 뒤로 검은 그림자가 드리웠다. 돈후의 눈길이 그림자에게로 향하자 온요도 돌아보았다. 문 앞에 운이 서 있었다. 갑작스런 방문에 놀랐는지 온요가 몸을 움찔거렸다. 운은 성큼 발을 내딛어 방 안으로 들어섰다. 손에는 대바구니가 들렸고 옷에서는 물이 뚝뚝 떨어졌다.

"상처는 잘 씻어냈느냐? 스승님께서 돈후 상처에 쓸 약물을 주시
더라. 탕약은 달여지는 대로 삼복이 가져오겠다고 했다."

온요가 일어나 약물을 받으려 손을 내밀었으나 운은 바구니를 건
네지 않았다.

"내가 할 테니 너는 그만 돌아가라. 유생들 탕약 들일 시간 아니
냐. 병이 아지매도 너를 찾고 있는 것 같더라."

온요는 별다른 대꾸 없이 방을 나갔다. 아쉬웠다. 온요가 없으니
덩치 큰 운이 들어와도 방이 허전했다. 돈후는 몸을 돌려 엎드렸다.
온요가 조심스레 찢어낸 옷자락이 너덜거렸다. 엎드려 처치를 기
다리는데 웬일인지 기척이 없다. 고개를 돌려보니 운이 돈후를 말
없이 내려다보고 있었다.

"네가 한다 하지 않았나?"

운은 재촉을 받고서야 대바구니에서 약물을 꺼냈다. 돈후가 다시
엎드리자 투박한 손으로 약물을 올렸다. 생 약초를 찧어 만든 것인
지 차갑고 보드라웠다. 하지만 곧바로 날카로운 통증이 찌르듯 몰
려왔다. 어깨 전체가 빠지는 것 같다. 다시금 신음이 터져 나왔다.

"고맙다. 네 덕분에 여럿이 무사했다."

돈후의 어깨에 베를 감으며 운이 말했다. 운의 손길은 단단하면
서도 꼼꼼했다. 군관이나 무사처럼 강하다고만 생각했는데 의외로
자상한 면이 있다. 운이 베 끝자락에 매듭을 지었다. 돈후는 일어나

앉으며 말했다.

"이로써 두 번째 신참례도 잘 치러낸 것인가?"

"두 번째 신참례?"

"알고 있다. 산채 식구들이 난데없이 나타난 나를 경계하고 있다는 거. 그리 경계하지 않아도 조용히 지내다 갈 것인데 움직이는 곳마다 눈길이 따르더라. 전에도 말했지만 나는 세상일이나 출세에 관심 없다."

"그럼 네가 관심 있는 것은 무엇이냐?"

운이 물었다. 돈후는 시선을 옮겨 문밖의 빗줄기를 바라보았다. 대처럼 내리꽂는 빗줄기가 부연 물안개 속으로 빨려 들어갔다. 빗줄기를 머금은 물안개는 점점 진해졌다. 마치 낭떠러지 아래에 맺혀 뛰어내리라 유혹하는 구름처럼……. 돈후는 중얼거리듯 답했다.

"지금은 그저 벗어나는 것. 가능한 한 집으로부터 멀리 달아나는 것……."

의아해하는 운의 눈길이 느껴졌다. 돈후는 쓰게 웃었다.

이해할 수 없겠지. 너는 고려 최고의 문장가를 아버지로 둔 온전한 귀족 혈통이 아니냐. 혹시라도 천출임이 알려진다면 오천에 처박혀 돼지 오물보다 못한 신세가 될 내 처지와는 다른 녀석이지.

개경에서 입 달린 자들은 모두 잘난 척하던 나를 조롱할 것이다. 아버지와 소원하다고? 떠난 지 오래되었다고? 그래도 너는 언제든 돌아갈 너의 자리가 있을 것이다. 출생을 빌미 삼아 친아들 출세의

밑거름이 되라 요구할 계모가 없지 않느냐. 문장이 빼어나고 소년
등과한들 무슨 소용이냐. 공을 세워 관직이 높아진들 무슨 소용이
냐. 신라 왕실의 지순한 혈통 지키기를 금과옥조로 여기는 집안에
서 반쪽 혈통을 숨기느라 전전긍긍 살아갈 일도 없을 것이다. 그럴
것이다 너는.

　돈후는 눈물을 보일 것 같아 돌아누웠다.

　"곤하다. 이만 자련다."

　잠시 후 문 닫히는 소리가 들렸다. 달리는 말굽처럼 요란했던 빗
소리는 꿈결인 듯 아련해졌다.

　비가 그쳤다. 먹구름이 걷히자 태양이 작열했다. 사흘 꼬박 내린
폭우로 산채는 쑥대밭이 되었다. 그나마 흙막이 공사 덕에 오두막
들은 손실 없이 보존되었다. 기울어진 축대를 세우고 갈라진 벽을
진흙으로 메우는 작업이 시작되었다. 허물어진 지붕도 손질해야
했다. 산채에 기거하는 모든 이들이 팔 걷고 나와 땀을 흘렸다.

　운은 중정에서 정자를 보수했다. 완함이 운곡의 처소인 구안정부
터 손보는지라 빈자리를 메우고 있다. 워낙 튼튼히 지어 상한 데가

별로 없으니 바닥을 고르고 다져놓기만 해도 될 것이다. 하지만 간단한 일이라 해도 흙을 다루는 것이라 힘은 들었다. 뜨거운 볕에 땀이 비 오듯 흘렀다. 잠시 허리를 펴고 유생들의 숙소를 바라보았다.

돈후는 다친 이후 오두막에 틀어박혀 꼼짝하지 않았다. 산채 식구들 모두 돈후의 상태를 궁금해했지만 삼복과 병이 다람쥐처럼 드나들며 전하는 소식이 전부였다. 돈후는 약 먹고 죽 먹는 시간 외에는 죽은 듯이 누워 잠만 잔다고 했다. 실제로 자는 것인지는 알 수 없지만 단단히 걸어 잠근 모습이 꼭 어린 날의 자신 같다.

"저…… 참 드세요."

돌아보니 온요가 서있다. 손에는 주먹밥을 담은 작은 채반이 들렸다. 내내 운의 눈길을 피해 다니더니 용케도 직접 왔다.

대꾸 없이 쳐다보자 온요의 얼굴이 붉어졌다. 숫기 없어 부끄러워하는 모습이 어여뻐 웃음이 났다. 운은 소반을 넘겨받아 정자 계단에 앉았다. 온요가 가려고 몸을 돌리기에 손을 뻗어 잡았다. 온요는 놀란 표정으로 돌아보았다.

"같이 먹자."

운은 계단 한켠을 손으로 툭툭 쳤다. 망설이던 온요는 엉거주춤 앉았다. 계단이 좁아 그런지 제 딴에는 가능한 한 멀찍이 앉으려 엉덩이를 뺐다. 거리를 확인하니 꼭 한 뼘이다. 그 한 뼘이 대륙처럼 멀다. 온요는 앉은 뒤에도 운과 눈을 마주치지 않았다. 서운한 마음이 들었다.

어찌해야 온요가 나를 편히 볼 수 있을까. 마주칠 때 보이는 눈빛은 분명 나를 향하고 있는데 다가서면 자꾸 물러서기만 한다.

운은 주먹밥을 한입 베어 물었다. 더운 날이라 소금 간을 했는지 짭조름한 맛이 났다. 입안의 것을 천천히 씹어 삼켰다. 온요는 먹지 않고 제 손만 만지작댔다. 입안의 것이 사라질 즈음 운은 작심하고 이야기를 시작했다.

"한 해 전에 서하에 갔었다. 송인들이나 고려인들이 오랑캐라 업신여기는 야만의 나라지. 이제는 금의 땅이 된 장안을 지나 서쪽으로 보름 정도 더 가면 나온다. 평소에는 흙바람 날리는 황량한 사막이지만 장이 서면 온갖 사람이 모여든다. 원수처럼 싸우던 사람들이 한데 모여 물건을 사고파는데 서하인, 송인, 여진인, 회회인이 출신을 가리지 않고 동무가 된다. 세상의 끝을 보고 싶어 찾아갔으나 구안정과 다름이 없어 놀랐다. 거기서 독처럼 생긴 거대한 흙산도 보았다. 바람밖에 없는 너른 벌판에 탑처럼 우뚝 서있더라. 모습이 신기해 물으니 임금의 무덤이란다. 서하인들이 그 무덤 앞에서 소원을 빌더구나. 어제는 칼부림을 하며 살생을 저질렀을지라도, 오늘은 굶고 병들었을지라도 죽으면 더 나은 곳에 보내 달라고 말이야. 그 모습이 꼭 탑돌이 하는 고려인들과 비슷했다."

운의 말에 귀를 기울이고 있는 탓인지 온요의 손짓이 멈추었다. 고운 얼굴과 달리 거친 손이다. 운은 온요의 작은 손을 내려다보며 말했다.

"대륙을 떠돌며 깨달은 것이 있다."

온요가 운을 올려다보았다. 새치름한 이마 아래에서 두 개의 까만 눈동자가 빛났다.

"어디를 가든 사람 사는 곳은 마찬가지라는 것이다. 사람들은 미워하고 시기하고 싸우고 죽인다. 보듬고 감싸고 연모하기도 한다. 자식을 죽이고 아비를 죽이는 패륜이 있는가 하면 자식을 죽이고 아비를 죽인 적을 살려주기도 하지. 구안정도, 개경도, 서경도, 고려도 모두 서하에 있다. 물론 고려에도 모든 것이 있다. 송도, 금도, 서하도……. 하지만 고려에만 있고 대륙에는 없는 것이 있다. 그것이 무엇인지 아느냐?"

온요의 눈빛이 한층 진지해졌다. 오뚝한 코와 작은 입술, 버선코처럼 들린 턱까지 오직 운을 향하고 있다. 느껍고 뭉클하다. 운은 온요의 눈을 들여다보며 말했다.

"바로 너다. 그것이 내가 돌아온 이유다."

온요는 눈을 키우는가 싶더니 붉어진 뺨을 감추며 고개를 숙였다. 운은 속으로 빌었다.

제발 일어나 도망치지 마라. 지금 당장 눈길을 주지 않아도 좋으니 함께 있어 다오. 내가 내 마음을 열어 보이고 네 마음을 들여다볼 시간을 다오.

온요는 말이 없었다. 하지만 염려처럼 일어나 도망치지도 않았다.

바람이 불었다. 천마산의 높은 봉우리를 넘어온 바람이 매처럼 날아내려와 운과 온요 주위를 휘돌다 빠져나갔다. 운이 안도하며 내뱉은 숨도 바람과 함께 날아갔다. 산채 곳곳에서 두런두런 이야기 소리가 들렸다. 모두들 참을 먹고 땀을 식히는 중이다. 갑이 광주리를 이고 유생들 숙소를 향해 올라가는 모습이 보였다. 나란이 그 길 위에 앉아 땀을 닦고 있었다.

고개를 돌려 보니 온요는 그대로 앉아있다. 작은 머릿속에 무슨 번민이 그리 많은가. 빗장을 열어주면 번민을 나눌 수 있는데 딱 한 걸음이 부족하다. 운은 할 수 없고 오직 온요만이 내딛을 수 있는 그 한 걸음. 운은 답답했다.

"네가 저어하는 것이 무엇인지 안다."

온요가 고개를 들었다. 눈살이 꼿꼿하다. 함부로 아는 척을 말라는 뜻인지 설핏 노기도 서렸다.

그래, 저 눈빛이다. 어린 시절에 보았던 당찬 계집아이의 눈빛. 동무 삼은 기념으로 어쭙잖은 사냥길에 올랐다 길을 잃은 적이 있었다. 그때 온요는 늑대 울음소리에 놀라 눈물 바람을 하는 운과 나란을 다그치고 달랬다. 괜찮아, 괜찮을 거야. 우리는 셋이나 되니 아무리 사나운 짐승이라도 함부로 덤벼들진 못할 거야. 그러니 걱정마…… 수줍음 많고 약한 계집아이인 줄만 알았는데 누나처럼 다독이는 모습에 홀딱 마음을 빼앗겼다.

운은 저도 모르게 온요를 향해 손을 뻗었다. 산중에서 노숙했던 그날, 산짐승을 경계하며 번을 서다 잠든 온요의 얼굴을 훔치듯 어루만졌었다. 그때처럼 작고 보드라운 뺨이 손안에 들어왔다. 온요는 운의 손을 감싸듯 잡았다. 손끝으로 전해지는 온기에 가슴이 뜨거워졌다. 하지만 온요는 운의 손을 밀어냈다. 그러고는 고개를 돌린 채 입을 열었다.

"아버지는 오래 사시지 못할 거예요. 아버지도 알고 저도 알고 산채 식구 모두가 알지요. 아버지가 떠나시면…… 많은 것이 바뀔 거예요. 저는 그때를 준비해야 돼요. 도련님은 도련님에게 어울리는 배필을 찾으세요."

다가서길 원했으나 멀찍이 물러났다. 빗장은 여전히 굳다. 저 혼자 구안정을, 산채 식구들을 책임지겠다는 뜻이겠지. 짐은 나눠 지면 그만이다. 기꺼이 나누길 원한다. 하지만 어울리는 배필을 찾으라니! 운이 원하는 답은 그것이 아니다. 그런 대답을 듣자고 사선을 넘고 먼 길을 돌아온 것이 아니다.

"네 마음에 내가 없다는 뜻이냐? 네 과거 때문은 아니고?"

내뱉자마자 후회했다. 귀동냥하여 들은 사연을 이렇게 거칠게 내뱉어버리다니. 고개 돌려 쳐다보는 온요의 눈에 원망이 그렁그렁 맺혔다. 맺힌 원망은 못이 되어 가슴을 찔렀다. 온요는 벌떡 일어났다. 운은 재빨리 온요의 손을 잡았다. 뿌리치려 해 더욱 세게 잡았다. 온요는 힘에 쏠려 비틀거렸다. 운은 숨을 고르고 낮게 말했다.

"미안하다."

잡힌 손에서 떨림이 느껴졌다. 운의 손도 떨렸다. 손만 떨린 것

이 아니라 온몸이 떨렸다. 상처 주려던 것이 아닌데 상처를 주고
말았다.

"놓아주세요. 사람들이 이상하게 생각할 거예요."

온요가 애원했으나 놓지 않았다. 이대로 놓으면 영원히 놓칠 것
만 같다. 마음 같아서는 잡은 손을 힘껏 끌어당겨 부서지도록 안고
싶다. 운이 잡은 손을 놓지 않자 온요도 더 이상 뿌리치지 않았다.
그렇게 잡고, 잡힌 채 시간이 흘렀다.

다시 바람이 불었다. 아이들의 웃음소리, 망치 소리, 곡괭이 소리
가 들리기 시작했다. 손에서 땀이 흥건하게 배어났다.

"그만 놓아줘 운아."

귀를 의심했다. 온요의 입에서 운의 이름이 흘러나왔다. 잡은 손
에서 힘이 빠져나갔다.

온요는 돌아보지 않고 갔다. 중정을 벗어나 경사진 길을 걸어 아
래채로, 온요의 오두막으로 천천히 걸어서 갔다. 바람이라도 불면
날아갈 듯 가냘팠으나 꼿꼿했다. 운은 꼼짝 않고 앉아 온요의 뒷모
습을 바라보았다. 온요의 모습이 완전히 사라지고도 움직일 수 없
었다.

출생

부식을 태운 교자가 남대가로 들어섰다. 행인들이 허리를 굽히며 물러났다. 부쩍 더워진 날씨에 우람한 부식의 무게를 이기며 걷느라 교자꾼들의 이마에 땀이 송골송골 맺혔다. 부식은 교자 위에서 어지럽게 흔들렸다.

아침 일찍 집을 나서 십자가에 있는 수창궁에 갔었다. 수창궁은 임금의 침전이 있는 곳이다. 이자겸이 난을 일으켰을 때 본궐 대부분이 불타 사라져 이궁이지만 정궁처럼 쓰고 있다. 서둘러 전각을 다시 지었음에도 외할아버지의 원한이 서렸다 생각해서인지 임금은 본궐에서 지내는 것을 끔찍하게 싫어했다. 개경 곳곳에 지어놓은 이궁들을 옮겨 다니며 문객(門客)처럼 지냈다.

수창궁에 도착하자마자 부식의 녹을 받아먹는 환관이 달려 나와 아뢰었다. 상께서는 동이 트기도 전에 자하동 구산사로 가셨다고. 바람을 맞은 듯 입맛이 썼다. 구산사는 송악산 아랫자락에서 경관이 좋기로 으뜸인 곳이다. 상께서 구산사로 가셨다는 것은 정지상과 함께 있다는 뜻이다. 명목이야 유생들 면학 독려하고 차를 즐기기 위함이겠으나 지상이 늘어놓는 요설에 취해 서경 행차를 도모하고 있을 것이다.

부식의 입에서 한숨이 나왔다. 점점 순어가 기정사실이 되어가고 있다. 어제 조례 때는 윤언이마저 한발 물러나버렸다.

묘청의 간언에도 일리가 있다니, 괘씸한 놈! 내가 제 아비 윤관의 표문을 고쳐 지은 게 무에 그리 큰일이라고 내내 앙심을 보인다. 조악하기 그지없는 문장을 고쳐줬으면 되레 절을 할 일이지, 상께서 고치라 명하신 일을 두고 소인배처럼 사사로이 앙심을 품어?

"끄응."

부식은 손으로 이마를 짚고 앓는 소리를 냈다. 앞서 걷던 익환이 교자꾼들을 다그쳤다.

"교자가 흔들리지 않느냐. 단단히 잡아라."

부식은 여전히 생각에서 빠져나오지 못했다. 문제는 윤언이 하나가 아니다. 그의 혈족들이다. 그와 관계를 맺고 있는 개경 귀족들이다. 고려에서 손꼽는 가문인 그들을 마냥 무시할 수는 없다. 그들이 몽니를 부리면 개경의 힘을 하나로 모으기 어렵다. 생각할수록 부아가 치민다.

윤관이 여진 땅을 쳐 얻은 게 무엇인가. 이십만을 끌고 나가 한바탕 칼춤 춘 게 고작이다. 성 쌓는 시늉 하다 오랑캐들에게 도로 돌려준 마당에 공만 우려먹는다. 그러면서 고려도 금처럼 칭제를 하자고? 오랑캐들이 노략질로 나라를 세우고 저 스스로 황제라 부른다고 황제국이 되는가. 오랑캐들처럼 임금을 황제라 부르면 고려 땅에서 쌀이 더 나오는가, 은이 더 나오는가.

"끄응."

부식의 입에서 다시 앓는 소리가 흘러나왔다. 익환이 걸음을 늦추며 다가와 아뢰었다.

"교자를 멈추고 잠시 쉬시겠습니까."

부식은 대꾸하지 않고 계속 가라 손짓했다.

순어가 기정사실이 된다 한들 순순히 보낼 수는 없다. 끝내 가게 된다 해도 저들 손에 행차를 맡겨서는 안 된다. 임금의 행차는 관에서 주관하지만 실제로는 상단의 조공으로 이루어진다. 시전의 상단부터 단속할 일이다. 배행할 관리나 관속, 군사까지 면밀하게 걸러야 유사시에도 상을 빼앗길 염려가 없다. 부철이 잘해낼 것이다. 부철은 이부와 예부, 호부, 승지를 두루 거친데다 전략에 밝고 치밀한 인재다. 네 살 아래 동생이지만 가장 믿음직한 동지이기도 하다. 이럴 때 돈후가 곁에서 부철을 도우며 배우면 좋으련만…….

명치에 돌이 걸린 듯 답답해졌다. 긁어 부스럼을 만들며 스스로 고통받을 게 무엇이란 말인가. 아비의 피를 받았으면 그것으로 되었지, 무엇을 더 얻겠다고 어울리지도 않는 탕자 노릇을 하며 밖으로 도는가. 안쓰러운 녀석. 영민함과 다정이 지나쳐 탈이 났으니 마땅히 마음을 붙들 방법이 없다. 그저 평정을 찾고 돌아오기를 기다리는 수밖에.

부식은 익환을 불렀다. 익환이 잰걸음으로 다가왔다.

"사람을 보내 삼복이를 다녀가라 해라."

"그리하겠습니다."

돈후가 떠난 지 벌써 여러 날이 지났다. 익환이 보고하기로 고요하다 했으나 마음이 편치 않다. 이마의 상처가 꽤 깊었을 텐데 변변찮은 곳에서 치료나 제대로 했는지 모르겠다.

"수창궁에서 오시는 길입니까."

광화문 앞에 부철이 나와있었다. 부식은 교자에서 내렸다. 광화문을 지나 관청들이 늘어선 관도에는 관복을 말끔하게 차려 입은 젊은 관원들이 분주하게 오갔다. 부식과 눈이 마주친 하급 관속이 황송해하며 허리를 조아렸다. 아직 수염보다 솜털이 많아 보이는 것이 돈후 또래이거나 아래일 것이다.

부식은 눈길을 돌려 부철을 보았다. 낯이 밝지 않다. 부철도 이미 상의 소식을 알고 있는 듯했다.

"한림원으로 가시겠습니까."

부식은 광화문을 흘긋 쳐다보았다. 한림원은 왕명을 출납하는 곳이라 광화문 안쪽, 본궐과 가장 가까운 곳에 있다. 화마의 흔적이 남아 흉물스러운 궁. 게다가 상도 없는 빈 궐이라 생각하니 마음이 가셨다.

"그냥 좀 걷자."

부식은 몸을 돌려 시전 쪽으로 방향을 잡았다. 부철은 꼭 한 뼘 물러나 따랐다. 교자로 지나쳐온 길을 다시 걸으며 부식이 말했다.

"순어에 대비를 해야겠다. 건강이 좋지 않은 것을 안다만 그래도 너밖에 없구나. 네가 맡아줬으면 한다."

어느새 머리에 백설이 내려앉은 아우의 모습을 보니 마음이 짠하다. 부철은 서경에 대화궁을 지을 때부터 부당함을 간하는 상소를 앞장서 올리며 열심이었다. 매번 그에게 의지할 수밖에 없으니 미안할 뿐이다. 부식이 걸음을 멈추고 돌아보자 부철이 답했다.

"알겠습니다. 염려하지 마십시오. 군 편제도 살펴보고 있습니다. 철저히 대비할 것입니다."

부식은 아우의 어깨를 힘주어 잡아준 뒤 다시 걸었다. 부철이 물었다.

"돈후가 집에 없다 들었습니다. 혹시 형수님과 문제라도 있는 것입니까?"

부철은 전부터 돈후를 귀애했다. 집안에서 돈후의 지재를 인정하고 격려해준 이는 부철이 유일했다. 재혼을 앞둔 부식에게 제가 돈후를 양자로 들여 키우겠다 나서기도 했다. 새삼 고맙고 든든하다.

"문제 될 것이 무에 있겠느냐. 젊은 혈기로 어리석은 번뇌에 빠져 투정을 부리는 게지."

"어려서부터 다감했던 아이가 아닙니까. 부리는 종놈이 병이 났다고 약 수발을 들어주는 아이는 세상천지에 돈후밖에 없을 것입니다. 허나 남달리 심지가 굳은 아이이기도 합니다. 한번 마음먹은 일은 포기할 줄 모르지 않습니까. 말을 길들이겠다고 고뿔 든 몸으로 마구간에서 먹고 자던 모습이 아직도 눈에 선합니다. 말려도 소용없지 않았습니까."

"고집이 센 녀석이긴 하지."

"그러니 다그치지 마십시오. 다그치면 더욱 고집부릴 것입니다. 돌아오면 제가 잘 타일러 보겠습니다."

"너에게는 늘 미안하고 고맙다. 그리하자."

부식과 부철이 시전 거리를 걷는 동안 내로라하는 상단의 행수들이 뛰어나와 예를 표했다. 교자 없이 걷는 모습을 황송해하며 자개 박힌 교자를 대령하는 이도 있었다. 부식은 차갑게 내쳤다. 그깟 교자 따위로 마음을 얻으려는 겐가. 뒤처져 걷던 익환이 다가와 낮게 아뢰었다.

"이홍안이 뵙기를 청합니다. 어찌하올까요."

이홍안이라면 홍안상회의 행수를 말함인가. 부식의 짙은 눈썹이 꿈틀거렸다. 딸년의 더러운 행실 때문에 부식과 돈후에게까지 흙탕물이 튀었다. 여간해서는 내자의 일에 간섭하지 않았으나 이번

일만큼은 부식도 용납하기 어렵다. 돈후를 내놓고 상품처럼 거래를 하다니……. 부식이 인상을 쓰자 익환은 곧바로 물러났다. 하지만 몇 걸음 걷지 않아 익환을 다시 불렀다.

"아니다. 보자 해라."

순어 문제를 해결하는 데 홍안만 한 적임자도 없지. 이왕 목줄을 감았으니 집 지키는 개로 쓸 일이다. 재물 좀 내놓았다고 개경 바닥에 정혼이니 뭐니 떠벌린 값을 톡톡히 치러야 할 것이다.

부식은 부철과 함께 홍안이 운영하는 다점으로 향했다. 이홍안이 죄인처럼 문 앞에 서있다 달려 나와 부복했다. 부식은 눈길조차 주지 않고 다점으로 들어섰다.

✦　✦　✦

덕우는 광덕상회의 점방 안에서 김부식을 지켜보았다. 부식 옆에 쌍둥이처럼 서있는 자는 동생 김부철이다. 한림학사승지를 맡아보면서 부식의 장자방 노릇을 하는 명석한 인사다. 본디 이름은 부의인데 소동파 형제인 소식과 소철을 흠모하여 형처럼 부철이라 이름을 고쳤다고 했다.

볼 때마다 경탄하는 일이지만 부식의 형제들은 대단하다. 그의 모친은 지아비를 잃고도 아들 모두를 고려 최고의 인재로 키워냈다. 장남은 윤관을 따라 여진 정벌의 공을 세우며 정계 진출의 발판을 마련했고, 이자겸이 전횡하던 세상에서는 동경파를 방패 삼아 형제들을 성장시켰다. 이자겸 실각 후에는 차남이 척준경 옆에서 세력을 확장했고, 정지상과 서경파가 척준경을 탄핵해 유배 보낸 뒤에는 부식이 개경파의 중심이 되어 정치의 한복판에 섰다.

형제들이 전위와 후위를 나누어 맡아 일사불란하게 움직이는 모습을 보면 탄성이 절로 나온다. 묘청은 진정 저들을 넘어 거대한 물길을 돌릴 수 있을까. 고려가 이백 년 도읍인 개경을 버리고 서경 시대를 열 수 있을까. 결코 쉽지 않을 것이다.

덕우는 낯을 굳히며 습관처럼 팔자수염을 만지작댔다. 사실 덕우는 부식의 일가보다 묘청이 더 불안하다. 그는 지나치게 날카롭고 지나치게 뜨겁다. 가까이 다가서면 베이거나 불타버릴지도 모른다는 위기감이 들게 만든다. 서경 상인들 사이에서도 슬슬 묘청을 저어하는 소리가 들린다. 대화궁을 지을 때 너무 많은 백성들이 죽어 나갔다. 기상이 나빠 재물도 수십 배가 넘게 들었다. 최근에는 순어마저 순조롭지 못해 임금의 뜻이 진정 서경에 있는지 의심하는 눈길도 많아졌다.

묘청은 임금을 신뢰하지만 덕우가 보는 임금은 미더운 인물이 아니다. 어린애처럼 나약하고 순진해 보여도 노회한 구렁이처럼 곁을 주지 않는다. 외할아버지 이자겸 아래서 사실상 연금 생활을 하며 굴욕을 참아낸 임금이다. 임금이 믿는 것은 오로지 옥좌뿐. 옥좌를 이어가기 위해서라면 누구든 끌어들이고 누구든 배신한다. 이자겸 세력을 쳐낼 때는 척준경을 사냥개로 썼고, 척준경 세력을 쳐낼 때는 젊은 학사 정지상의 문장을 빌렸다. 천하제일검이라 불리던 척준경이 지상의 유려한 탄핵 상소 한 장에 베여 나가떨어질 줄 누가 알았겠는가. 지금은 개경파 문벌을 견제하느라 묘청을 칼로 쓰고 있으나 언제 버릴지 알 수 없는 일이다.

걱정은 운곡이다. 너무 많은 재물을 내놓았다. 이제는 발을 빼기 어려울 지경이다. 서경의 일이 잘못되면 결국 운곡에게도 화가 미칠 것이다. 만약을 대비해 서경과 송의 상단에 각각 재물을 나누기 시작했으나 너무 늦지 않았기를 바랄 뿐이다.

"행수님, 그간 무고하셨습니까."

상념을 깨는 소리에 돌아보니 완적이 서있다. 덕우는 두툼한 손으로 완적의 어깨를 덥석 잡아 반겼다.

"오, 자네 왔는가. 큰비에 걱정했는데 산채는 무고한가?"

"흙막이 공사 덕에 큰 탈은 없었습니다. 솜씨 좋은 완함이 있는데 무엇이 걱정이겠습니까. 보수도 얼추 되었고 날이 더워진 탓인지 어르신 해소도 더 나빠지지는 않았습니다."

덕우는 완적을 이끌어 점방 안쪽으로 들어갔다. 부리는 점소이에게 참을 준비하라 이르자 말씀부터 듣자며 사양했다. 예나 지금이나 군더더기라고는 없는 자다.

"묘청 대사가 서경으로 떠나기 전에 들르셨네. 자네가 서경으로 와주었으면 하시더군."

완적의 낯이 굳었다. 당혹해하는 눈치다. 완적은 묘청에게 구은(舊恩)이 있다. 그의 목숨을 구하고 산채로 보내준 이가 묘청이다. 완적은 새 삶을 받은 것에 늘 고마워했다. 처음에는 말수도 적고 뾰족하게 날이 서있던 자가 산 생활에 적응한 뒤에는 산채가 곧 극락이라며 만족해했다.

"내키지 않으면 오지 않아도 된다 하셨네. 그러니 부담 갖지 말고 마음 가는 대로 하게."

완적은 고개를 숙인 채 말이 없었다. 덕우와 동년배임에도 촌로처럼 머리가 하얗게 센 모습을 보니 측은한 마음도 들었다. 덕우는 완적의 과거를 자세히 알지는 못한다. 그가 과거의 일만큼은 완강하게 입을 다물었기 때문이다. 다만 군기시에서 일한 적이 있고 국경에서도 오랜 시간을 보냈다는 정도만 알고 있다.

그나저나 묘청은 왜 완적을 불러들이는 것일까. 무기 만드는 재주를 가진 그를 불러들인다는 건 결코 좋은 조짐이 아니다.

침묵하던 완적이 입을 열었다.

"가겠습니다. 은혜를 모르는 자가 어찌 사람이겠습니까."

"대사께서 자네를 부른 이유를 알 수는 없네만 지레 걱정하지는 말게. 혼란한 때이나 큰일이야 있겠는가. 서경에도 우리 상단이 있으니 그곳에 머무르도록 하게."

덕우의 말에 완적의 낯이 조금은 밝아진 듯했다. 점소이가 들어와 차를 들이고 갔다. 덕우는 찻물을 우리며 물었다.

"산채 이야기 좀 해보게. 나란에 운까지 갔으니 산채가 다 휑해졌겠군. 갑이가 나란에게 마음을 주고 오매불망한다는 소리를 듣고 얼마나 웃었는지 모르네. 온요밖에 모르는 놈이 어찌 처신할까 하고 말이야."

완적이 차를 넘겨받으며 함께 웃었다.

"깔축없는 나란이 오니 한결 든든하지요. 그 녀석이 온요 아가씨와 함께 산채를 지키는 기둥 아닙니까. 혜강은 갑이의 아비이니 걱정은 합니다만 마음의 일이 간섭한다고 되겠습니까. 그저 지켜보는 수밖에요. 운 도련님은 뵙고 깜짝 놀랐습니다. 못 뵌 새 늠름한 장부가 되셨더라고요. 이제라도 돌아오셨으니 남호 대감을 도와 큰일을 하셔야지요."

완적이 차를 한 모금 마신 뒤 말을 이었다.

"산채에서는 신도가 골치입니다. 며칠 전에도 신새벽에 제 마누라를 죽도록 두들겨 말썽이 났었습니다. 못난 놈이 그러다 진짜 사달을 내지 싶습니다. 어르신도 걱정하고 계십니다."

신도는 힘이 좋아 산채에서 장사라 불리는 자다. 본래는 추쇄꾼에 쫓기던 도망 노비였다. 내자가 주인에게 겁탈당하자 맨손으로 주인을 때려눕히고 도망쳐 도적떼에 휩쓸려 살았다. 이후 조정의 토벌 작전으로 인해 다시 도망쳐 걸인으로 떠돌았는데, 운 좋게 운

172

곡을 만나 산채로 들어갔다. 운곡의 명으로 덕우 자신이 신도의 내자를 수소문해 값을 치르고 데려다주기까지 했다. 처음에는 잘 사는가 싶더니 지난해부터 걸핏하면 내자를 폭행해 소란을 만들었다. 덕우도 걱정하며 고개를 끄덕였다.

"그런데 행수님, 김부식의 아들이 산채에 와있습니다."

"뭐라고?"

덕우의 큰 눈이 두꺼비처럼 튀어나왔다.

"구설을 피해 피접 왔다는데 영 꺼림칙합니다."

김부식의 아들이라면 김돈후를 말함인가. 차남 돈중은 아직 연치 어리니 김돈후가 맞을 것이다. 이홍안의 여식이 상사병을 앓을 만큼 좋아하다 얼마 전에 비명횡사했다. 홍안이 사흘 밤낮 곡기를 끊고 낙담한 일은 개경 상인이라면 모르는 이가 없다. 잔나비가 물에 비친 달을 잡으려다 빠져 죽는다더니, 재물의 위세만 믿고 언감생심 오르지 못할 나무를 넘본다 싶었는데 결국 탈이 나고 만 것이다. 그나저나 불길하다. 노회한 김부식이 아끼는 장자를 운곡에게 보냈다는 것은 정말이지 보통 일이 아니다.

"어르신이 순순히 받아들였다는 말인가?"

"어르신이 오는 사람 내치는 분이십니까. 불편함 없이 잘해주라 명까지 내리셨습니다. 그런데 그 도령이 좀 특이합니다. 혜강을 추쇄꾼들에게서 구해줬는가 하면, 큰비에 무너지려는 보를 제 몸으로 막아 여러 목숨을 구했습니다. 그 일로 졸지에 산채 식구들의 은인이 되었지요. 저는 그것이 더 꺼림칙합니다."

김돈후는 개경 처자들 속 끓이는 한량으로 소문 나있지만 겉보기와는 다른 자다. 초시와 국자감시, 예부시 등 삼시를 한 번도 미끄러지지 않고 입격할 만큼 지재가 뛰어나고 비상하다. 또래들과 어울려 자주 기방에 출입하면서도 말썽을 일으킨 적이 거의 없고 예의범절도 바르다고 들었다. 해월은 돈후가 장차 제 아비를 뛰어넘을 것이라 귀뜸했었다.

덕우는 이마를 감싸 쥐었다. 부식이 무언가 냄새를 맡았구나. 대체 어디서 샌 것일까. 광덕상회 내부나 칠현루 기생들 중에 간자가 숨어든 것인가. 상단 식구들은 덕우 자신이 속속들이 꿰고 걸러낸 데다 꼬리를 남긴 기억이 없다. 운곡과 서경을 연결 지을 고리라면 결국 묘청과 정지상이 드나드는 칠현루일 것이다. 머리가 지끈거렸다.

"산채에는 언제까지 머무른다 하던가?"

"혜강은 정혼자와 관련된 추문이 잠잠해져야 돌아갈 것이라 했습니다만, 귀한 도령이 거친 밥에 거친 잠자리를 참으며 오래 머물기야 하겠습니까."

"알겠네. 그 문제는 내가 따로 알아보도록 하지. 자네는 곧바로 서경으로 갈 텐가?"

"그럴 수는 없지요. 어르신께 인사 여쭙고 가겠습니다."

"그럼 저녁에 서찰을 한 장 써줄 테니 어르신께 전해주게. 보는 눈도 있고 하니 오늘은 예서 묵고 명일 새벽에 출발하는 게 좋겠네."

"그리하겠습니다."

덕우는 광덕상회를 나와 곧장 죽림으로 향했다. 시전 거리가 갑자기 살얼음판처럼 느껴졌다.

기우일까. 너무 예민한 것일까. 개경과 서경의 대립이 어제 오늘의 일은 아니다. 시전의 상단 대부분이 재물을 개경과 서경에 각각 나누어 투자한다. 광덕상회는 몸집을 작게 관리해 눈에 띌 일은 없고, 설령 서경파에게 재물을 대었다 한들 특별히 이상할 것은 없다. 다만 성할 대로 성한 기운이 부딪히다 보면 결국 종점으로 치달을 것이고 광덕처럼 작은 상단은 부식의 콧바람 한 번으로도 흔적 없이 날아갈 것이다. 더 큰 문제는 산채가 드러나는 것이다. 정치적으로 잘못 엮이면 운곡의 모든 것이 부서질 것이다.

"오셨습니까."

해월이 나와 덕우를 맞았다. 덕우의 표정이 예사롭지 않음을 눈치 챈 것인지 곧바로 별채로 안내했다. 덕우는 별채에 들어서자마자 낮게 말했다.

"칠현루에 김부식의 귀가 있는 것 같네."

칠현루에 붉은 등이 내걸렸다. 초저녁부터 몰려든 객으로 문지방이 닳기 시작했다. 회랑 한켠에서 예기들이 금을 뜯었고, 종복들은 부지런히 주안상을 날랐다. 해가 기울고 칠현루의 하루가 시작되었지만 해월은 제 방에서 나오지 않았다.

해월은 병풍으로 둘러싼 방 안에 앉아 습관처럼 단주(短珠)를 헤아렸다. 하나, 둘, 셋, 넷……. 하나의 끈으로 연결된 열세 개의 염주알을 하나씩 천천히 짚었다. 나무를 구슬처럼 깎아 거칠게 만든 것이지만 오랜 세월 닳고 닳아 이제는 옥처럼 빛이 났다.

운곡으로부터 받은 단 하나뿐인 정표. 아니, 정표라고 할 수도 없다. 해월이 사무친 마음을 열어보였을 때 그 마음을 비우라 준 것이다. 야속했지만 평생을 간직했다. 운곡은 불자가 아니다. 하지만 해월이 불심 깊음을 헤아려서 준 것이니 해월 스스로 정표라 믿었다.

덕우의 말에 해월도 적잖이 놀랐다. 칠현루는 온갖 이들이 드나드는 곳이니 말이 새는 것을 모두 단속할 수는 없다. 허나 부식이 아들을 구안정에 보냈다는 것은 운곡을 직접 겨냥했다는 뜻이다. 애기 기생 하나가 묘청과 정지상에게 차를 들이다 우연히 들은 운곡이라는 함자로부터 시작된 균열……. 익히 칠현루를 드나드는 부식의 그림자들은 낱낱이 알고 있었다. 해월이 미처 헤아리지 못한 것은 애기 기생이나 그림자 따위가 아니라 부식이 운곡을 기억하고 있었다는 사실이다. 일찍이 수재로 주목받은 바 있으나 가문이 사실상 사라져 개경 바닥에서 운곡을 아는 이가 없었는데…….

"행수님, 데려왔습니다."

장지문이 열리고 능파가 들어왔다. 능파는 넘실넘실 걸음걸이가 어여뻐 해월이 직접 지어준 이름이다. 기생으로서는 환갑 나이를 넘겨 은퇴했으나 칠현루의 부행수답게 아름답고 진중했다. 서경에서부터 인연을 맺어 오랫동안 해월을 따르고 보좌하며 지내는 동안 자매보다 가까운 사이가 되었다.

능파 뒤로 기생 둘이 들어와 곱게 인사했다. 미호와 절영. 갓 열일곱을 지난 칠현루의 봉오리 꽃들이다.

"김돈후 공자에 대해 아는 바를 말해 보아라."

해월의 말에 미호는 이름만 듣고도 얼굴을 붉혔다. 절영은 눈을 빛냈다. 이유를 궁금해하는 표정이다. 해월은 미간을 좁혔다. 미호는 모신 게 아니라 마음을 주었고, 절영은 속을 감출 줄 모른다. 저리 얕아서야 어찌……. 혀 차는 소리가 절로 나왔다. 능파가 당황하며 야단쳤다. 눈치를 보던 절영이 먼저 입을 열었다.

"칠현루를 찾는 젊은 공자님들이야 대부분 고관대작의 자제분이시나 돈후 공자님은 그중에서도 군계일학이지요. 미모가 출중하고 범절이 바른데다 혼기 지나도록 혼자 몸이시니 개경 처자 중에 속 앓이하는 이가 많사와요. 하지만 친우들과 어울릴 때 나누신 말씀은 특별한 게 없어요. 과거나 출사, 격구, 동기들 혼례…… 뭐 다른 동년배와 비슷했어요. 사실 돈후 공자님은 친절하시나 곁을 주지 않으시어 이년들이 아는 게 별로 없답니다. 아, 남호 대감을 존경한다는 이야기는 여러 번 들었어요."

해월이 경청하자 절영이 내처 말을 이었다.

"돈후 공자님에게서는 별로 들은 게 없지만 다른 공자님들에게 들은 이야기는 있어요. 공자님이 모친과 사이가 좋지 않다고요. 뇌천 대감 마나님이 생모가 아니라고 했어요. 제일 부인의 몸이 약해 해산하다 하세하셨대요. 아버님 사랑은 끔찍이 받았지만 계모에게는 냉대를 받으며 자랐다는 이야기에 이년 가슴이 어찌나 아프던지……. 공자님 혼인이 늦어지는 것도 계모 때문이라 하더라고요."

절영의 이야기에 능파도 관심을 보이며 눈을 반짝였다.

"공자님과 동문수학했다는 분은 좀 이상하다는 말도 했어요. 뇌천 대감 뒷배가 있으니 곧바로 한림원이나 내시부로 들 줄 알았는데 어쩐 일인지 지난겨울에 갑자기 벽란도로 자원해서 갔다고요. 아무튼 하루아침에 돈후 공자님이 사라지셔서 주루마다 기생년들이 울고불고 난리였어요. 얼마 전에 급히 돌아오시긴 했다는데 그건 순전히 홍안의 암캐가 낯을 맞아 죽는 바람에……."

절영은 제 말에 제가 놀라 입을 가렸다. 능파가 눈을 흘기며 나무랐다. 해월은 별다른 반응을 보이지 않았다. 이후에도 절영이 수다스럽게 늘어놓은 이야기들은 익히 알고 있었던 내용이었다. 해월은 고개 숙인 미호를 건너다보았다.

"너는 들은 것이 없느냐?"

미호는 토끼 눈을 한 채 고개를 저었다. 해월은 능파에게 나가라

는 눈짓을 보냈다. 절영이 부루퉁한 표정을 지었지만 해월이 준 미
안수를 받고 금세 밝아져 방을 나갔다. 방에는 해월과 미호 둘만 남
았다. 해월은 나직이 말했다.

"너는 공자님을 마음에 들였구나."

토끼 눈에서 뎅그렁 눈물이 떨어졌다. 기녀로 살기에는 너무 여
린 아이다. 해월의 입에서 한숨이 나왔다. 미호는 한동안 훌쩍이더
니 사연을 털어놓았다.

"자꾸 속곳을 들추고 짓궂게 구는 동무를 나무라시고 저를 다른
방으로 빼내주셨어요. 그러고는 손도 안 대고 주무셨는데 어찌나 그
모습이 아리따운지…… 칠현루에 이따금 들를 때마다 저를 알아봐
주셨어요. 그런데 지난겨울에 험한 얼굴로 오셔서는 아무 말도 없이
술만 드시고 대취하셨어요. 제가 들어가 수발을 들었는데……."

미호는 여전히 망설였다. 해월은 조용히 기다렸다.

"잠꼬대하듯 중얼거리시는 말을 들었어요. 나는 근본도 모르는
반편이라고……."

근본도 모르는 반편이? 해월의 머릿속에 섬광이 일었다. 말을 내
뱉은 미호는 불안해했다.

"행수님, 제가 잘못 들었는지도 몰라요. 행수님도 잘 아시잖아요.
돈후 공자님은 정말 잘난 분이니까요. 그날 이후 한 번도 오지 않으
시다 얼마 전에 칠현루에 잠깐 들르셨어요. 먼발치에서 뵈었는데
여전히 아리따우시더라고요. 행수님도 그날 보셨지요? 주먹다짐도

돈후 공자님 탓이 아니었어요. 그러니……."

해월은 미호를 안아주었다. 안고 등을 쓸었다.

"딱한 것. 네가 걱정할 일은 없을 것이니 염려 마라."

미호는 해월의 품에 안겨 흐느꼈다. 끼니를 잇지 못하는 가족을 위해 고작 열두 살에 제 발로 기방에 들어온 아이다. 꽤 오랫동안 기방 생활을 했으면서도 자라지 못한 아이처럼 순수하기만 한 미호에게 연민이 느껴졌다. 작은 친절, 동정 한 자락에도 이토록 사무치니 고운 심성이 죄다. 해월은 미호의 등을 하염없이 쓰다듬었다.

한참을 운 미호가 퉁퉁 부은 얼굴로 방을 나갔다. 입단속을 했으나 하지 않았다 하여 먼저 내뱉지는 않을 것이다. 잠시 후 능파가 들어왔다. 해월은 표정을 지우고 말했다.

"절영은 칠현루에서 내보내는 것이 좋겠다. 서경의 아우에게 보내도록 해라. 미호는 당분간 객을 받지 말고 죽림에 있으라 해라. 박복한 것이 마음까지 여려 걱정이구나. 기녀로 살기는 틀렸으니 마땅한 자리를 마련해주어야겠다."

능파는 제 교육이 잘못되었다며 사죄했다. 궁금한 것이 많은 눈치였으나 묻지는 않았다. 능파가 나간 뒤 해월은 다시 단주를 쥐고 염주알을 헤아렸다.

반편이라……. 김부식의 장자 김돈후가 반쪽 혈통이라는 뜻인가. 확인이 필요한 일이지만 사실이라면 비책으로 쓰일 수도 있을 것이다. 돈후가 약관을 앞두고 있다 했으니 출생한 때는 열아홉 해

전. 과연 부식에게 무슨 일이 있었던 것일까.

돈후가 천출이라면 차라리 다른 귀족들처럼 양자로 들이는 것이 나았을 것이다. 한번 서자는 영원히 서자이지만 양자는 처지가 다르다. 굳이 끼고 적자로 기른 것은 단지 아들을 귀애했기 때문일까? 아니면 다른 사연이 있는 것일까? 아무래도 부식의 과거를 캐봐야겠다. 행적을 쫓다 보면 실마리를 찾을 수 있겠지.

장지문 너머에서 생황을 연주하는 소리가 들려왔다. 해월은 눈을 감고 다시금 염주알을 헤아렸다.

삼복은 날이 저물 무렵 정승동에 이르러서야 제 다리를 두들겼다. 대감마님이 부르신다는 전언을 듣고 혼비백산하여 달려왔다. 체력 좋기로는 종복 중에 으뜸이라 자부했는데 종일 뛰듯 걸었더니 다리가 후들거리고 멀미가 날 지경이다. 그래도 병이 아지매가 싸준 밥덩이 덕분에 기운은 잃지 않았다.

집안으로 들어서니 마당에 낯선 이들이 서성댔다. 고개를 갸웃거리며 집사 나리를 찾았으나 대감마님이 퇴청 전이라 부재중이라 했다. 삼복은 안채로 향했다. 유씨 부인께 돌아왔음을 고해야 했다.

안채에 이르니 간난이 나와 반겼다. 갓 열다섯이 된 간난은 삼복을 오라비로 여기며 따르는 계집종이다. 간난의 어미는 돈후에게 젖을 물리고 수발을 들어주며 키운 유모이기도 하다. 간난의 어깨너머로 댓돌을 살폈다. 그런데 놓인 가죽 꽃신이 여러 켤레다.

"무슨 일이라도 있느냐? 저녁나절에 웬 손들이냐?"

"돈후 도련님께 청혼하러 온 매파들이오. 요즘은 찾아오는 매파들 때문에 안채 문지방이 닳을 지경이라오."

간난이 소곤거리는데 안방 문이 열렸다. 유씨 부인은 낯선 부인 둘을 배웅했다. 간난이 부인들을 이끌어 마당으로 나간 뒤에야 삼복을 흘긋 쳐다보았다.

"삼복이 왔느냐? 잠시 들어오너라."

삼복은 까치걸음으로 종종 따라가 대청에 부복했다. 유씨 부인은 알록달록 꽃잎을 바른 분합문을 지나 매끈한 온돌 아랫목으로 가더니 구름 같은 비단 보료 위에 앉았다. 앉아서 칠보 장식이 달린 궤를 들여다보았다. 매파들이 놓고 간 물건일 것이다.

"돈후는 언제 온다더냐?"

매정한 물음이다. 맏아들이 편찮은 몸으로 내쫓기듯 갔는데 안부조차 묻지 않는다. 삼복은 조아린 채 답했다.

"별다른 말씀은 없으셨습니다요. 그저 푹 쉬고 싶다고만 하셨습니다요."

유씨 부인은 궤에 담긴 것에만 관심을 두었다. 물러가라는 하명

도 없었다. 다리가 저려왔다. 슬그머니 부은 다리를 매만지며 눈치
를 보는데 간난이 삼복을 구원했다.

"대감마님 퇴청하신답니다."

유씨 부인은 궤를 물리고 일어나 안채를 나섰다. 삼복도 간난과
함께 뒤를 따랐다. 집안의 모든 노비가 뛰어나와 마당에 도열해 조
아렸다. 유씨 부인은 차남 돈중을 앞세우고 중앙에 섰고, 한 걸음
뒤에는 젊은 유모가 강보에 싸인 삼남 돈시를 안고 섰다. 잠시 후
부식이 대문으로 들어섰다.

"노고가 많으시었습니다."

유씨 부인이 허리를 숙이자 부식은 말없이 고개만 끄덕였다. 그
러고는 마당에 도열한 노비들을 훑어본 뒤 성큼성큼 걸어 사랑채
로 향했다. 저녁상을 준비하라는 유씨 부인의 매운 목소리에 노비
들은 썰물 빠지듯 물러났다. 그 와중에 돈중이 삼복을 발견하고 다
가왔다.

"어? 삼복이잖아? 형님 따라간 줄 알았는데 언제 왔어?"

삼복은 조아려 인사했다. 삼복 옆에 붙어있던 간난은 화들짝 놀
라 달아났다. 돈중은 나이가 어려도 못된 장난으로 노비들 괴롭히
는 데에는 도가 튼 인사다. 노비 중에 돈중의 괴롭힘을 받지 않는
이는 삼복이 유일했다. 우상처럼 여기는 돈후에게 되게 혼이 난 까
닭이다.

"너만 온 거야? 형님은 안 오셨어? 에이, 돌아오면 격구 구경시켜

주신다 했는데…….”

돈중은 부루퉁해졌다. 데굴데굴 굴리는 눈과 튀어나온 입에서 심술이 덕지덕지 묻어났다. 귀한 비취빛 능라로 포와 건을 둘렀지만 가려지지 않았다. 돈중은 어린 날의 돈후처럼 그 어렵다는 경서를 줄줄 읽어낼 정도로 비상했으나 성품만은 하늘과 땅이 갈라진 것처럼 달랐다.

“곧 뵈실 것입니다요. 약속은 꼭 지키시는 분 아닙니까요.”

삼복이 위로하자 돈중은 찢어질 듯 눈을 흘겼다. 눈길이 살천스러워 삼복은 움찔 몸을 굳혔다. 돈중이 그 모습을 보고 히죽 웃으며 한 걸음 다가섰다. 화풀이를 하려는 것이다.

“삼복이는 어서 사랑으로 들거라. 대감마님께서 기다리신다.”

익환의 목소리였다. 익환은 사랑채로 난 중문에 서서 삼복을 불렀다. 돈중의 고개가 홱 돌아갔다. 익환이 목례하자 돈중은 금세 직수굿해져서는 맞배했다. 익환은 집사 일을 보고 있지만 당돌한 돈중조차 함부로 대할 수 없는 이다. 본디 귀족 출신인데다 어머니인 유씨 부인도 그의 눈치를 볼 만큼 집안에서의 영향력이 컸다.

익환의 말이 끝나기 무섭게 삼복은 날 듯 뛰어 중문을 넘었다. 그러고는 앞선 익환을 따라 사랑으로 향했다. 돈중의 심술궂은 손아귀에서는 벗어났으나 호랑이 같은 대감마님을 만날 생각에 다리가 떨렸다.

사랑 안에서 삼복은 최대한 납작하게 부복했다. 무언가를 읽고 있던 부식이 눈길을 거두고 삼복을 내려다보았다.

"돈후는 어찌 지내느냐? 상처가 깊었을 텐데 치료는 했느냐? 덧나지는 않았느냐?"

거푸 이어진 물음에 돌이라도 걸린 듯 목이 멨다. 주책없이 눈물이 왈칵 솟았다. 대감마님은 누구보다 무서운 분이지만 도련님에게만큼은 너그럽고 은애가 넘쳤다. 삼복을 도련님의 시종으로 삼아준 분이기도 하다. 설령 도련님이 커다란 잘못을 저지른다 해도 대감마님은 도련님을 지켜주실 것이다. 삼복은 투박한 주먹으로 눈물을 훔친 뒤 메인 목을 열었다.

"산중이라 설고 거칠지만 마음은 편하다 하십니다요. 상처는 많이 나으셨습니다요. 그곳에도 의원이 계셔서 잘 살펴주셨습니다요."

삼복은 돈후가 이른 대로 답했다. 삼복이 구안정을 떠나기 전, 돈후는 무슨 연유인지 입단속을 했다. 그곳이 너무 특별해서일까. 삼복이 보기에도 구안정은 이상한 곳이었다. 상전과 노비가 엇갈려 이름을 부른다거나 함께 모여 밥을 먹는 것은 상상조차 해본 적이 없는 풍경이었다. 삼복은 내심 그곳이 좋았다. 일은 많았지만 상전의 눈치 볼 일이 없어 그런지 힘들게 느껴지지 않았다. 하지만 돈후가 다쳐 앓은 사실을 제대로 고하지 않은 것만은 마음에 걸린다. 부식이 알게 된다면 당장 돌아오라 호통부터 칠 것이다.

"약을 따로 보내지 않아도 되겠느냐?"

다시 목이 멘다. 삼복은 꿀꺽 침을 삼키고 답했다.

"유생 중에 환자가 많아 그런지 약재는 부족함이 없었습니다요. 게다가 어르신 따님이 워낙 의술에 밝으시니 염려하지 않으셔도 됩니다요."

"따님? 운곡에게 딸이 있더란 말이냐?"

부식이 놀란 듯 문서들을 내려놓고 물었다. 가슴이 철렁 내려앉았다. 해서는 안 되는 말을 한 것인가. 도련님은 구안정 사람들에 대해 말하지 말라고 했다. 특히 정운 도련님 이야기는 절대로 하면 안 된다고 했다. 하지만 온요 아가씨야 어르신 따님인데 상관없지 않은가. 괜스레 숨기다 들통나면 주리를 틀릴지도 모른다.

"온요 아가씨라고 계십니다요. 의술도 뛰어나고 아주 고우십니다요. 어르신이 많이 편찮으셔서 대신 유생 나리들의 건강을 돌보시는데, 도련님께도 아주 잘해주십니다요. 도련님도 아가씨가 이르는 일은 뭐든 잘 따르시고요."

삼복이 답했으나 부식은 침묵했다. 슬슬 불안한 생각이 들었다. 삼복은 자신이 한 말을 되새겨 보았다. 특별히 잘못한 말은 없는 것 같다.

"운곡은 어디가 편찮더냐?"

"해소를 앓고 계신다 들었습니다요. 기침을 많이 하는 병이라는데……. 그곳 사람들이 모두 어르신 건강을 걱정하고 있었습니다요."

부식은 입을 다물었다. 무언가를 골똘히 생각하는 듯했다. 삼복은 바닥이 점점 가시밭처럼 느껴졌다.

"알았으니 물러가라. 수고했으니 이삼일 쉬었다 가거라. 서찰을 써줄 테니 돈후에게 전해주고."

삼복은 안도의 숨을 내뱉으며 물러났다. 방을 나서자 익환이 다가와 물었다.

"운곡 선생의 병이 깊어 보이더냐?"

"잘은 모르겠지만……. 안 좋아 보였습니다요."

운곡 어르신의 건강이 중요한 것인가. 익환까지 재차 물으니 의구심이 든다.

"유생들은 얼마나 되더냐?"

"열 분 정도 됩니다요. 그나마도 대부분이 편찮으셔서 피접 겸 머무른다 했습니다요."

익환은 잠시 생각에 잠긴 듯하더니 표정을 바꾸어 물었다.

"도련님께 필요한 것은 없느냐? 있으면 말하여라. 내가 따로 챙겨줄 것이다."

익환은 돈후에게 형님이나 삼촌과 같은 이다. 돈후도 익환을 믿고 의지했다. 삼복의 입에 그제야 웃음이 피었다.

춘정(春情)

쪽마루 아래에 병이 쪼그리고 앉아있다. 작은 나뭇가지를 들고 무언가를 쓰고는 골똘히 생각하는 품새다. 돈후가 오두막에 죽은 듯이 틀어박혔던 이레 동안 병은 하루도 빠짐없이 찾아와 문안했다. 기력을 찾은 뒤에도 인사를 거르지 않았는데 오늘은 돈후가 없어 기다리고 있는 것이다. 작은 녀석이 제법 의리가 있다.

"글자를 익히고 있구나. 뜻은 아느냐?"

돈후는 병의 곁에 다가가 쪼그려 앉으며 물었다. 병은 놀라 보더니 웃으며 머리를 긁적였다. 바닥을 보니 삐뚤삐뚤 천(天) 자가 그려져있다. 종복 처지에 글을 배우고 있음이 알려지면 치도곤을 당할 일인데 거리낌 없이 해맑다.

"일(一)과 대(大)는 알겠는데……. 온요 누나가 무슨 뜻인지 생각해보라 했어요."

"내가 가르쳐주랴?"

병은 반가운 듯 눈을 키우다 이내 풀이 죽었다.

"누나가 스스로 알아오라 했어요."

"나만 입 다물면 되지 않겠느냐?"

병의 눈이 다시 빛났다. 여전히 해맑다. 병은 씩 웃으며 고개를 끄덕였다.

"일과 대를 합치면 무슨 뜻이 될지 생각은 해보았느냐?"

"네. 제일 크다는 뜻 같은데 누나에게 말했더니 아니래요."

"그랬구나. 그럼 이렇게 생각해 보자. 큰 것 중에 가장 으뜸인 것은 무엇이겠느냐?"

"음…… 산이요!"

"아니다. 그것보다 더 크다."

"그럼…… 임금님이 사시는 궐이요!"

"아니다. 그것보다도 크다."

고개를 기울이며 한참을 생각하던 병이 시무룩한 낯으로 고개를 저었다. 어려운 모양이다.

"좀 더 쉬운 방법을 찾아볼까? 대는 크다는 뜻을 가진 글자지만 사람을 본따 만들었단다."

"사람이요?"

"생긴 모양을 잘 보아라. 사람이 팔과 다리를 한껏 벌리고 선 것과 비슷하지 않느냐?"

"아하! 그러고 보니 요 뾰족한 것은 꼭 사람 머리 같아요."

"옳거니, 잘 보았다. 그렇다면 사람의 머리 위에 있는 것 중에서 가장 큰 것은 무엇이겠느냐?"

"음……."

병이 목을 빼고 고개를 한껏 젖히더니 생각에 잠겼다. 눈동자를 굴릴 때마다 또르르 구슬 소리가 날 것 같다. 돈후는 빙그레 웃으며 기다렸다.

"혹시…… 하늘? 하늘이옵니까?"

"그렇다. 사람 머리 위에 있으면서 가장 큰 것, 큰 것 중에서 가장 으뜸인 것이 바로 하늘이지. 그 글자의 뜻은 하늘이고 천이라 읽는다."

병의 얼굴에 함박꽃이 피었다. 돈후는 병의 머리를 쓰다듬으며 말했다.

"무릇 글자란 뜻을 담는 것이다. 그러니 뜻을 새기고 또 새기면 참뜻을 깨칠 수 있을 것이다."

병은 손으로 바닥을 헤쳐 글자를 지우고 다시 썼다. 그러고는 음을 읽고 훈을 새겼다. 종복이 글을 배워 문리가 밝아지면 마음만 고달파질 것인데 안쓰러운 마음이 든다. 제 처지에 맞게 산다는 것은 이리도 어려운 것인가. 돈후의 낯에 그늘이 졌다.

"그러다 술책부터 배우겠습니다."

돌아보니 온요가 채반을 들고 서있다. 병은 화들짝 놀라 바닥을
헤쳐 지우고 일어났다.

"아버지가 찾으신다. 어서 가보아라."

병은 고개를 돌려 돈후를 보더니 씩 웃고 달아났다. 힐난하던 온요
의 작은 입에 미소가 걸렸다. 어여쁘다. 하얀 베옷을 입고 서있으니
한 떨기 백모란을 보는 듯하다. 가슴이 다듬이질을 하듯 둥당댔다.

짐승의 열기를 애써 떨쳐낸 그날 이후, 돈후는 죽음 같은 잠에 빠
져 헤맸다. 꿈인 듯 생시인 듯 끝없이 펼쳐진 숲속에서 온요를 보았
다. 미친 듯이 달려갔지만 온요는 자꾸 멀어졌다. 때로는 웃으며 유
혹하고, 때로는 본 적 없는 어머니처럼 따뜻하게 손짓했다. 돈후는
달아나는 온요를 끌어안아 짐승처럼 탐할 작정으로, 때로는 어린
애처럼 품에 안겨 응석을 부릴 작정으로 뒤쫓았다. 하지만 발은 자
꾸만 허공에서 맴돌았다. 앞으로 나아가려 자맥질하듯 발버둥을
쳐도 몸은 늘 제자리에 있었다. 그러다 깨었다. 깨면 온요가 눈앞에
있었다. 홀린 듯 일어나 탕약을 마셨고 홀린 듯 돌아누워 치료를 받
았다. 그렇게 이레가 지났고 다시 사흘이 흘렀다.

"홀로 계시니 제가 삼복 대신 베를 갈아드리러 왔습니다."

알고 있다. 산채를 어슬렁거리다 때를 맞춰 숙소로 돌아온 이유
도 온요 때문이다. 돈후는 쪽마루에 걸터앉아 저고리에서 팔을 뺐
다. 약초물이 밴 베가 드러났다. 온요가 다가와 조심스럽게 베를 풀
었다.

"이젠 거의 나았네요. 제 재주가 모자라 덧나는 바람에 고초가 크셨습니다. 송구합니다."

거의 나았다……. 온요가 달여주는 탕약과 치료의 손길을 받는 날이 다했다는 뜻이다. 가슴에 찌르르 통증이 느껴졌다. 그러고 보니 온요를 볼 때마다 흉통이 이는 것 같다.

온요는 몸을 일으켜 깨끗한 베를 둘러 감았다. 이번에는 약초 없이 베만 감았다. 베를 감을 때마다 그녀의 숨결이 귓불을 간질였다. 소름이 송송 돋고 솜털이 곤두섰다.

"달리 통증이 느껴지거나 열이 나지는 않으시나요?"

저고리에 팔을 꿰는 돈후를 향해 온요가 물었다.

"아프고 열이 나오."

돈후는 부루퉁하게 내뱉었다. 온요가 놀라 눈을 키웠다.

"아프지 않다 하면 다시는 봐주지 않을 것 아니오."

씩 웃어보이자 온요는 낯을 굳혔다. 그러고는 고개를 돌리며 피식 웃었다. 어여쁘다. 숨이 샌 입술이 눈 속에 핀 동백처럼 붉다. 잘 익은 수밀도 마냥 솜털이 난 뺨 아래에는 가늘고 하얀 목이 날씬하게 드러났다. 온요는 알지 못한다. 그녀를 볼 때마다 돈후가 무슨 생각을 하는지.

"그리 한량처럼 말하는 것은 자신을 감추기 위함인가요?"

"간자로 왔는데 당연한 것 아니겠소?"

온요가 쏘아보았다. 하지만 전과 달리 날이 서지는 않았다. 묘성도 한결 부드럽다. 폭우 속에서 다쳤던 그날 이후 온요는 돈후에 대한 경계를 풀었다. 온요뿐 아니라 산채 식구들 모두의 태도가 달라졌다. 고열로 신음하며 밤새 앓을 때도 내내 돈후의 곁을 지켜준 온요. 여인의 손길이 그렇듯 푸근할 수 있다는 것을 처음 알았다.

"공자님은 마음이 따뜻한 분이에요. 병이가 공자님을 좋아하는 것은 아비를 구원해준 은인인 까닭도 있지만 따뜻하고 너그럽게 품어주시기 때문이지요. 고귀한 신분을 가졌으면서도 따뜻하시니 진정 군자이십니다."

고귀한 신분이라……. 돈후는 쓰게 웃었다. 온요마저 내 허울부터 본 것인가. 고려에서 숨 쉬고 사는 이라면 누가 보아도 완벽한 허울. 돈후도 제 허울이 자랑스럽던 때가 있었다. 저보다 못한 모두를 측은하게 여겼고 그래서 기꺼이 아량을 베풀었다. 아량에 감읍하는 이들을 보며 더욱 만족했었다.

그래, 내 허울이 좋아 보인다면 완벽하게 허울을 써주지. 곁을 내준다면 까짓 허울쯤이야!

돈후는 마음을 감추며 부루퉁하게 답했다.

"간자라 욕하더니 이제는 군자라 칭송하는 게요?"

"제가 언제 공자님을 욕했다고……."

온요는 정색하며 말하다 빙긋 웃는 돈후를 보고는 눈을 흘겼다. 그러고는 소리 내어 웃었다. 후텁지근한 공기를 청명하게 가르는 낮은 웃음소리……. 이제 알겠다. 왜 자꾸만 그녀가 눈에 밟히는지,

왜 그녀에게서 눈을 뗄 수 없는지. 온요가 좋다. 약관에 이르러서
야 비로소 느낀 춘정. 쉬 부러질 듯 약해 보이지만 꼿꼿하게 맞서
고, 내치다가도 결국 돌아와 따뜻하게 품는 그녀에게 끌린다.

"숙면하시는 데 도움이 될 거예요."

온요가 작은 주머니를 내밀었다. 주머니를 열어보니 환약이 여럿
들어있다.

"악몽을 꾸시는 것 같아서요."

악몽? 돈후는 뜻을 헤아렸다. 아마도 자신이 꿈과 생시를 오가며
앓았던 때를 말하는 모양이다. 꿈속에서 온요를 탐하려 미친 듯 헤
매던 그때, 설마 무슨 실수라도 저지른 것인가. 돈후의 얼굴이 붉어
졌다.

"죄송해요. 주무시는 동안 몹시 괴로워하시는 모습을 보았어요.
저도 아는 병이라……. 잠들기 전에 드시면 한결 좋아질 거예요."

온요는 고개를 돌려 시선을 피했다. 아는 병? 온요도 악몽을 꾼다
는 뜻인가? 무엇 때문에? 그녀의 뒷머리에서 슬픈 기운이 느껴진
다. 연유를 물으려는 참, 불현듯 나란의 호탕한 목소리가 들렸다.

"치료는 다 끝났냐? 혹시 꾀병 부리고 있는 거 아냐?"

나란이 이고 있던 커다란 짐승을 팽개치듯 내려놓았다. 멧돼지
다. 꿀렁, 널브러진 것을 가늠하니 넉 자는 족히 되어 보였다. 덫 자
국 아래 발이 너덜거렸고 머리와 몸체에는 여러 개의 살 자국이 나
있다. 덫에 걸려 버둥거리는 놈을 살로 쏘아 잡은 듯했다. 어깨에

피 칠갑을 한 나란이 돈후를 보고 씩 웃었다.

"이 정도는 돼야 산채 식구들 구해준 목숨 값이 되지 않겠냐. 비실대는 네놈 보신 좀 시켜주려고 잡았다."

돈후와 온요는 얼떨떨한 표정으로 나란과 멧돼지를 번갈아 쳐다보았다. 역시 피 칠갑을 한 운이 뒤늦게 나타나 나란 옆에 서더니 환하게 웃었다.

나란은 지락재 옆에서 하오 내내 멧돼지 가죽을 벗기고 각을 떠 고기를 분할했다. 돈후는 평상에 걸터앉아 그 모습을 지켜보았다. 보통 솜씨가 아니다. 나란은 송인이 아니라 북녘의 여진인이거나 초원에서 온 달단인이 분명하다.

운은 두 개의 화덕 앞에 엎드려 번갈아가며 불을 지폈다. 굵은 장작 아래 잔가지를 밀어 넣으며 입바람을 불어댔으나 신통치 않은지 낯을 구겼다. 병이 잔가지를 한 아름 안고 와 쏟으며 말했다.

"아버지께 청할까요?"

운은 손을 내저으며 입바람을 훅훅 불었다. 되받아치며 나온 연기에 콧잔등이 거뭇해졌다. 병은 돈후를 보며 찡긋거리더니 손으로 입을 가리며 웃었다. 실력이 형편없다는 뜻이다. 혜강이 와서 그 모습을 보더니 함께 웃었다.

혜강은 화덕 하나에는 솥단지를 걸고 다른 하나에는 기둥을 세웠다. 삶고 구우려는 모양이다. 갑이 물동이를 이고 살랑살랑 걸어와 흘긋 나란을 보더니 솥단지에 물을 쏟아부었다.

"너는 왜 항상 기생년처럼 걸어 다니냐?"

나란이 면박을 주자 갑은 샐쭉 토라져 쏘아보았다. 온요가 나타나 말본새 좀 고치라며 나란을 나무랐다. 완함과 인호도 궁금한지 주변을 기웃거렸다. 그 뒤로 이름을 알 수 없는 아낙들과 사내들, 아이들이 서성댔다. 나란과 운의 멧돼지 사냥 덕분에 산채가 팔관회라도 열린 양 들떴다.

구안정은 묘한 곳이다. 세상을 등진 은자와 숨어든 도망 노비들, 사연을 헤아리기 어려운 정체불명의 낭인들, 집안에서 내쳐진 귀족 떨거지들이 모여 피안 같은 삶을 만들어 낸다. 마치 이승의 번뇌와 족쇄를 풀고 사바세계 건너편에 와있는 듯하다. 권력과 재물을 다투느라 아수라장 같은 개경에서는 상상조차 해본 적이 없는 풍경이다.

처음에는 냉소를 품고 보았으나 한바탕 앓고 난 뒤에는 돈후도 빗장이 풀어졌다. 구안정에서는 과거의 삶이나 신분이 의미가 없다. 그저 먹고 일하고 자는 일상 속에 모두가 평화롭다. 유생이라 불리는 자들도 누구 하나 글 읽는 이가 없다. 몸이 불편한 자를 제외하고는 모두가 일을 거들고, 땀 흘려 거둔 것을 나누어 먹을 뿐. 구안정이 왜 사학이라 알려졌는지 모를 일이다. 저들과 함께 있다 보면 돈후의 머릿속에도 번뇌나 상념이 사라진다.

"놀고먹을 셈이냐? 너도 와서 거들어라."

나란이 돈후를 손짓해 불렀다. 어느새 화덕에 불이 활활 타올랐다. 나란은 기다란 꼬챙이에 꿴 고깃덩어리를 내밀었다. 돈후가 고깃덩어리를 들고 엉거주춤 서있자 운이 웃으며 되받아 나무 기둥 위에 올렸다. 타지 않도록 간간이 뒤집어주라 방법도 알려주었다. 나란이 키득거렸다. 무안했다. 음식이 어떻게 만들어지는지 제대로 본 일이 없으니 모든 것이 서름했다.

물과 고깃덩이를 넣은 솥단지가 끓기 시작하자 아낙들이 나물 바구니를 가져와 쏟아부었다. 지락재 안에서는 밥을 짓고 찬거리를 준비하느라 분주했다. 까르르 웃음소리에 돌아보니 아낙들이 돈후를 보며 웃고 있었다.

"산채의 모든 아낙이 네 얼굴에 반했다는구나. 너를 구안정의 달이라 한다."

운의 말에 나란이 숨넘어갈 듯 웃었다.

"사내자식에게 달이 뭐냐, 달이. 하지만 계집처럼 곱상하게 생긴 것은 맞으니 앞으로 너를 달댕이라 불러주마. 점잔 빼는 운은 얌생이, 계집처럼 곱상한 너는 달댕이. 끅, 어울린다, 어울려."

나란이 다시금 호탕하게 웃었다. 운도 따라 웃었다. 놀리는 소리

지만 싫지 않다. 구안정의 달이라……. 돈후 입에서도 웃음이 흘러
나왔다. 흘긋 돌아보니 아낙들 사이에서 온요가 함께 웃고 있다. 가
슴 언저리에서 따뜻한 기운이 스멀스멀 올라온다. 함께 웃는다는
사실만으로도 산채 식구가 된 것 같다. 일찍이 자신의 집에서는 경
험하지 못한 화목. 돈후도 피안의 일부가 된 느낌이 들었다.

　얼마 후 사람들이 지락재에 모여 고깃국을 먹었다. 불자들은 푸
성귀만 먹으면서도 기름진 웃음을 쏟아냈다. 운곡과 아픈 유생들
에게는 온요를 비롯한 아낙들이 밥상을 날랐다. 구운 고기는 따로
내어 평상에 올렸다. 나란이 어디선가 술동이를 가져와 내려놓았
다. 돈후가 인상을 쓰자 이것은 진짜 술이라 큰소리를 쳤다. 한 잔
건네기에 마셔보니 향긋한 다래주다.

　늦도록 술을 마셨다. 시작은 함께했으나 얼마 지나지 않아 대부
분 자리를 비웠다.

　"온요야, 너도 와라. 다래가 잘 삭았으니 오랜만에 오라버니 잔
한번 받아라."

　나란이 지락재로 들어가려는 온요를 불렀다. 돈후는 미간을 구겼
다. 아무리 유별하지 않기로, 기생 대하듯 부르는 것이 마뜩잖다.
게다가 사내들이 어울려 술 마시는 자리에 누이를 불러 앉히려 하
다니……. 하지만 온요는 아랑곳없이 다가와 평상에 앉았다. 잔을
내밀자 냉큼 받아들기까지 했다. 돈후의 상은 더욱 구겨졌다.

　"너희들 모르지? 우리 온요가 알고 보면 밀술꾼이다."

온요가 샐쭉 눈을 흘겼다. 나란이 키득거리며 술동이 안에 든 표주박을 잡으려 손을 뻗는데, 갑자기 운의 길쭉한 손이 가로챘다. 나란이 인상을 쓰자 운은 빙그레 웃으며 말했다.

"내가 네 형님 아니냐."

온요는 머쓱한 표정을 지었다. 결국 운이 온요가 든 잔에 술을 부었다. 나란이 씩씩대며 소리쳤다.

"네가 어찌 내 형님이냐? 장유를 따진다면 내가 네 형님이라야 맞지."

"몰랐냐? 내가 너보다 키도 크고 힘도 세다."

"뭐야? 한번 겨뤄볼 테냐? 전에야 영감탱이가 말려서 하는 수 없이 참아줬다만 오늘은 영감탱이 알아채기도 전에 때려눕혀줄 테다."

나란이 소매를 걷고 구릿빛 팔을 흔들어댔다. 운은 빙글빙글 웃기만 했다.

"아쉽지만 나는 이만 물러날게."

홀짝 잔을 비운 온요가 일어났다. 모두의 눈이 온요를 향했다. 온요는 웃으며 말했다.

"약재를 손질해둬야 하거든."

온요는 운과 돈후에게 목례하고 돌아섰다. 모두의 눈길이 온요의 뒷모습을 쫓았다. 온요는 쫓는 눈길을 아는지 모르는지 무심히 걸어 지락재로 들어갔다. 온요가 사라질 때까지 침묵이 흘렀으나 이내 투덜거리는 나란의 목소리에 깨어졌다. 흥이 가셨다. 돈후는 말없이 술잔을 기울였다.

산채에 있는 사람들은 하나같이 온요를 좋아한다. 누구든 따뜻한 눈길을 건네고 존경을 나타낸다. 마치 모두의 것이라 누군가의 것은 될 수 없는 것처럼……. 사마천이 그랬다. 복숭아와 오얏은 말이 없어도 그 나무 밑에는 향에 취한 사람들이 몰려들어 길이 생긴다고. 온요가 내뿜는 달고 안온한 향을 느끼는 이가 나뿐이 아니었던가. 쓴웃음이 났다. 하지만 그렇다 해도 나란이, 혹은 운이 그녀에게 함부로 술잔을 건네는 것만은 거슬린다.

"온요는 요즘도 악몽을 꾼다더냐?"

운이 나란에게 물었다. 악몽이라니. 돈후의 눈에 이채가 스몄다.

"많이 좋아졌다. 영감탱이가 지어준 환약 덕분인지 이제는 한밤중에 깨어 경기하는 일은 없다. 제 입으로 잘 자니 걱정 말라 하더라. 하지만 마음의 상처가 약 먹는다고 나아지겠냐. 그만큼 덤덤해졌다는 뜻이겠지. 다행이라 생각하고 있다."

침통해진 나란은 벌컥 술을 들이켰다. 운도 고개를 끄덕이며 술을 마셨다.

악몽, 환약, 마음의 상처……. 저 둘은 온요에 대해 아는 것이 많은 것 같다. 언짢은 기분이 든다. 궁금했지만 묻지 않았다. 저들에게 들어 알고 싶지는 않다.

"너는 그만 마셔라. 전처럼 뻗어 병날라."

나란과 운이 온요를 내하는 태도가 거슬러 낯빛이 굳은 것을 몸이 불편한 탓으로 읽은 것일까. 나란은 돈후에게 걱정하는 말을 건넸다.

"주정하는 것을 보니 네가 그만 마셔야겠다. 아낙처럼 수다가 늘어졌구나."

"뭐, 아, 아낙? 달댕이처럼 생긴 녀석이 뭐가 어째?"

"내게도 싸움을 걸 테냐? 만약 싸웠다가 지기라도 하면 그 수모를 어찌 감당하려고?"

"뭐? 내가 네놈에게 진다고? 이놈이 범 무서운 줄 모르는 하룻강아지일세. 너 같은 책상물림은 한주먹거리도 안 된다."

나란은 씩씩대기만 했지 실제로 덤벼들지는 않았다. 거칠게 굴어도 도를 넘어서는 법이 없다. 사내답고 습습한 것이 운곡의 양아들답다.

돈후는 나란에게 주먹 대신 잔을 내밀었다. 그러고는 씩 웃었다. 나란도 따라 웃었다.

"달댕이 같이 생긴 놈이 달댕이처럼 웃기는!"

돈후는 나란의 잔에 술을 부었다. 운의 잔에도 부었다. 돈후의 잔은 운이 채웠다. 그러고는 함께 웃었다. 웃고 마시며 이야기했다. 나란은 사냥 무용담을 늘어놓았고 운은 삭막한 사막 이야기를 했고 돈후는 어여쁜 개경 기생들 이야기를 했다. 개경에서 친우들과 어울릴 때처럼 유쾌했다.

그렇게 유쾌하게 취해갈 무렵이었다. 갑자기 호통 소리와 함께 날카로운 비명이 밤하늘을 찢었다. 취해 떠들던 셋은 동시에 굳었다.

잠잠한가 싶더니 잠시 후 다시 긴 비명이 울려 퍼졌다. 나란이 벌떡 일어나 소리 난 곳을 향해 뛰어갔다. 산채 식구들이 기거하는 아래채 쪽이다. 돈후도 따르려 하자 운이 어깨를 잡고 고개를 흔들었다. 따르지 말라는 뜻이다. 돈후는 눈으로 이유를 물었다.

"잠시만 기다려봐라."

아래채 쪽에서 한 아낙이 달려오더니 지락재 안으로 들어가 온요를 이끌고 나왔다. 대관절 무슨 일이 일어난 것일까. 돈후는 벙벙한 낯으로 아래채를 향해 뛰어가는 두 여인의 뒷모습을 지켜보았다. 산채 식구들이 지락재 주변으로 하나둘 모여들기 시작했다. 걱정이 가득했으나 사연을 아는 듯 놀람은 없는 표정들이다.

얼마간 시간이 흘렀다. 나란과 혜강이 신도의 멱살을 나눠 잡고 나타났다. 신도는 큰 덩치가 무색할 만큼 흔들리며 이끌려 왔다. 세 사람이 고리처럼 엉켜 구안정으로 향했다. 뒤이어 갑이 뛰어나와 소리쳤다.

"어쩌면 좋아요. 신도 아주머니가 깨어나질 않으셔요."

해가 중천에 이르렀으나 산채는 반야처럼 고요했다. 눈에 보이는 이 모두 어제처럼 제 할 일을 하고 있지만 아무런 소리가 나지 않았다. 담장을 넘는 도둑처럼 일부러 소리를 죽이고 있는 것 같다. 달라진 것이라면 아침마다 힘 좋게 장작을 패던 신도가 보이지 않는다는 사실뿐. 돈후는 제 오두막 앞에서 소걸음처럼 흘러가는 산채의 일과를 지켜보았다.

중정 건너 혜강의 모습이 보였다. 그가 지락재 앞에 서서 손을 높이 들었다. 그것이 모이라는 신호인지 산채에서 일하는 노비들이 하나둘 지락재로 모여들기 시작했다. 회합을 하려는 듯했다.

"관심 두지 마시오. 유생은 객이니 산채 식구들의 일에 간섭하지 않는다오."

인호가 이르고 지나갔다. 그래서인가. 운도 나란의 게르 앞에 서서 지켜보고만 있다. 산채 식구들만의 회합이라······. 유별하지는 않으나 비밀은 나눌 수 없다는 뜻인가. 지락재 안으로 들어가는 온요의 뒷모습이 보였다. 궁금증이 일었다. 돈후는 걸음을 옮겨 중정으로 향했다.

"함께 가보겠느냐?"

정자를 지나는데 운곡의 목소리가 들렸다. 고개를 들어보니 운곡이 굽어보고 있다. 돈후는 다가가 목례했다. 여느 때와 다름없이 바구니를 만들고 있었는지 운곡 옆에는 대나무 살이 즐비했다.

"제가 가도 되겠습니까?"

"안 될 이유가 무엇이겠느냐. 마음이 가면 몸도 가는 게지."

운곡은 느릿느릿 일어나 계단을 내려왔다. 바싹 마른 몸이 검불처럼 느껴졌다. 부축할까 고민하는 사이 운곡은 돈후를 지나쳐갔다. 머쓱해진 돈후는 주춤주춤 뒤를 따랐다.

지락재 안은 수십의 사람들이 앉거나 선 채 똬리를 이루었다. 나란과 온요를 제외하고는 모두 산채에서 일하는 노비들이다. 가운데에는 신도가 무릎을 꿇고 고개를 숙인 채 앉았고, 그 옆에는 혜강이 서있었다. 회합은 막 시작된 듯했다. 돈후는 운곡과 함께 지락재 밖에서 지켜보았다. 혜강이 말했다.

"구안정의 법은 단 하나요. 서로 해하지 않는 것. 하지만 신도는 내자를 해했소. 신도댁은 지금도 깨어나지 못한 상태요. 게다가 신도의 죄는 이번이 처음이 아니오. 모두 알고 있다시피 우리는 신도에게 여러 번 기회를 주었소. 그럼에도 이런 사달을 벌였으니 신도는 더 이상 산채에서 살 수 없소. 모두의 안위를 위해 혀를 자르고 추방할 것이오. 반대하는 사람이 있으면 나서시오."

지락재 안에 정적이 감돌았다. 모인 이들 모두 낯을 굳힌 채 다문 입을 열지 않았다. 간혹 눈치를 보듯 두리번거리는 이가 있었으나 대부분은 단호해 보였다.

"어젯밤에 이른 대로 충분히 생각들 했겠으나 잠시간 더 기다리겠소."

돈후는 눈과 귀를 의심했다. 노비들이 모여 폭행에 대한 처분을 결정한다고? 고개를 돌려 운곡을 보았다. 운곡의 얼굴에는 아무런 표정이 나타나지 않았다. 구안정의 주인은 운곡이 아닌가. 노비들이 재판을 하여 노비를 쫓아낸다니, 돈후가 아는 세상 어디에서도 그런 법은 없다.

아무도 정적을 깨지 않았다. 시간이 되었는지 혜강이 입을 열려는데 신도가 고개를 번쩍 들었다. 눈에서 불이 쏟아졌다.

"그년은 주인에게 몸을 버린 더러운 년이야. 내가 왜 그런 년 때문에 쫓겨나야 해? 억울한 건 나야. 산채에 와서도 색을 줄줄 흘리기에 버릇 좀 고쳐주었기로, 나를 쫓아낸다고? 그럼 그년도 내놔. 내 마누라니 내 것이야. 죽이든 말든 내 마음대로 할 테니 그년을 내놓으라고! 그년 없이는 단 한 발자국도 못 나가!"

신도는 악다구니를 썼다. 혀 차는 소리가 여기저기에서 들렸다. 나란이 미간을 구기며 나서려 하자 온요가 말리는 모습이 보였다. 혜강이 입을 열었다.

"처분을 거부하겠다는 뜻이냐? 그렇다면 속량 문서는 없다. 혀를 자른 뒤 빈손으로 내쫓길 것이고, 돌아오거나 보복을 하면 명줄을 거둘 것이다."

씩씩대던 신도가 움찔했다. 다시 정적이 흘렀다. 돈후는 아연했다. 머릿속에서 넝쿨이 엉켰다. 추방하는 자에게 속량 문서를 준다고? 잘못을 저질렀으면 마땅한 벌을 내려야 하거늘, 되레 속량시켜준다니 앞뒤가 맞지 않는다. 다시 운곡을 쳐다보았다. 여전히 표정이 없다.

"받아……들이겠소."

신도는 고개를 꺾고 흐느꼈다. 산채 식구들의 얼굴에는 다양한 표정이 엇갈렸다. 측은해하는 것도 같고 두려워하는 것도 같다. 하지만 그 누구도 입 밖으로 말을 뱉지 않았다. 침묵 속에서 신도의 흐느낌이 잦아들었다.

"신도 아재는 이 시각부터 더 이상 산채 식구가 아닙니다. 신도 아재가 처분을 받아들이고 산채를 잊는다면 산채도 신도 아재를 잊을 것입니다. 신도댁 아주머니가 깨어나실지 아직은 알 수 없지만, 깨어나신다면 스스로 거취를 결정하실 것입니다."

뜻밖에도 온요가 나서 마무리를 지었다. 이제껏 보아온 온요와는 전혀 다른 모습이다. 여리고 순진한 처자가 아니라 가구소나 경시서에서 일하는 관원 같다. 홀린 듯 온요를 바라보는데 운곡이 돌아서며 말했다.

"날도 더운데 시원한 차나 들자꾸나."

운곡이 앞서갔다. 돈후는 얼떨떨한 얼굴이 되어 따라갔다. 운곡의 뒤를 따르면서 몇 번이고 고개가 돌아갔다. 자신이 본 것이 믿어지지 않았다.

정자에 오른 운곡은 찻상을 당겨 앉은 뒤 찻잔 두 개를 올렸다. 돈후가 황송해하며 손을 뻗었지만 물리쳤다. 운곡은 돈후의 잔에 술을 따르듯 차를 부었다. 빛깔이 붉었다.

"나란이 산 너머에서 벌집을 캐왔더구나. 덕분에 오미자 맛이 아주 달다."

운곡은 무심한 표정으로 차를 마셨다. 돈후는 찻잔을 들고 내려다보기만 했다.

"온요 솜씨다. 맛이라도 보아라."

운곡이 권했지만 돈후는 찻잔을 입에 대지 않고 도로 상 위에 내려놓았다.

"산중에 소국을 세우신 연유가 무엇입니까?"

"소국?"

"법이 고려의 것과 다르니 새로운 나라가 아닙니까."

운곡이 빙그레 웃었다.

"내가 왕으로 보이느냐?"

"아닙니까?"

운곡은 답 없이 고개를 돌려 구안정을 바라보았다. 돈후도 운곡의 눈길을 따라갔다. 작고 낡은 오두막. 나무로 기둥을 세우고 흙을 바른 뒤 움을 얹은 초라한 집이다. 산채의 오두막 중에서도 가장 볼품없다.

"네 눈에는 저 토막이 무엇으로 보이느냐?"

"스승님의 처소가 아닙니까."

"왕이 사는 궁이 아니고?"

"……."

운곡이 다시 차를 마셨다. 한 모금 달게 넘긴 뒤 말을 이었다.

"산채는 세운 것이 아니다. 스스로 선 것이지. 볕을 쫓던 자들이 모여 저들 스스로 볕이 되었다. 스스로 선 자들에게 왕이 필요한 것 같으냐?"

돈후는 답하지 않았다. 세상에는 질서가 있다. 다스리는 자가 있고 다스림을 받는 자가 있다. 아비가 있고 자식이 있으며 임금이 있고 신하가 있다. 저마다 자신의 위치에서 제 본분을 다해야 질서가 유지되고 세상이 존재한다. 공자는 그것을 일러 정치라 했다. 돈후는 그렇게 배웠다. 스스로 선다는 것은 질서를 허문다는 것이다. 세상을 부정하는 것이다. 운곡은 지금 질서를 깨고 세상을 부수려는 것인가. 돈후는 굳은 표정으로 운곡을 쳐다보았다.

"왕이 아니시라면 천도파와 더불어 나라를 훔치시렵니까?"

"죽을 날 받아놓은 늙은이가 나라를 훔쳐 무엇에 쓰려고?"

"나라를 훔칠 요량이 아니시라면 도망 노비들과 오랑캐에게 새 삶을 주고, 천도를 주장하는 이들에게 재물을 대시는 연유가 무엇입니까?"

"너는 그들이 싫으냐? 너도 좋아하는 줄 알았는데?"

말문이 막혔다. 싫고 좋음의 문제가 아니잖은가. 돈후가 어이없다는 듯 웃자 운곡도 미소를 지었다. 시위처럼 팽팽하던 공기가 느슨해졌다.

"이제는 차 맛 좀 보아라. 온요 솜씨가 일품이다."

온요……. 지락재에서 곧고 단정한 목소리로 신도를 향해 최후통첩을 하던 모습이 떠올랐다. 나란이 아니라 온요가 운곡의 후계인가. 그래서 중요한 일을 결정할 때 온요가 나선 것인가. 앞으로도…… 그렇게 살 것인가. 마음이 복잡해졌다. 꿈에서처럼 손닿지 않는 곳으로 달아나버린 느낌이다. 돈후는 찻잔을 들어 천천히 맛을 음미했다. 새콤하면서도 달았다.

"맛을 느낄 수 있으니 얼마나 좋으냐. 그것이 곧 질서니라."

돈후는 차를 마시려다 말고 운곡을 쳐다보았다. 운곡은 돈후를 보며 빙그레 웃었다.

한낮의 열기가 그대로 남았는지 빛이 사위었음에도 무덥다. 이따금 바람이 지나갔지만 땀을 닦아주지는 못했다. 돈후는 제 오두막 앞에서 달빛에 의지해 산채를 굽어보았다. 스무 채 남짓한 작은 오두막들이 숨죽인 채 엎드려있었다. 신도가 혀를 잘린 채 피 흘리며 쫓겨난 이후 산채의 오두막들은 무겁게 가라앉았다. 빛과 소리가 사라진 산채에서 구안정만이 스러져가는 별처럼 희미한 불빛을 토해냈다.

구안정……. 처음엔 그저 후미진 산골의 사학인 줄만 알았다. 규모가 제법 크다는 것을 확인한 뒤에는 은자의 치기가 빚어낸 산물이려니 생각했다. 하지만 시간이 흐를수록 간단치 않다. 아버지가 의심하는 모든 일이 이곳에서 벌어지고 있다. 구안정은 천도를 주장하는 서경파의 주요한 자금줄이다. 뿐이 아니다. 불손한 자들이 불손한 법으로 패거리를 지은 역당의 소굴이다. 적어도 세간의 시선으로 보면 그렇다.

지금이라도 당장 발고하면 아버지는 단번에 승기를 잡게 될 것이다. 관련자 몇 명 붙잡아 주리 트는 것은 일도 아니다. 묘청과 정지상으로 이어진 끈을 잡아당기면 서경파 모두를 역당으로 엮어 궤멸시킬 수도 있다. 힘과 힘이 부딪혀 팽팽하게 맞서는 상황에서 승부를 가르는 것은 작은 균열. 거대한 둑도 결국 손가락만 한 구멍 때문에 무너진다. 구안정이야말로 꼭 알맞은 구멍이 아닌가.

이해할 수 없는 것은 운곡의 의도다. 누란 위에 피안을 지어놓고는 그것을 무너뜨릴 열쇠를 덥석 돈후에게 내주었다. 대관절 왜?

돈후는 운곡과 나눈 대화를 떠올렸다.

"이제는 저 토막이 무엇으로 보이느냐?"

"궁이 아닌 것은 알겠습니다."

"궁이 아니라면 무엇이겠느냐?"

"하문하시는 뜻을 가늠하지 못하겠습니다."

"저 토막은 내 무덤이다. 나는 저곳에서 죽을 것이다."

"……."

운곡은 죽음을 준비하고 있다. 깡마른 몸과 병색이 완연한 얼굴에는 이미 사자의 그림자가 드리웠다. 어쩌면 운곡 자신의 예측대로 올겨울을 넘기지 못할 것이다. 운곡이 세상을 떠나면 산채는 어떻게 될까?

몇 달 전 벽란도에서 회회인이 가져온 유리병을 본 적이 있다. 투명하지만 빛을 받으면 현란한 광채를 내는 신기한 병이었다. 하지만 만 리가 넘는 바닷길을 견뎌낸 그 병은 외피를 걷어낸 순간 작은 충격조차 이기지 못하고 와장창 깨져버렸다. 지금의 산채가 꼭 그러하다. 피안을 견줄 정도로 안온한 이 세계는 유리병처럼 위태롭다.

운곡이 떠나면, 그래서 울타리가 사라지면 산채 사람들은 어떻게 될까? 스스로 볕이 되어 서로를 비춘다고? 천만에, 저들은 금세 빛과 온기를 잃고 스러질 것이다. 온요의 의술도, 나란의 살도, 혜강의 지혜도, 완함의 솜씨도 아무런 도움이 되지 못한다. 복소지란. 둥지가 부서지면 알도 깨어지는 법이다. 운곡이라는 둥지가 사라진 뒤의 볕은 깨어진 알처럼 의미가 없다.

돈후는 문득 자신이 산채를 걱정하고 있음을 자각했다. 그 사이 춘몽 같은 안온함에 취한 것인가. 혹은 안온함을 갈망하고 있는가. 돈후는 실소했다. 균열은 피아를 가리지 않는다. 어디에서든 일어날 수 있다. 이것인가. 운곡이 돈후를 거리낌 없이 받아주고 노비들의 회합까지 보여준 이유가. 이미 돈후의 나약한 마음을 들여다본 것인가.

실제로 돈후는 흔들린다. 자신의 손으로 저들의 피안을 빼앗고 싶지는 않다. 이미 세상으로부터 버림받고 쫓겨난 자들이 아닌가. 너른 세상 한구석에 불손한 피안 하나쯤 있다 한들 세상이 무너지지는 않을 것이다. 그렇게 믿고 싶다. 허나…… 돈후의 균열이 아버지 부식을 패자로 만들 수도 있을까.

저녁 무렵 삼복이 개경에서 돌아와 두 장의 서찰을 전했다. 한 통은 아버지가, 다른 한 통은 익환이 보낸 것이었다. 아버지의 서찰은 특별한 내용이 없었다.

"아들이 멀리 있고 편치 않으니 걱정한다."

그것이 전부였다. 하지만 익환은 돈후가 개경으로 돌아오기를 청했다. 임금의 서경 순어가 결정되었고 아버지의 근심이 크다는 것이다. 구안정에 일이 없다면 돌아와 아버지를 돕기 바란다고 했다.

구안정에 일이 없다면 돌아오라…….

구안정을 발고해 부수지 않을 것이라면 익환의 청대로 이쯤에서 돌아가야 한다. 머무는 날이 길어지면 아버지의 시선이 구안정을 향할 것이고 의구심도 깊어질 것이다. 돈후가 돌아간다면 운곡이 적절한 대비를 할 것이다. 운곡이 앞장서 역을 도모하지는 않을 테니 꼬리를 잡히지 않는다면 적어도 산채 사람들의 삶은 보존할 수 있을 것이다. 돈후 손으로 저들에게서 볕을 빼앗을 일도 없을 것이다.

그런데 구안정을 나서면 어디로 가야 하나. 집으로 돌아가고 싶지는 않다. 삼복은 집안에 혼담이 줄을 잇고 있다고 전했다. 개경에 돌아가면 혼처가 정해져 있을지도 모른다고 했다. 유씨 부인답다. 주란의 죽음으로 곳간은 충분히 채웠을 텐데 무엇을 더 얻으시려는가. 가문의 위상을 받쳐줄 혈통인가, 아니면 더 많은 재물인가. 의붓아들의 약점을 쥐었으니 디딤돌로 써야겠는데, 친아들을 압도해서는 안 되니 고르느라 머리 꽤나 아프시겠군. 쓴웃음이 흘러나왔다.

갑자기 어두운 중정에서 움직임이 느껴졌다. 돈후의 시선이 움직임을 따라갔다. 멧돼지인가. 아니다. 멧돼지치고는 길고 홀쭉하다. 움직임도 느리다. 미간을 찡그려 분간해 보니 사람이다. 치마 입은 여인이다. 검은 형체가 천천히 걸어 정자 계단쯤에 앉았다. 고개를 들자 달빛이 반사되어 희미하게 얼굴이 드러났다. 온요다.

온요는 가만히 앉아 달빛을 쏘였다. 마치 이른 봄날 따뜻한 볕을 쏘이는 것처럼 나른해 보였다. 돈후가 온요를 주시하는 사이 달빛이 사라졌다. 온요의 모습도 보이지 않았다. 돈후는 한 걸음 앞으로 나아갔다. 고개를 들어 하늘을 보니 달이 구름 뒤로 자취를 감추었다. 가슴이 뛰었다. 잠시 후 달이 구름 밖으로 나왔다. 눈을 키워 내려다보니 온요가 그대로 정자 계단에 앉아있다. 저도 모르게 안도의 숨이 흘러나왔다. 하지만 낮은 구겨졌다.

이제껏 여인을 가슴에 담아본 적이 없다. 그런데 온요만 보면 가슴이 뛴다. 쫓는 눈길을 거두기 어렵다. 뒤늦은 춘정의 대상이 운곡의 여식이라니……. 한낱 유희로 끝낼 기생이라면 차라리 나았을 것이다. 취하고 버리고 잊으면 그뿐. 하지만 온요는 기생처럼 쉽고 만만한 상대가 아니다. 얻으려 든다면 가로막는 장애물이 너무 많다. 내뿜는 향에 더 깊이 취하기 전에 외면하는 편이 나을 것이다.

"한심하군. 제 앞날을 어찌할지 정하지도 못한 주제에 계집 따위에 정신을 팔고 있다니!"

돈후는 중얼거리며 돌아서다 나란의 게르 앞에 우뚝 선 또 다른 형체를 보았다. 장승처럼 서있는 커다란 사내. 운이다. 언제부터 저곳에 있었는지, 기척을 내지 않아 인지하지 못했다. 설마…….

몸을 돌렸다. 사위가 어두워 운의 눈길이 어디로 향하고 있는지 분간하기 어렵다. 움직임도 없다. 돈후처럼 바람을 쐬던 참인가. 그 그것이 아니라면!

갑자기 피가 뜨거워졌다. 습한 열기가 폐부로 밀려들어 숨도 거칠어졌다. 중정을 내려다보니 온요는 아직 그대로 앉아있었다. 다리에 힘이 들어갔다. 당장에라도 중정으로 내달릴 듯 근육이 불끈거렸다. 돈후는 당황했다. 왜 이러는 것인지 스스로도 이해하기 어렵다.

온요가 일어났다. 그러고는 느릿하게 걸어 제 처소로 향했다. 온요가 완전히 자취를 감춘 뒤에야 돈후는 고개를 돌려 게르 쪽을 보왔다. 언제 사라졌는지 운의 모습이 보이지 않았다. 몸에서 힘이 빠져나갔다.

비척 걸어 쪽마루에 걸터앉았다. 헛웃음이 나왔다. 천하의 김돈후가 의심 한 자락에 강샘을 하다니 자존심이 상한다.

"역시 떠날 때가 된 것인가……."

돈후가 중얼거리는 사이 달이 구름 속으로 들어갔다. 주변에 짙은 어둠이 내려앉았다.

변곡(變曲)

산채를 이웃한 얕은 등성이. 온요는 그늘을 만든 나무 아래 있었다. 바람이 불자 산자락 곳곳에 노랗고 붉은 물결이 일었다. 한여름 볕에 달구어진 잇꽃들이 진한 향을 토해냈다.

너른 밭을 이룬 잇꽃 무리는 산채의 보고다. 잇꽃은 비단을 붉게 물들이는 최상급 염료로 쓰인다. 평상이나 볕 잘 드는 비탈에 널어 말린 잇꽃 한 근이면 새하얀 쌀을 한 가마니나 살 수 있다. 지난 세월, 잇꽃 덕분에 산채 식구들의 주림을 덜 수 있었다.

그런데 이 아름답고 고마운 잇꽃 무리를 볼 날이 얼마 남지 않았다. 대서가 지나 꽃잎을 따고 나면 다음 꽃이 피는 것은 보지 못할 것이다.

지난밤 운곡은 온요와 혜강을 불러 이전을 시작하라고 했다. 작년부터 계획해온 일이지만 실감이 나지 않는다. 운곡의 손을 잡고 처음 천마산 자락을 밟은 지 십 년. 허름한 토막 한 채가 전부였던 산자락에 수십의 오두막이 더해져 작은 촌락을 이루었다. 온요의 숨결과 발자국이 스미지 않은 곳이 없고 추억이 서리지 않은 곳이 없는데, 진정 이곳을 버리고 떠날 수 있을까. 떠난다면 이곳에서처럼 살 수 있을까. 어차피 타향이기는 매한가지인데 친정을 버리는 것처럼 아프고 서운하다.

　온요는 나무에 기대 눈을 감았다. 서운한 마음을 달래주려는 듯 산자락이 바람을 일으켰다. 온요의 머리를 쓰다듬고 가슴을 어루만지고 손을 잡아주며 지나갔다. 어머니의 손길처럼 부드럽다. 울적하거나 외로울 때면 언제나 이곳에서 고향을 그리곤 했다. 바람을 느끼며 눈을 감으면 생시처럼 떠오르는 고향집 마당, 삽사리와 함께 노는 어린 딸을 지켜보던 어머니……

　온요의 입에 엷은 미소가 떠올랐다.

　반빗간에 선 어머니가 어린 온요를 보며 웃고 있다. 반가운 마음에 온요는 한 걸음 다가선다. 그런데 어머니의 얼굴이 잘 보이지 않는다. 눈을 찡그려도 소용이 없다. 세월이 너무 많이 지나서인가. 몇 해 전까지만 해도 어머니의 얼굴이 생생하게 보였는데 지금은 안개가 낀 것 마냥 흐릿하다. 안타까움에 목이 멘다. 온요가 울먹이자 어머니는 다가와 가만히 안아준다. 얼굴이 지워졌음에도 어머니의 품은 여전히 따뜻하다.

"어머니……."

속삭이듯 어머니를 부르는 온요. 어머니는 화답하듯 온요의 머리를 쓰다듬어준다. 그 손길이 부드러워 눈이 감긴다.

얼마나 흘렀을까. 어머니의 손길이 더 이상 느껴지지 않는다. 온요는 눈을 떴다. 세상이 멈춘 듯 조용했다. 먹먹한 느낌에 다시 눈을 감았다 떴다. 비로소 세상이 밀려들었다. 숲 저편에서 바람에 흔들린 나뭇잎들이 몸을 부딪치며 울었다.

"벌써 깬 것이냐?"

고개를 들어보니 운이다. 웃으며 내려다본다. 꿈인지 생시인지 분간이 되지 않는다. 조금 전까지만 해도 어머니의 품이었는데 갑자기 운이 나타나다니. 눈을 껌뻑이자 운의 미소는 더 진해졌다. 온요는 화들짝 놀라 몸을 고쳐 세웠다.

"아쉽구나. 달게 자는 것 같아 지켜주고 싶었는데."

얼굴이 뜨끈해졌다. 잠시 눈을 감았다고 생각했는데 잠이 들었나 보다. 그것도 운의 어깨에 기댄 채. 온요는 눈을 질끈 감고 고개를 숙였다.

"네 얼굴이 잇꽃보다 붉구나. 따로 홍염을 하지 않아도 되겠다."

온요는 빨간 낯으로 눈을 흘겼다. 운은 소리 내어 웃었다. 그러고는 온요의 손을 잡아 이끌어 무언가를 올려놓았다. 내려다보니 종이에 쌓인 작은 꾸러미다. 운을 쳐다보자 풀어보라는 뜻으로 턱짓을 했다. 조심스레 종이를 벗겼다. 유밀과다. 높은 이들이나 먹는 귀한 과자. 어떻게 구했을까?

"광덕에서 사람이 왔다. 장비 행수에게 부탁했더니 가져왔더구나."

정자에서 있었던 일로 마음이 상해 더는 다가오지 않을 줄 알았다. 그런데 아무 일도 없었던 듯 불쑥 나타나 잠든 온요를 괴어주고 유밀과를 내밀었다. 그의 마음을 받을 수는 없으나 친절은 기꺼웠다. 아무렇지 않은 듯 대해주는 것도 고맙다.

온요는 마음을 감추고 끄른 종이를 오므렸다. 이 귀한 과자를 혼자 먹을 수는 없다. 날이 더워 입맛을 잃은 운곡에게 긴요한 주전부리가 되어줄 것이다.

"스승님과 아이들 몫은 나누었다. 그것은 네 것이다."

망설이는 온요를 향해 운은 고개를 끄덕여 보였다. 다시 종이를 끌렀다. 더위 때문에 진득하게 녹은 유밀과가 드러났다. 온요는 하나를 집어 운에게 내밀었다. 같이 먹자는 뜻이었다.

운은 유밀과를 내려다보았다. 거절하는가 싶어 한 번 더 쭉 내밀었다. 그런데 주저하던 운이 고개를 숙이더니 냉큼 입으로 받아먹었다. 온요는 놀라 굳었다. 운은 고개 돌려 외면했다. 눈을 껌뻑이며 쳐다보는데 운의 귓불이 빨갛게 달아올랐다.

슬며시 웃음이 나왔다. 운이 부끄럼을 탄다는 것이 낯설면서도 정답다. 어색함을 털어내기 위해 온요도 유밀과 하나를 집어 입에 넣었다. 넣자마자 달콤하게 녹았다. 내친김에 하나 더 집어 입에 넣고 우물거리는데 운이 입을 열었다.

"산채를 옮길 것이라 늘었다."

나란에게 들었을 것이다. 온요는 고개만 끄덕였다.

"나와는 말을 섞지 않을 것이냐?"

온요는 머쓱해졌다. 사실, 입을 떼기 어렵다. 며칠 전에는 불쑥 평어를 써놓고 다시 공대하기도 민망했다.

"말투를 고민하는 것이냐?"

"······."

"편한 대로 해라. 나는 네가 전처럼 운이라 불러주니 가까워진 듯하여 좋았다만."

"그래도 오라버니가 되시니······."

"나는 네 오라비가 아니다!"

운은 정색했다. 목소리도 높아졌다. 뜻밖의 반응에 온요는 입을 다물었다. 운의 말이 맞다. 운은 온요의 오라비가 아니다. 오라비가 아니고 동무도 아니므로 스스러운 것이다.

운은 한숨을 내쉬며 고개를 떨궜다. 화가 난 듯도 하고 생각에 잠긴 듯도 하다. 괜스레 미안해졌다. 다행히 운은 오래지 않아 고개를 들었다.

"산채는 모습이 변했지만 이곳은 여전하구나. 너와 나란, 그리고 내가 이곳에서 스승님의 눈을 피해 뛰놀았지. 기억하느냐? 너는 몸이 약해 그런지 잘 넘어졌다. 항상 무릎에 시퍼런 멍을 달고 살았어. 그러고도 나란을 잘 쫓아다녔다. 나란이 못된 장난질을 하면 뛰어와 내 뒤에 숨곤 했는데……. 이곳을 떠나면 그때가 더 그리울 것 같다."

운이 추억 한 자락을 끌고 왔다. 온요도 기억한다. 어린 시절 나란은 참 짓궂었다. 온요 놀리는 재미로 살았다. 온요는 늘 나란의 장난질에 속고 골탕을 먹었다. 반면, 운은 점잖고 말수가 적었다. 친절하지는 않았지만 매번 온요의 편이 되어주었다. 온요는 그런 운이 좋았다.

"새로이 정한 산채는 어디냐? 혜강 아저씨 말로는 이미 땅을 마련했다 하던데."

"서경에서 북쪽으로 이틀 거리쯤 떨어진 용문산이에요. 처음에는 따뜻한 삼남에 마련하려 했는데 산채 식구들 처지를 생각하면 궁벽한 곳이 안전하겠다 싶어서……. 변방이고 산세가 험하지만 가꾸고 정들이면 이곳처럼 좋아지겠지요."

운이 쳐다본다. 온요는 운이 자신을 뚫어지게 볼 때마다 몸이 오그라든다. 지금은 왜 저리 보는가. 경어를 쓴 것이 거슬리는가. 하지만 예전처럼 대할 수는 없지 않은가. 운이 온요를 계집으로 보듯 온요에게도 운은 사내다. 자꾸만 마음과 눈길이 머무는데 어찌 무심히 대할 수 있겠는가.

"북쪽이라 춥겠구나. 네가 힘들겠다. 겨울마다 동상 때문에 고생하지 않았느냐."

그것까지 기억하고 있었던가. 온요는 어린 시절을 북녘에서 보낸 탓에 해마다 동상으로 고생한다. 뭉클해진 마음을 감추기 위해 고개를 돌려버렸다.

"명일, 나란과 함께 개경에 간다. 임금께서 순어하시는 일로 상단에 일이 많다는구나. 배행에도 참여해야 할 것 같다. 두어 달은 족히 걸리겠지. 이번에 나가면 집안의 일을 정리할 생각이다. 너도 알고 있듯이 나는 오랫동안 아버지와 소원했다. 처음에는 아들을 원수 대하듯 보는 아버지가 미워 떠돌았지만 지금은 아니다. 나는 내 길을 정했다. 더 이상 정지상의 아들로, 정씨 가문의 손으로 살지 않을 것이다."

가슴이 덜컥 내려앉았다. 집안과 연을 끊겠다는 뜻인가. 운은 잠시 멈추었다 말을 이었다.

"네 답을 다시 듣고 싶다. 홀로 짐 지려 하지 말고 나누어다오. 나는 네 짐을 함께 질 준비가 되어있다."

온요는 얼굴을 굳혔다. 짐을 나누자고? 짐이 무엇인지 제대로 알지도 못하면서? 운은 정지상 대감의 아들이다. 혈통이 끊는다 마음먹었다고 끊어지는가. 운은 운의 길을, 온요는 온요의 길을 가야 한다. 그것이 순리다. 모두에게 이로운 길이다. 마음을 주는 것과 짐을 나누는 것은 다른 문제다. 온요가 입을 열려 하자 운이 가로채 말했다.

"지금 답하지 마라. 재촉하지 않겠다. 두 달 후가 아니어도 괜찮다.

네 마음이 정하는 때를 기다리겠다. 가벼이 듣지 말고 충분히 고민해본 뒤 답해다오."

운이 굳은 눈빛으로 다시금 동의를 구했다. 그의 청을 어찌 가벼이 들을 수 있을까. 가벼워서가 아니라 바위처럼 무거워 말문이 막힌다.

온요는 처음으로 운의 얼굴을 곧게 보았다. 반듯한 이마와 줄대 같은 코, 청명한 기운을 내뿜는 눈, 길게 다물린 입까지. 온요의 가슴을 휘젓는 사내의 얼굴이다. 하지만 천마산의 가장 높은 봉우리에서 자라는 적송처럼 고귀해 눈이 시려온다. 시린 눈이 아파 마주 보기조차 버겁다.

온요는 천천히, 힘주어 고개를 끄덕였다.

나란은 아침 일찍 마구간에서 짐을 실었다. 온요가 필사한 서책과 말린 잇꽃, 곱게 염색한 베 등이 작은 산을 이루었다. 말안장에 묶은 가죽끈을 당겨가며 짐을 고정하는데 갑이 다가왔다. 평소에는 기생처럼 둥실둥실 걸어 다니더니 오늘은 병자처럼 비척대는 것이 이상했다.

"실을 짐이 더 남았다더냐?"

물었으나 답이 없다. 흘긋 보니 제 머리카락 한 오라기를 말아 쥐고
는 몸을 배배 꼬고 있다. 나란은 모른 체하고 계속 제 할 일만 했다.

"이번에는 언제 올 거야?"

갑이 물었으나 나란은 부루퉁하게 답했다.

"그것은 알아서 뭐 하려고?"

갑은 화난 듯 노려보았다. 나란은 외면했다. 갑이 자신에게 마음
을 주고 있음을 안다. 하지만 나란은 갑에게 마음이 없다. 마음은
없으나 상처를 주고 싶지도 않다. 몹쓸 주인 만나 기생으로 팔렸다
가 겨우 가족 품을 찾은 아이다. 천성이 밝아 금세 회복했지만 보이
지 않는 상처를 어찌 다 헤아리랴. 나란마저 갑에게 아픔을 줄 수는
없다.

가죽끈에 매듭을 지은 뒤 돌아섰다. 갑은 여전히 노려보고 있었
다. 나란은 엄한 오라비의 낯이 되어 말했다.

"오늘 길 떠나면 두 달은 족히 걸릴 거야. 돌아올 때까지 꾀부리
지 말고 아지매들 잘 돕고 있어라."

갑의 낯은 금세 풀어졌다.

"나, 갖고 싶은 거 있는데……."

나란은 등짐을 멘 뒤 말을 이끌고 마굿간을 나섰다. 갑이 종종 따
라왔다.

"나도 온요 것처럼 예쁜 옥비녀 하나만 사다 주라."

나란는 멈칫 서서 버럭 소리를 질렀다.

"온요가 네 동무냐? 말마다 온요, 온요……. 그리고 머리에 피도 안 마른 게 무슨 비녀 타령이야? 쉰 소리 하려거든 당장 꺼져!"

나란은 신경질적으로 고삐를 채며 앞으로 나아갔다. 사나워진 갑의 눈길이 느껴졌으나 아랑곳하지 않았다.

옥비녀……. 개경에서 온요에게 어여쁜 놈으로 하나 사주고 싶었으나 운에게 기회를 빼앗겼다. 그때만 해도 몰랐다. 산채로 돌아온 뒤 온요와 운이 주고받는 눈길을 보면서 나란은 혼란스러워졌다. 온요가 운을 사내로 보고 있다는 사실이 가슴을 아프게 쑤셔댄다. 자라는 동안 늘 누이와 계집의 경계에 서 있었던 온요. 나란은 그 경계에서 온요를 보는 것이 불안하면서도 좋았다. 이제는 어느 쪽이든 선택해야 하는 것인가. 고민하는 나란의 가슴에 시커먼 거미가 들어앉는다.

"짐이 생각보다 많구나."

산채 입구에서 기다리던 운이 나란을 맞았다. 운 말고도 돈후와 산채 식구 몇이 배웅을 위해 나왔다. 운의 어깨를 보니 커다란 등짐이 매달려있다. 꽤 무거워 보이는데도 저어하지 않고 벙글댔다. 나란은 퉁명스레 되받았다.

"왜, 힘들까 겁나냐? 애들처럼 말에 태워주랴?"

운은 멋쩍게 웃었다. 짐 속에 곶감이라도 숨긴 것인가. 무에 그리 좋다고 벙글대는지 모르겠다. 반면 돈후는 심사 꼬인 일이라도 있는지 낯이 잔뜩 굳었다.

"너는 낯이 왜 그러냐? 임금이 서경에 간다 하니 기분이 나쁘냐?"

돈후는 어이없다는 듯 피식댔다.

"명색이 개경파 거두의 아들인데 좋을 리가 있겠냐? 부디 가다가 냅다 고꾸라지길 기대한다."

"뭐야? 이놈이 역당 같은 소리를 하고 있네? 감히 임금님 행차에 재를 뿌려? 내 개경에 가는 대로 발고할 테니 목 잘릴 준비나 하고 있어라."

모두 웃음바람을 했다. 나란은 돈후의 솔직한 입담에 기분이 좋아졌다. 낯은 곱상해도 기개만큼은 사내답다. 뭐 저런 놈이 있나 싶더니만 이제는 동무처럼 살가운 느낌마저 든다. 나란은 싱글거리며 작별 인사를 건넸다.

"형님이 없어 산채살이가 심심하겠지만 잘 지내고 있어라. 얼른 다녀와 실컷 놀아주마."

"네 기대에 부응해주고 싶다만 그러진 못할 것 같다. 나도 조만간 구안정을 떠날 것이다."

나란과 운은 동시에 눈을 키우며 쳐다보았다. 돈후는 빙그레 웃으며 말을 이었다.

"어디로 갈지는 아직 정하지 않았다. 하지만 개경으로 가지는 않을 것이다. 그래서 나왔다. 언제 또 만날지 기약할 수 없으니 인사는 해야지 않겠냐. 두 녀석 모두 만나서 반가웠다."

"하여튼 네놈도 참······."

나란은 말을 잇지 못했다. 도깨비처럼 나타나더니 떠난다는 말도 갑작스럽다. 돈후도 운만큼이나 이상한 놈이다.

"이리 헤어져야 한다니 서운하구나. 다시 만날 수 있기를 바란다. 어디를 가든 강건하여라."

운이 손을 내밀었다. 돈후는 운의 손을 잠시 내려다보더니 맞잡고 흔들었다.

"사내놈들이 잔망스럽기는! 어서 가자. 벌써 해가 마루에 걸렸다."

나란은 퉁명스레 말한 뒤 멀리 구안정 쪽마루에 걸터앉은 운곡을 향해 예를 표했다. 온요가 운곡 옆에서 손을 흔들었다. 힐끔 보니 운이 미소를 머금은 채 바라보고 있다. 눈길이 그윽한 것이 온기가 담겼다. 하지만 나란의 가슴은 서늘해졌다. 꽁지벌레처럼 심사도 꼬였다. 나란은 못난 자신이 싫어 부리나케 산채를 벗어났다.

날이 덥고 짐이 많아 걸음이 더뎠다. 반 시진쯤 걷자 비탈이 나타났다. 개경으로 향하는 지름길이지만 말 때문에 둘러 가야 했다.

나란이 옆 방향을 가리키자 운이 두세 보쯤 물러나 기다렸다. 말을 이끄는 나란을 배려한 행동이다. 터벅터벅 지나쳐가는데 운이 나란의 등짐에서 보따리 하나를 덥석 집어 들었다. 돌아보자 이를 드러내며 웃었다.

"너는 말고삐까지 잡았잖아."

나란은 대꾸 없이 돌아서서 걸었다. 높다랗게 자란 나무들이 그늘을 만들어주었지만 더위와 짐 때문에 땀이 비 오듯 흘렸다. 나란은 말을 멈추고 품에서 베를 꺼내 땀을 닦았다. 말안장에 매달린 물주머니를 끌러 목을 축인 뒤 운에게도 내밀었다. 운도 주머니를 들어 물을 마셨다. 꿀꺽꿀꺽 목넘김 소리가 요란했다. 꽤나 목말랐던 모양이다. 한 시진이나 쉼 없이 산길을 걸었으니 그럴 만도 하다.

"산은 벗어났으니 참이나 먹고 가자."

운이 기다렸다는 듯 짐을 내려놓고 바닥에 앉았다. 나란은 말에게 물을 먹인 뒤 운 옆에 앉아 참 싼 보자기를 풀었다. 동그랗게 뭉친 수수밥과 설익은 대추알 한 줌이 나왔다. 산열매 좋아하는 나란을 위해 온요가 넣었을 것이다. 나란과 운은 밥과 대추알을 씹으며 땀을 식혔다.

"영감탱이에게 한 말은 무슨 뜻이냐?"

운이 질문의 뜻을 이해하지 못한 듯 멀뚱하니 쳐다보았다.

"구하던 것이 여기에 있었다고 했잖아."

운은 그제야 고개를 끄덕였다.

"말 그대로다. 발바닥이 닳도록 대륙을 돌아다녔지만 내가 구하는 것은 산채에 있더라. 그래서 돌아온 것이다."

산채에서 무엇을 구했다는 말일까. 나란은 망설였다. 물으면 원치 않는 답이 나올 것 같다. 그리고 답을 들으면 영영 돌이키기 어려울 것 같다.

"사실 나는 내가 무엇을 구하는지도 몰랐다. 집안은 소홀히 하면

서 이상만 쫓는 아버지를 원망하고 반항하는 게 전부였지. 임안에
서 너를 만나기 직전에야 깨달았다. 내가 원하는 것은 그저 따뜻한
집이었다고."

"싱거운 놈."

"그래서 말인데, 나도 산채에 들어와 살까 한다."

"뭐라고?"

"스승님께도 말씀드렸다."

"……."

말문이 막혔다. 운이 산채 식구가 되겠다고? 나란의 벙벙한 얼굴
을 본 운이 웃으며 말했다.

"갑작스러워 놀랐구나? 여하튼 나도 산채에 껴잡아 살게 되었으
니 앞으로 잘 부탁한다."

나란은 입을 다물었다. 산채에서 살겠다는 운의 말을 선뜻 반기
기도, 물리치기도 어렵다. 나란에게 별다른 반응이 없자 운은 의아
한 표정을 지었다. 나란이 잠시간의 침묵을 깨고 낮게 물었다.

"남호 대감과는 상의한 일이냐?"

운은 고개를 돌려 개경 쪽을 바라보았다.

"아버지께는 송으로 떠나기 전에 이미 말씀드렸다. 더 이상 정씨
손으로 살지 않겠다고."

나란은 버럭 소리를 질렀다.

"그게 말이 되냐? 정지상의 아들이 정지상의 아들로 살지 않겠다

는 게? 뭐, 아들 팽개친 아비는 그렇다 치자. 나도 네 아버지는 도통 정이 안 가더라. 그런데 서경에 있는 네 일족과도 인연을 끊겠다는 말이냐? 들으니, 너희 집안이 서경에서 알아주는 가문이라더라. 아버지 말고도 조부나 백부, 숙부, 조카, 뭐 그런 사람들이 있을 거 아냐. 그 모두와 절연을 한단 말이냐? 대체 왜? 무엇 때문에? 산채는 세상에서 도망친 자들이 사는 막다른 곳이야. 너 같이 고귀한 귀족 도령이 살 곳이 아니라고!"

운은 폭포처럼 쏟아내는 나란의 말을 조용히 듣기만 했다. 나란은 한바탕 몰아친 뒤에도 계속 씩씩댔다.

가족이, 피붙이가 얼마나 소중한지 모르는 녀석. 나란은 부족 간 전쟁으로 가족을 잃었다. 야습한 적이 가족 모두를 살에 꿰고 칼로 베어 죽였다. 지옥 같은 밤이 지난 뒤 겨우 목숨을 건진 나란은 노비로 팔려 이역만리 타향을 전전해야 했다. 운곡 덕분에 새 삶을 얻었으나 나란은 여전히 피를 토하는 심정으로 피붙이들을 그리워한다. 그런데 뭐? 가족과 인연을 끊겠다고?

"네 말이 맞다. 혈연이 끊는다고 끊어지는 것은 아니겠지. 하지만…… 그렇다 해도 그냥 받아주면 안 되겠냐? 나는 더 이상 외롭게 살기 싫다."

나란은 입을 다물었다. 개경 쪽 하늘을 보며 앉은 운이 유난히 작아 보였다. 그 옛날 게르 뒤편에 숨어 쪼그린 채 눈물을 훔치던 소년 운처럼.

주저하던 나란은 팔을 뻗어 운의 어깨를 잡았다. 천천히 고개를 돌린 운이 씩 웃었다. 착각인지 몰라도 운의 눈가가 젖어 보였다.

❖　❖　❖

온요는 구안정에서 운곡의 시중을 들었다. 운과 나란이 떠난 이후 운곡의 상태가 부쩍 나빠졌다. 오랜 투병으로 인해 쇠약해진 데다 무더위가 기승을 부리니 좀처럼 기운을 차리지 못했다. 운곡은 미음 몇 술을 겨우 넘기고 물러앉았다. 거듭 권해도 완강하게 고개를 저었다. 대신 냉수를 청해 달게 마시고는 입을 열었다.

"서경에 다녀오너라. 나란은 상단 일로 자리를 비웠고 혜강은 글을 모르니 네가 가서 수결해야겠다. 덕우에게 일러 미리 손은 써놓았다. 크게 어려운 일은 없을 것이야. 네가 가서 마무리하고 필요한 것들도 들일 수 있게 해놓아라."

"천천히 하겠습니다."

"벌써 대서가 지나지 않았느냐. 올해 안에 정비하고 명년 봄까지는 이전을 마쳐야 한다."

"싫습니다."

온요는 입을 앙다물고 고개를 돌렸다. 어찌 그리 서두르시는가.

이전을 재촉할 때마다 온요는 죽음의 그림자를 느낀다. 운곡이 없는 세상에서 살 수 있을까. 눈물이 차올랐다. 우는 모습 보이지 않으려 노력해도 자꾸만 눈물이 난다.

"네 모친의 묘를 찾는 것이 소원 아니었느냐. 용문산에서 멀지 않으니 여유가 되거든 수소문하고 오너라."

눈물이 떨어졌다. 아롱진 눈물이 치마로 스며들어 짙은 얼룩을 만들었다. 어머니의 묘를 찾는 것은 이제 중요치 않다. 어차피 풍파에 깎여 봉분도 남아있지 않을 것이다. 이미 땅으로 잦아들었을 어머니를 찾느라 시일을 보내기보다 삶을 다해가는 운곡 옆에서 하루라도 더 함께 있는 것이 소중하다.

"그래야 내가 편안하다. 다녀오너라."

고개를 들고 운곡을 바라보았다. 주름진 얼굴과 하얗게 센 머리가 오늘따라 서럽다. 운곡은 울먹이는 온요를 향해 따뜻하게 웃었다.

"스승님, 돈후입니다."

열린 문 앞에 돈후가 서있었다. 온요는 황급히 눈물을 훔치고 일어났다.

"다른 때 오겠습니다."

분위기를 살핀 돈후가 물러나려 했지만 운곡이 불러들였다. 자리를 비켜주려는 온요도 다시 앉혔다. 머쓱해진 온요는 차를 준비했다. 차를 따라 내놓는 동안 아무도 입을 열지 않았다. 찻잔을 받아든 돈후가 침묵을 깼다.

"소제, 구안정을 떠날까 합니다. 그동안 편히 쉴 수 있도록 살펴주셔서 감사합니다."

온요는 돈후를 쳐다보았다. 떠날 사람이긴 했으나 갑작스럽다. 그러고 보니 요 며칠 느낌이 달라진 것 같다. 전처럼 빙글대지도 않고 농을 건네지도 않았다. 혹시 언짢거나 서운한 일이라도 있었던 것일까?

"집으로 가려느냐?"

"아닙니다. 서경으로 가려 합니다."

"볼일이 있는 게로구나."

"제 신변에 관한 일로 알아볼 것이 있습니다. 마치면 개경으로 돌아갈 것입니다."

"어머니 일이냐?"

돈후는 충격을 받은 듯 굳었다. 금세 얼굴이 벌겋게 달아올랐다. 숨소리가 거칠어지더니 눈빛도 사나워졌다. 이제껏 한 번도 보지 못한 표정이다. 돈후는 씹어 뱉듯 물었다.

"생모……에 대해 아시는 게 있습니까?"

"내가 아는 것이 뭐 있겠느냐. 다만 네가 서경에서 태어난 것은 알고 있었다."

"어찌 아셨습니까? 누구에게 들으신 것입니까? 생모나 생모를 아는 사람을 만날 수는 있습니까?"

질문이 쏟아졌다. 좁은 방 안에 긴장이 몰아쳤다.

"내가 송에서 머물다 잠시 서경에 들어왔을 때 우연히 뇌천을 만난 적이 있다. 늦은 밤 강보에 싼 아기를 안고 있었지. 뇌천 입으로 제 아들이라 했으니 네가 아니겠느냐."

"생모도 보셨습니까?"

"보지 못했다. 여태 모르고 살았던 것이냐?"

돈후는 답 없이 고개를 떨궜다. 온요는 혼란스러웠다. 돈후를 낳은 이가 지금의 모친이 아니라는 뜻인가. 게다가 생모가 누구인지 모르고 살았다고?

무릎을 짚은 돈후의 손이 부들부들 떨렸다. 손등 위에서 핏줄과 뼈마디가 다투듯 불거지며 성을 냈다.

"아시는 것이 더 있습니까? 다 말씀해주십시오."

"뇌천을 본 곳이 대장장이 마을이었다. 의외의 곳에서 만나 기억에 남았지. 내가 아는 것은 그것이 전부……."

갑자기 운곡이 기침을 시작했다. 고꾸라지듯 엎드려 기침을 하는 바람에 온요는 사색이 되었다. 베로 가린 입에서 연속적으로 쿨럭쿨럭 소리가 터져 나왔다. 온요는 울먹이며 운곡의 등을 쓸었다. 앙상한 뼈마디가 손끝에서 춤을 추었다.

한참 후 운곡의 기침이 사그라졌다. 들썩이던 몸도 잠잠해졌다. 베에는 피가 흥건했다. 온요는 깨끗한 베로 운곡의 입을 닦아주었다. 눈물이 비 오듯 쏟아졌다. 돈후는 넋 나간 표정으로 지켜보았다.

피를 닦은 뒤 품새를 단정히 한 운곡이 입을 열었다. 쇠잔한 목소리였다.

"마침 잘 되었다. 온요도 서경에 다녀올 일이 있다. 멀고 험한 길이니 돈후 네가 함께 가서 바람막이가 되어주어라."

"아버지!"

온요는 목소리를 높였다. 운곡은 차로 목을 축인 뒤 말을 이었다.

"혜강도 가야 하지 않느냐. 돈후는 출사한 관리이니 봉변당할 일 없이 안전하게 지켜줄 수 있을 것이야. 함께 다녀오너라."

온요는 돈후를 쳐다보았다. 검푸른 눈이 깊게 가라앉아 무슨 생각을 하고 있는지 헤아리기 어려웠다. 갑자기 연민이 느껴졌다. 거북할 정도로 수려하고, 한량처럼 가볍게만 보였던 돈후에게 그처럼 무거운 사연이 있었다니.

"그리하겠습니다."

돈후는 온요를 보며 답했다. 차갑게 굳은 얼굴이다. 그에게는 부담스러운 일일 것이다.

"좀 누워야겠다. 나가들 보아라."

운곡은 피곤한 낯으로 침상에 누웠다. 방을 나서려는데 운곡이 돈후를 다시 불러들였다. 온요는 먼저 나와 둘의 대화를 듣지 못했다. 돈후는 오래지 않아 방을 나왔다. 구안정 아래편에서 엉거주춤 소반을 든 채 기다리던 온요는 다가오는 돈후를 향해 말했다.

"공자님께 공연히 폐를 끼치고 싶지 않습니다. 저희는 따로 갈 것이니 부담 갖지 마셔요."

돈후는 빙긋 웃었다. 예의 장난기는 보이지 않았다.

"함께 가십시다. 이제 저의 치부를 알게 되셨으니 잘 모셔야지요. 스승님이 굳이 아가씨 앞에서 이야기하신 것도 그 뜻이 아니겠습니까."

빈정거리는 말투다. 화가 느껴진다. 온요는 즉답하지 않고 돈후를 보았다. 여전히 아름다운 미소를 탈처럼 쓰고 있으나 상처받은 얼굴이다. 어머니의 부재로 겪었을 슬픔이나 아픔은 누구보다 온요가 잘 안다. 다시금 연민이 느껴졌다. 하지만 돈후의 말은 틀렸다. 온요는 정색하며 말했다.

"어머니의 일이 어찌 치부가 되나요? 과문한 제가 알기로, 세상 어디에도 부끄러운 어머니란 없습니다. 태에 품고 길러 세상에 내주신 분이 아닌지요. 평생 감사하며 살아도 모자란데 치부라 말씀하시는 것은 어머니뿐 아니라 자신을 욕보이는 일입니다."

돈후의 얼굴에서 미소가 사라졌다. 입은 굳게 다물렸고 눈은 파랗게 빛을 뿜었다. 온요는 괜스레 아는 척을 했다 싶어 후회가 일었다. 그가 더 큰 상처를 받았을지도 모른다.

"송구합니다. 제가 주제넘었습니다."

사과했지만 돈후는 얼어붙은 듯 서서 답이 없었다. 역시 상처받은 게 틀림없다. 이를 어찌한단 말인가. 온요는 죄지은 느낌이 들어 돈후를 마주 보지 못했다. 도망치고 싶은 마음이 굴뚝같았으나 자리를 벗어나지도 못했다. 그저 자라목을 한 채 입술만 씹었다. 한 번 더 사죄를 해야 하나 망설일 즈음, 돈후의 잠긴 목소리가 들렸다.

"언제 떠나시겠습니까? 맞추어 준비하겠습니다."

"저희는 괘념치 않으셔도……."

"허락하신다면 함께 가고 싶습니다."

온요는 고개를 들고 돈후를 보았다. 표정을 보니 조금은 결이 풀어진 듯하다. 정중한 말투에 서린 그의 호의를 물리칠 수 없을 것 같다. 온요는 고개를 끄덕였다.

"준비할 것이 많습니다. 아버지께서 편찮으셔서 약도 지어놓고 가야 합니다. 사나흘 후에 출발하셔도 될는지……."

"그리 알겠습니다."

돈후는 깍듯이 허리 숙여 인사하고 돌아섰다. 비탈을 내려가는 그의 등이 쓸쓸해 보였다. 나란이나 운과는 전혀 다른 느낌을 주는 사내. 너무 완벽해 보여 두렵기까지 했던 그가 처음으로 자신과 같은 사람으로 느껴졌다.

순어

순어 행렬이 도성을 벗어난 지 반나절 즈음, 시커먼 구름이 하늘을 뒤덮었다. 번쩍하고 사위가 밝아지는가 싶더니 삽시간에 어둠이 내려앉았다. 잠시 후 우르릉 천둥이 울리고 회오리바람이 일었다. 바람은 승천하는 구렁이처럼 꿈틀대더니 행렬을 덮치기 시작했다. 앞쪽에서 비명이 들렸다.

"뭐야, 갑자기 왜 이래?"

나란이 목을 빼고 두리번거렸다. 운도 키를 늘려 앞뒤를 살폈다. 심상치 않다. 휘몰아치는 바람이 조금씩 가까워지고 있다. 다시 벼락이 치고 천둥이 울었다. 사위가 어두워 분명치 않지만 병장기로 짐작되는 것들이 바람과 함께 날아다녔다. 전위에 선 병사들의 것이 분명했다. 대륙에서는 여러 번 겪었으나 고려에서는 한 번도 경험해 보지 못한 거대 회오리. 하필 이런 때 회오리바람을 맞게 되다니…….

"행수, 아무래도 보통 회오리가 아니오. 행렬을 흩뜨려 몸을 숨겨야겠소."

운은 덕우를 향해 다급히 말했다. 근심 어린 표정으로 지켜보던 덕우는 고개를 끄덕인 뒤 주변 상인들을 향해 소리쳤다.

"곧 회오리가 덮칠 것이오. 다들 물러나 엎드리시오!"

웅성대던 상인들이 가장자리로 물러나 엎드리기 시작했다. 선발대의 후미에 선 병사들은 불안한 표정으로 상인들을 쳐다보았다. 하지만 별다른 명령을 받지 못한 처지라 엉거주춤 서있기만 했다.

운은 있던 자리에 그대로 서서 뒤편을 살폈다. 멀리 어가와 관리들의 행렬이 보였다. 짧은 시간에 일어난 일이라 본진은 앞쪽 상황을 제대로 파악하지 못한 듯했다.

망설이던 운은 본진을 향해 뛰기 시작했다. 만약 회오리가 어가를 덮치면 큰일이다. 임금이 다칠 수도 있다. 설령 무사하다 해도 어가에 손상이 가면 엄청난 후과가 따를 것이다. 나란이 운을 불러 세웠으나 손만 들어 보이고 그대로 뛰었다. 자색 관복을 입고 말을 탄 무리 가운데 아버지도 있다. 말 위에 앉아서 회오리를 맞으면 더 위험하다.

본진을 호위하는 웅양군 병사들이 창을 겨누며 가로막았다.

"회오리가 앞쪽 행렬을 덮쳤소. 어가가 위험하오."

운은 숨을 거칠게 몰아쉬며 외치듯 말했다.

"너는 누구냐?"

병사들 뒤쪽에서 철릭을 입은 자가 말을 움직여 다가왔다. 누군지는 알 수 없으나 병사들을 이끄는 지휘관일 것이다.

"광덕상회 사람입니다. 회오리의 규모가 심상치 않습니다. 어가를 덮치기 전에 폐하를 보호하셔야 합니다."

"광덕상회? 그럼 장사치란 말이냐? 감히 장사치 따위가 어가를 막아서느냐?"

"어가가 위험에 처했는데 신분이 무슨 대수란 말입니까. 빨리 조치를 취하십시오."

"무도한 놈이로구나. 당장 저놈을 꿇려라!"

병사 서넛이 달려들어 운에게 주먹질과 발길질을 했다. 운이 꼿꼿하게 서서 굴복하지 않자 창으로 다리를 쳐 꺾은 뒤 주저앉혔다. 운은 목청을 높여 소리쳤다.

"지체하시면 안 됩니다. 저를 못 믿겠다면 지제고● 정지상 대감을 만나게 해주십시오. 제 부친이십니다."

금세 지휘관의 낯빛이 변했다.

"네가 남호 대감의 아들이라고? 그럼…… 정운?"

● 고려 시대에 임금의 조서나 교서를 작성하던 관직.

"그렇습니다. 정운이라 합니다."

홀쩍 뛰어 말에서 내린 지휘관이 다가왔다. 병사들은 운에게서 떨어져 물러났다.

"자네가 운이란 말인가?"

지휘관은 운의 팔을 잡아 일으켰다. 운은 어리둥절했다.

"날세. 이진현. 남산도에서 함께 수학하지 않았는가."

운은 뒤늦게 그를 알아보았다. 진현은 운이 구안정을 나와 명문 사학 중 하나로 꼽히던 남산도에 입학했을 때 만났던 동문이다. 당시에도 학문보다는 무예에 관심이 높았으나 무관으로 출사했는지는 몰랐다. 한미한 가문의 손이었지만 명석하고 강직한 성품을 가진 이였다. 운도 진현이 반가웠지만 지금은 한가하게 지기와 인사를 나눌 때가 아니었다.

"이보게 진현, 어가가 위험하네. 한시가 급해."

운이 말을 마치기도 전에 멀리서 부우우 나각 소리가 들렸다. 운과 진현을 향했던 병사들의 고개가 일제히 전방으로 돌아갔다. 멀리서 말 탄 병사가 나각을 불며 달려오는 모습이 보였다. 그 뒤로 시커먼 회오리가 따라오고 있었다.

"따라오게."

상황이 급박함을 눈치챈 진현이 병사들에게 비상신호를 보냈다. 그러고는 말에 올라 운을 향해 손을 내밀었다. 운은 진현의 손을 굳게 잡은 뒤 뒤편에 올라탔다. 진현은 박차를 가해 어가 쪽으로 말을 달렸다.

"피하셔야 합니다. 회풍입니다."

말에서 뛰어내린 진현이 상장군의 말 앞에 무릎을 꿇고 아뢰었다. 어가를 호위하는 견룡군 병사들과 관원들이 허둥지둥 움직였다. 둔탁한 소리를 내며 어가가 바닥에 내려지고, 말에서 내린 관리들이 덜덜 떨며 엎드렸다. 환관들은 임금을 싸안고 행렬 바깥으로 도망쳤다.

소란한 와중에 운은 눈으로 지상을 찾았다. 무리 사이에서 지상의 얼굴이 언뜻 스쳤다. 그때였다. 세찬 회오리가 어가를 덮쳤다. 말이 놀라 날뛰고 비명이 회오리를 따라 솟구쳤다. 우지끈 소리와 함께 어가가 빙글 도는가 싶더니 사람들을 치며 밀려났다. 운은 세찬 바람을 이겨내며 지상을 찾았다. 몰아치는 바람이 마구 눈을 찔렀다. 옆에서 웅크리고 있던 나인이 비명조차 지르지 못하고 날아갔다.

운이 몸을 한껏 낮추며 휘둘러보는데 관리들 사이로 지상이 보였다. 지상은 안간힘을 썼지만 바람을 이기지 못해 이리저리 채이듯 굴러다니고 있었다. 운은 이를 악물고 팔꿈치로 기어 다가갔다. 그리고 팔을 뻗어 지상을 잡았다. 지상이 고개를 들어 운을 보았다. 순간, 지상의 눈이 흔들렸다.

운은 엎드린 지상 위로 올라가 감싼 뒤 고개를 숙였다. 어가에서 떨어져 나온 파편이 요란한 소리를 내며 사람들을 쳤다. 파편을 맞은 사람들이 비명을 지르며 나동그라졌다. 운의 등에서도 둔탁한 소리와 함께 통증이 느껴졌다. 운은 지상을 보호하기 위해 더욱 단단히 웅크렸다.

얼마나 흘렀을까. 후벼파듯 불던 바람의 갈퀴에서 날이 사라졌다. 이윽고 우르릉 천둥소리와 함께 비가 쏟아졌다. 운의 웅크린 몸 위로도 굵은 빗줄기가 꽂히기 시작했다. 운은 한껏 경직됐던 몸을 풀었다. 지상은 죽은 듯 꼼짝하지 않았다. 어깨를 흔들어도 반응이 없었다. 깜짝 놀라 몸을 젖히니 지상이 힘겹게 눈꺼풀을 밀어 올렸다. 다행이다. 운은 눈을 감고 안도의 숨을 내쉬었다.

"폐하, 무사하시옵니까?"

행렬 저편에서 한 환관이 울부짖듯 소리쳤다. 길 위에 엎드려있던 환관들이 일제히 소리 나는 쪽을 향해 달려갔다. 임금은 흐트러진 몰골로 몸을 일으키고 있었다. 모여든 환관들은 임금의 매무시를 바로잡으며 법석을 떨었다. 운은 지상을 부축해 천천히 일어났다. 대륙으로 떠난 이래 처음으로 아버지와 마주했음을 뒤늦게 깨달았다. 머쓱하고 서먹했다.

둘러보니 화려하고 장엄했던 행렬은 삽시간에 아비규환의 현장으로 변했다. 흉물스럽게 부서진 어가는 물론이고 수백의 인마가 널브러져 신음하고 있었다.

갑자기 손에 온기가 느껴졌다. 내려다보니 지상의 손이다. 지상은 아들을 잠시 올려다본 뒤 손을 툭툭 치고 돌아섰다. 지상은 수많은 관리와 함께 달려가 부복한 뒤 곡하듯 임금의 안녕을 물었다. 관리들의 둥그런 등 위로 빗줄기가 창처럼 내리꽂혔다. 한 환관이 어디서 찾아왔는지 널따란 슈룹을 펴 임금을 보호했다. 임금은 짜증스러운 표정으로 빗물을 닦아냈다.

운은 용안을 처음 보았다. 아버지인 지상이 그리도 앙망하여 보필하는 주군인데 실제로 보니 너무나 평범했다. 작고 통통한 몸집에 신경질이 잔뜩 담긴 눈매가 그의 성정을 짐작케 했다. 가슴이 허전했다.

"자네도 무사했군."

돌아보니 진현이다. 다소 흐트러졌으나 여전히 늠름하다.

"덕분에 최악의 사태를 피했네. 내 자네의 공을 조정에 보고하지."

"그러지 말게."

운은 진현의 팔을 힘주어 잡았다. 진현은 의아해했으나 운이 고개를 가로젓자 순순히 받아들였다.

"순어는 어찌 되는 겐가?"

운이 묻자 진현은 한숨을 쉬며 답했다.

"나 같은 하급 무관 따위가 뭘 알겠나. 이대로 계속 갈 수는 없을 테니 금교역으로 가거나 서교에서 수습한 뒤 돌아가겠지. 성에서 멀지 않은 곳에서 사고를 당한 것이 차라리 다행이라 해야겠군. 돌아가면 다시 보세. 내 거하게 주안상이라도 봐서 공을 갚겠네."

진현이 대오로 돌아갔다. 운은 발을 떼지 못한 채 지상이 있는 곳을 바라보았다. 지상은 쏟아지는 빗줄기를 온몸으로 맞으며 비감하게 서있었다.

　순어는 이로써 물거품이 되었다. 개경으로 돌아가면 후과가 간단
치 않을 것이다. 어가가 부서졌고 임금이 곤욕을 치렀으니 누군가
는 책임을 져야 한다. 순어를 추진했던 서경파는 큰 곤란을 겪을 것
이다. 어쩌면 순어뿐 아니라 천도도 물거품이 될지 모른다.

　고구려의 위상을 잇는 제국의 꿈을 꾸던 아버지, 이제 당신은 어쩌
실 겁니까. 천기가 따르지 않는다 해도 포기하지 않으실 겁니까…….

　지상의 눈길이 운에게로 건너왔다. 실제인지 착각인지 지상의 얼
굴에 엷은 미소가 나타났다. 운은 당황했다. 기억하는 한, 아버지는
아들을 보고 웃어준 적이 없다. 운이 놀라 낯을 굳히는데 지상은 몸
을 돌렸다. 그러고는 관리들의 무리 속으로 들어갔다.

　운의 뺨 위로 빗물이 흘러내렸다. 흐르는 빗물이 눈물처럼 느껴
졌다. 운은 황급히 돌아섰다. 그러고는 나란과 덕우가 기다리고 있
을 상인 행렬을 향해 달리기 시작했다.

　돈후는 서경의 시전 거리를 벗어나자마자 적토에 올랐다. 어제에
이어 다시 대장장이 마을을 찾아가는 길이다.

행군과 다름없는 여정 후 제대로 쉬지 못했음에도 마음이 급했다. 삼복을 개경으로 돌려보내고 왔으니 망정이지 그 녀석이 따라왔다면 운신조차 자유롭지 못했을 것이다. 다만 완적의 눈초리만은 마음에 걸렸다. 살피는 눈길이 지나치게 날카롭고 왠지 모를 적대감이 느껴졌다. 다행히 온요가 나서서 둘러대주었으니 별 탈은 없을 것이다.

온요…….

온요 생각만 하면 가슴이 울렁거린다. 마음을 잘라내겠노라 다짐했건만 쉬 끊어지지 않는다. 천마산에서 서경까지 먼 길을 오는 동안 돈후의 눈은 내내 온요만을 쫓았다.

온요는 유약한 인상과 달리 매우 강한 여인이었다. 사내인 돈후나 혜강도 흐느적거리며 처지는데 지치는 일이 없었다. 오히려 사내들을 살피고 위로하며 독려했다. 그녀의 미소와 손길이 닿을 때마다 돈후는 온몸을 관통하는 전율에 뜨거워졌다. 대관절 어쩌란 말인가. 끊어내려는데 자꾸만 마음에 들어와 앉으니 피할 길이 없다.

상념을 털어내며 박차를 가했다. 적토가 속도를 올려 달리기 시작했다. 행인들이 놀라 피했다. 빈민들의 초가가 열 지어 늘어선 구역을 빠져나오자 들판이 나타났다. 잡초가 우거진 들판 끝에 다시 수십의 초가가 딱정벌레처럼 엎드려 얽힌 곳이 보였다. 마을 뒤로 야트막한 등성이도 보였다. 저곳이 대장장이 마을이다.

들판을 지나 마을 초입에 이르렀다. 돈후는 적토에서 내려 걷기 시작했다. 얼마 걷지 않아 쩽쩽 쇠붙이 두들기는 소리가 났다. 벌써 두 번째 걸음이건만 여전히 막막했다. 어제는 날까지 저문 탓에 마을 외곽만 둘러보고 갔다.

어찌해야 할까. 아무나 붙잡고 다짜고짜 김부식의 아들을 아느냐 물어볼 수도 없는 일. 역시 서경의 분사*를 거쳐 호구를 알아보고 왔어야 했나. 하지만 그렇게 하면 돈후가 서경에 왔음이 알려지게 된다. 휴직 중에, 그것도 김부식의 아들이 서경에서 대장장이 마을의 호구를 조사한다는 것은 누가 봐도 이상한 일이다.

한낮의 볕을 다사로이 받고 있는 마을은 평화로웠다. 불가마에서 시뻘겋게 달군 쇠를 담금질하는 대장장이와 수발을 드는 몇몇 일꾼들, 마당에서 나물을 다듬는 아낙들……. 개경의 대장장이 마을인 철동과 다름없는 풍경이다. 이색적인 것이 있다면 아이들이 활을 가지고 논다는 것쯤. 서경 사람들이 활쏘기를 즐겨 한다더니 민가에서도 흔한 듯했다.

적토의 고삐를 잡고 천천히 마을 안쪽으로 걸어가는데, 막다른 길 대문에 웬 사내가 보였다. 초가 안으로 들어가려던 그는 돈후를 발견하고 멈칫 서더니 뚫어지게 쳐다보았다. 외지인을 경계하는지 멀리서 보기에도 눈빛이 칼날처럼 매섭다.

돈후는 고민했다. 마을의 내력이라도 알아보려면 어차피 마을 사

● 分司. 서경의 관청. 체제는 개경의 중앙 관청과 비슷하며 독립적인 행정이 이루어졌다.

람을 만나야 한다. 관심을 보이는 듯하니 밑져야 본전, 말이라도 건네 봐야겠다. 돈후는 걷는 속도를 높였다. 십여 장 거리로 좁혀질 무렵 돈후는 사내의 얼굴을 알아보고 우뚝 멈추어 섰다.

그다! 천마산 초입에서 보았던 나이 든 대장 추쇄꾼. 뺨을 가로지른 상처는 여전히 흉측하게 보였다. 저자를 대장장이 마을에서 만나다니, 우연이라기에는 지나치게 공교롭다. 돈후는 경계심을 느끼며 다가갔다. 대장 사내는 돈후의 시선을 피하지 않고 서있었다. 천마산 일로 앙심을 품고 적대할 가능성도 있지만, 어떤 식으로든 아버지와 관계가 있었다면 아들의 부탁도 거절치 않으리라. 텃세 심한 마을 사정을 알아보는 데에는 오히려 나을 수도 있다. 은자만 넉넉히 주면 어떤 짓이든 불사하는 부류가 추쇄꾼이니.

수를 계산하는 돈후를 향해 대장 사내가 먼저 입을 열었다.

"누추하지만 들어오시겠습니까?"

흔쾌히 맞이하는 태도에 돈후는 당황했다. 머쓱한 기분이 들어 쭈뼛거렸더니 대장 사내가 몸을 비켜서며 안마당의 평상을 가리켰다. 돈후는 순순히 들어섰다. 만들다 만 활과 살, 아직 한 몸을 이루지 않은 도끼와 자루 등이 즐비했다.

가마가 있는 대장간에는 익숙한 얼굴 둘이 보였다. 몸집 큰 사내와 살을 쏘던 사내였다. 둘 모두 돈후를 알아보고 깜짝 놀란 표정을 지었다. 몸집 큰 사내는 돈후를 가리키며 입을 우물거렸고, 살을 쏘던 사내는 뻐딱하게 서서 돈후를 쳐다보았다. 대장 사내가 두 사내를 향해 명했다.

"너희들은 나가보아라. 내 손님이다."

내 손님? 돈후는 고개를 기울이며 평상 위에 앉았다. 사내들은 군소리 없이 물러갔다. 대장 사내는 적토의 고삐를 곳간 옆에 묶은 뒤 반빗간에 들어가 다기를 담은 소반을 가져왔다. 투박하나 단정해 보이는 옹기다. 차를 마시는 추쇄꾼이라……. 어울리지 않는다. 게다가 마치 기다리고 있었다는 듯 돈후를 맞았다. 이자는 분명 무언가를 알고 있다.

돈후는 굳은 낯으로 입을 열었다.

"역시 자네는 나를 알고 있었군. 그런데 왜 천마산에서는 모른다 한 것인가?"

대장 사내는 천천히 차를 따랐다. 그러고는 잔을 돈후 앞으로 내밀었다. 돈후가 차는 일별도 하지 않고 쳐다보자 대장 사내는 빙그레 웃었다.

"소인 을지라 합니다. 공자님은 모르나 공자님을 낳은 생모는 잘 알고 있지요."

"뭐라?"

"공자님이 이곳에 오신 이유, 생모 때문 아닙니까?"

돈후는 소반을 내던지고 을지의 멱살을 거머쥐었다. 소반과 다기가 바닥에 처박히며 와장창 소리를 냈다. 을지는 흔들림 없이 돈후를 마주 보았다.

"더러운 추쇄꾼 놈이 감히……."

알 수 없는 분노가 몸을 휘감았다. 너 따위가 어찌 내 생모를 아느냐, 생모는 어디 있느냐, 만날 수는 있느냐 줄줄이 묻고 싶었지만 입 밖으로 나오지 않았다. 을지는 돈후 마음을 들여다본 듯 담담하게 말했다.

"언젠가는 공자님이 찾아오실지도 모른다 생각했습니다. 그래서 누추한 집이지만 떠나지 않았는데, 오늘 이리 뵈오니 잘했다 싶습니다. 공자님을 낳은 생모가 제 누이입니다. 을유라 불렀습니다."

불가마처럼 달아올랐던 몸이 삽시간에 식었다. 내 생모가 이 추쇄꾼 놈의 누이……라고? 손끝에서 힘이 빠져나갔다.

옥죄였던 멱살이 풀리자 을지는 천천히 일어났다. 그러고는 부서진 소반과 깨진 다기를 주섬주섬 치웠다. 돈후의 멍한 눈이 을지의 일거수일투족을 따라갔다. 을지는 깨진 것들을 마당 한켠에 쏟아 버리더니 돌아서 물었다.

"시키면 사내놈들만 사는 곳이라 변변한 게 없습니다. 차라리 술로 하시겠습니까?"

"잡소리 집어치우고 당장 사실부터 고하라! 나를 능멸하고 거짓을 고한다면 맹세컨대, 내 직접 너의 목을 벨 것이다."

을지는 서서 잠시 돈후를 쳐다보더니 평상으로 와 앉았다. 와들거리는 돈후와 달리 침착했다.

"뇌천 대감은 공자님이 여기 오신 걸 알고 계십니까?"

"……."

"아마 모르시겠지요. 뇌천 대감은 공자님의 출생이 알려지는 것을 원치 않으셨습니다. 그래서 핏덩이를 낳고 산독도 빠지지 않은 을유를 찾아와 죽이려 했지요."

아버지가 생모를 죽이려 했다고? 돈후의 낯이 파리해졌다.

"을유는 기꺼이 목을 내놓았습니다. 아이가 온전한 귀족 혈통으로 자랄 것이라 다짐을 받았기 때문입니다. 하지만 칼은 제가 받았습니다. 조실부모한 뒤 하나 남은 피붙이를 그렇게 잃을 수는 없었으니까요. 대감께 간청했습니다. 탯줄을 자르는 순간 모자의 인연도 끊어졌으니 남으로 살겠다고 말입니다. 다행히 대감이 받아들였습니다. 그날부터 을유와 공자님은 남이 되었습니다."

을지는 잠시 제 얼굴의 흉터를 만지더니 돈후와 시선을 맞추며 말을 이었다.

"공자님 얼굴을 가까이서 뵈오니 을유와 많이 닮았습니다. 을유도 참 고왔습니다. 팔자 사나울까 싶어 일찍부터 단속을 했건만 타고난 끼를 어쩌지 못해 기생이 되었습니다. 오라비가 변변치 못해 벌어진 일이니 누이를 탓하지는 않았습니다. 그래도 을유는 창기가 아니라 예기였습니다. 금을 잘 타고 그림도 잘 그렸지요. 하지만 그런들 무슨 소용이겠습니까. 결국 담벼락의 금등화 신세가 되고 만 것을……."

돈후는 혼란스러웠다. 을지가 내뱉는 말이 모두 남의 이야기처럼 멀었다.

"뇌천 대감은 을유에게 정이 없었습니다. 을유가 그러더군요. 뇌천 대감이 정을 준 여인은 따로 있다고. 그래도 설마 했습니다. 하룻밤 풋정이라고는 하나 아이를 낳은 뒤에는 첩실로라도 데려갈 줄 알았습니다. 하지만 해산한 지 보름 만에 나타나 아이를 빼앗고 을유까지 죽이려는 것을 보고서야 제가 어리석었음을 깨달았습니다. 그날, 대감이 끝내 을유를 베려 했다면 제가 대감을 죽였을 것입니다."

본가의 할아범이 그랬다. 열아홉 해 전 아버지가 서경에 갔다가 강보에 싸인 아기를 안고 돌아왔다고. 점점 눈앞이 아득해졌다. 돈후는 평상 바닥을 짚고 고개를 숙였다. 말종 같은 추쇄꾼 말을 곧이곧대로 믿어서는 안 되는데, 더 살피고 추궁해야 하는데, 피로 이어진 본능은 이미 뜨겁게 반응하고 있다. 이곳에 생모가 있었다. 그리고 나는 이곳에서 태어났다!

침묵 속에서 꽤 오랜 시간이 흘렀다. 날이 저물려는지 사방에 그늘이 지기 시작했다. 돈후는 굳게 다물었던 입을 열었다.

"을유는…… 제 생모는 어디에 계십니까?"

"죽었습니다."

짧은 답에 돈후의 상이 구겨졌다. 을지는 눈을 감았다. 그의 목울대가 출렁였다.

"다섯 해 전, 병들어 죽었습니다. 그래도 오래 버틴 것입니다. 시들시들 말라버린 지 오래라 살아있다고 할 수도 없었으니까요. 누이가 죽은 사실을 알리러 개경에 갔었습니다. 그때 댁에서 공자님을 잠깐 뵈었지요. 아름답고 늠름하게 자란 모습을 보고 누이의 희생이 헛되지 않다 생각했습니다. 물론 지금도 그렇습니다."

"그때 왜!"

돈후는 소리쳤다.

"당신 말이 모두 사실이라면, 그때 왜 제게 말하지 않았습니까?"

돈후의 눈에 눈물이 맺혔다. 을지는 잠긴 목소리로 답했다.

"공자님은 공자님의 삶을 사십시오. 누이도, 그리고 저도 원하는 바입니다."

돈후는 주먹으로 평상을 내리쳤다. 모두 다 거짓이라 소리치고 싶었으나 마음과 달리 목이 메고 눈물이 쏟아졌다. 결국 이것이었나. 아버지가 꽁꽁 싸매고 감추려던 사실이 고작 이것이었나. 돈후 자신이 파헤쳐 보려던 진실도 이것이었나. 이렇게 허무한 사실을 확인하는 것이었나. 돈후는 결국 소리치지 못한 채 몇 번이고 평상만 내리쳤다. 말아 쥔 주먹에 피멍이 들었지만 가슴속에는 피멍보다 짙은 멍울이 엉겼다.

격동하던 기운이 가라앉을 무렵 을지가 물었다.

"을유의 묘를 보시겠습니까."

돈후는 고개를 들고 을지를 쳐다보았다. 을지의 눈에도 눈물이 맺혀있었다.

광덕상회가 서경에서 운영하는 다점인 해림(海琳). 귀빈에게만 허락된 방 앞에서 온요는 묘청과 마주쳤다.

"온요 아니냐? 개경에서 본 지 얼마 되지 않았는데 예서 또 보는구나. 너도 나만큼이나 신출귀몰한 재주를 가졌으니 더 반갑다."

묘청의 입담에 온요는 웃으며 답했다.

"산채 일로 잠시 들렀습니다. 여전히 평안하시지요?"

묘청은 일행이 있었다. 복색을 보니 모두 고관들이었다. 온요는 간단한 인사만 하고 물러났다. 긴요한 회합인 탓인지 점소이 몇이 방을 호위하고 있었다. 다른 손들은 저지했으나 온요와 혜강은 옆방으로 안내되었다. 방 안에는 완적이 기다리고 있었다.

"무슨 일로 다시 보자 했는가?"

혜강이 앉으며 물었다. 온요도 궁금했다. 어제저녁 이미 인사를 나누었고 이런저런 일로 바쁘니 모레나 만나자 했던 완적이었다. 그러더니 약속한 날이 되기도 전에 급히 해림에서 보자 청했다.

"순어가 틀어졌다네. 도성을 나서고 얼마 안 되어 회풍을 만났다지 뭔가. 임금님이고 관리들이고 모두 개경으로 돌아갔다는군. 사달이 난 셈이지."

온요는 영문을 알 수 없었다. 광덕상회가 손해를 입을 수는 있겠으나 그것이 그리 큰일인가. 혜강이 물었다.

"나랏일이 틀어졌다면 안 된 일이지만 우리에게도 문제가 되겠는가?"

"책임질 희생물이 필요할 게 아닌가. 옆방에 분사시랑 조광 대감은 물론이고 유참, 윤첨 등 서경 요인이 다 모인 것도 그에 대한 대책을 세우려는 것일세. 임금님이 천도에 대한 생각을 바꿀까 싶어 불안한 게지. 묘청 대사님은 별일 없을 것이라 하시지만 조광 대감 생각은 다른 것 같네. 나를 서경으로 부른 것도 묘청 대사가 아니라 조광 대감이셨어. 조광 대감은 뭐든 끝장을 볼 분이야. 그래서 걱정이네. 사실, 내가 산채를 떠나기 전에 운곡 어르신이 그러셨네. 상황이 험악해지면 이전 준비를 더 서두르라고 말이야."

"순어나 천도가 안 된다 한들 우리와는 상관없지 않은가?"

"순어나 천도는 문제가 아닐세. 정치 상황이 중요한 게지. 어르신께서는 서경 어른들이 궁지에 몰리면 산채에도 영향이 미칠 것이라고 하셨네. 서경 쪽에 많은 재물을 내주지 않으셨는가. 그래서 서두르시는 게야."

혜강의 낯이 어두워졌다. 온요의 마음도 무겁게 가라앉았다. 그래서였나, 자꾸 이전을 재촉하신 까닭이.

"아가씨, 제가 장비 행수님 대신 자리를 마련할 테니 이번 참에 계약을 마무리 짓고 가시지요. 산채 공사는 아무에게나 맡길 수 없으니 산채의 장정들이 빨리 와야겠습니다."

온요는 근심 어린 낯으로 고개를 끄덕였다.

"그나저나, 돈후 공자는 왜 온 것입니까? 이런 시국에 김부식의 아들이 서경에 왔다는 것이 불길합니다. 들으니 어사대에서 일한 다고 합니다. 어사대라면 관리들 감찰하는 곳 아닙니까. 아직은 묘청 대사님이나 조광 어른께 아뢰지 않았습니다만 아시면 크게 걱정하실 겁니다."

완적의 말에 온요는 굳은 낯으로 고개를 저었다.

"돈후 공자님은 아버지의 부탁을 받고 우리를 위해 함께 오신 것입니다. 걱정하지 않으셔도 됩니다. 산채 식구들의 신상에 대해서도 이미 알고 계십니다."

"네에?"

완적의 눈이 커다랗게 부풀었다. 혜강이 나서 거들었다.

"그렇다네. 지난번에 신도를 처분할 때에도 어르신과 함께 지켜보셨네. 따뜻하고 무거운 분이니 염려하지 않아도 될 걸세."

"……."

완적은 의구심을 떨치지 못했다. 신중한 성품을 가진 완적이다. 돈후와는 제대로 말조차 나누어보지 않았으니 걱정하는 것이 당연했다. 온요는 거듭 당부했다.

"돈후 공자님은 산채에서 유숙하고 계신 손입니다. 이제껏 범절을 어긴 바가 없으니 우리도 그리해야 할 것입니다. 산채의 손에 대해 함구하는 것은 구안정의 불문율입니다. 완적 아재도 공자님의 행적을 함부로 발설하시면 안 됩니다."

완적은 마지못해 수긍했다. 혜강이 몇 번이고 완적을 타이르고 안심시켰다. 의논이 끝난 뒤 혜강은 완적과 술을 나누기로 하고 온요 먼저 일어났다.

온요는 무거워진 걸음으로 해림을 나섰다. 해림 뒤채에 마련된 숙소는 담장 밖으로 돌아가야 했다. 밖은 어느새 어둠이 깊게 내려앉았다. 오가는 인적도 드물었다. 그저 달만 둥실 떠올라 고요했다. 온요는 뒤채로 이어진 골목을 걸으며 돈후를 생각했다.

대장장이 마을에서 어머니를 찾았을까. 운곡 앞에서 손까지 떨며 놀라던 모습이 아직도 생생하다. 얼마나 그리웠으면 그런 반응을 보였을까. 밤늦도록 돌아오지 않는 것이 좋은 징조이길 바랐다.

별채에 이르니 문이 열려있었다. 도둑이 들었나 싶어 조심스럽게 발을 들여놓으며 두리번거렸다. 다행히 아무런 기척이 느껴지지 않았다. 혜강과 함께 나갈 때 문단속을 잊었나 보다. 온요는 조용히 문을 닫고 마당을 지났다. 그런데 난데없이 흐느끼는 소리가 들려왔다. 소스라치게 놀라 귀를 기울이니 뒤뜰 쪽이다. 온요는 발소리를 죽이며 뒤뜰로 향했다. 쪽마루 끝에 시커먼 그림자가 웅크리고 있었다. 돈후였다.

온요는 붙박여 서서 돈후의 흐느끼는 소리를 들었다. 기척을 내면 민망해할지도 모른다는 생각에 움직일 수 없었다. 가슴에 맺힌 것이 풀리지 않아 아프고 괴로울 때는 누구의 방해도 받지 않고 마음껏 쏟아내는 편이 낫다. 웃음과 농으로 아픔을 감추는 사람이니 더욱 그럴 것이다.

온요는 고개를 들어 하늘을 보았다. 처마 위로 잿빛 구름이 강처럼 흘러갔다. 상처를 감추듯 달을 지우며 흘러갔지만 제대로 지워지지 않았다.

사람들이 가진 아픔도 강물처럼 흘러가면 얼마나 좋을까. 아버지는 물에서 배우고 물처럼 살라 하셨지만 물처럼 산다는 것이 생각처럼 쉽지 않다. 물은 고요해 보여도 실제로는 아우성치고 부서진다. 얼마나 더 아우성치고 부서져야 고요해질 수 있을까. 고요해지면 편안해지기는 할까.

온요의 입에서 한숨이 흘러나왔다.

"사내가 좀 울었기로 한심하다 타박하는 게요?"

온요는 화들짝 놀라 입을 가렸다. 한숨이 너무 컸나 보다. 방해하지 않으려 숨죽인 것이 되레 큰 방해가 되었다. 온요는 돈후에게 다가가 사죄했다.

"송구합니다. 방해하려던 것이 아닌데 그만 실례를 범했습니다."

돈후는 한껏 웅크렸던 등을 펴고 고쳐 앉았다. 달빛에 반사된 조각 같은 얼굴이 한결 편안해 보였다.

"이번에는 진짜 치부를 보았으니 책임지시오."

"네?"

온요가 놀라 눈을 키우자 돈후는 빙긋 웃어 보였다. 예의 장난기가 서렸다. 온요는 그제야 함께 웃었다. 다행이다. 어려웠겠으나 마음의 평정을 찾은 것 같다. 아픔과 슬픔이야 사라지지 않겠지만 웃을 수 있다면, 아니 웃어 보일 수 있다면 그것만으로도 족할 것이다.

"왜 묻지 않소?"

온요는 말없이 미소만 지었다. 말하고 싶지 않을 때 질문을 받는 것처럼 곤혹스러운 일은 없다. 온요에게서 답이 없자 돈후가 먼저 입을 열었다.

"어머니의 묘에 다녀왔소. 그런데 날이 저물어 봉분도 보이지 않더구려. 내일 다시 가보려 하오."

가슴이 먹먹해졌다. 이미 하세하셨구나. 어머니의 얼굴 한 번 보지 못한 채 떠나보내야 했구나. 그래서 그리 슬피 울고 있었구나. 어머니의 묘……. 온요가 늘 그리며 사는 것이다. 그래도 돈후는 찾아갈 수 있다니 다행이다. 다행이라 여기는데 주책없이 눈물이 난다.

온요가 눈물을 보이자 돈후는 의아한 표정을 지었다. 온요는 눈물을 훔치며 말했다.

"부러워서요. 어머니의 묘를 찾아갈 수 있다는 게. 저는 너무 어릴 때 어머니를 묻은 탓에 위치를 몰라 못 가거든요."

돈후의 낯이 굳었다. 쓸데없는 말을 했나 싶어 후회가 되었다. 온요는 화제를 바꾸었다.

"참, 임금님 순어가 무산되었대요. 혜강 아재와 저는 일을 서둘러 마무리하고 내려가려고 해요. 사흘 뒤에 돌아가려는데 공자님은 어찌하시겠어요?"

돈후는 말이 없었다. 달이 구름에 가렸는지 사위가 어두워져 표정이 보이지 않았다. 온요는 생각했다. 순어가 무산된 일이 그에게는 좋은 소식일까? 그의 아버지가 서경파와 대립하는 개경파의 귀족이라는 사실이 새삼 낯설게 느껴진다.

"순어가 무산되든 말든 무슨 상관이겠소. 일정 맞추어 함께 갑시다. 어머니께 인사를 드리고 나면 나도 더 이상 서경에서 할 일은 없소."

돈후는 쪽마루에서 일어나며 웃었다. 하얀 치아에 달빛이 반사되어 빛났다.

✦　✦　✦

서경성 북쪽의 야트막한 산 중턱. 얼핏 보면 무덤인지 흙더미인지 모를 작은 봉분 아래 어머니가 잠들어있다. 돈후는 어머니 묘를 베고 누워 하늘을 보았다. 사흘째 같은 자리에 누워 보는 하늘이지만 오늘따라 유난히 푸르다.

"아직 이곳에 계십니까?"

중얼거리듯 물었으나 답은 없다. 답할 수 없음을 알고 있지만 돈후는 재차 어머니를 향해 묻는다. 생전의 한이 사무쳐 떠나지 못한 채 이곳에 남아계신 것은 아니냐고…….

돈후의 생모 을유는 아들을 위해 깨끗이 사라지길 원했다고 한다. 생명이 다하거든 활활 태우고 남은 것이 있거든 물에 뿌려 없애라 했다지만 을지는 차마 그럴 수 없었다고 한다. 평소 물이 무서워 배조차 타지 못했던 누이를 대동강에서 떠돌게 할 수는 없었던 탓이다. 그래서 골호°도 쓰지 않고 유골 가루만 묻었다. 유골 가루가 흙으로 변하고 봉분마저 땅으로 잦아들면 누이의 바람도 이루어지는 것이라 믿었다.

이후 다섯 해가 흐르는 동안 세파에 깎인 봉분은 조금씩 쪼그라들어 돈후의 무릎에도 미치지 못했다. 을지는 말했다. 누이의 유지 때문에 일부러 다듬지 않았는데 봉분은 쪼그라들면서도 제 모습을 유지했다고. 우거진 잡초와 잡목조차 누이의 봉분을 침범하지 않았다고. 아마도 떠나지 못한 누이의 넋이 아들을 기다리고 있는 것 같다고 했다.

"계시다면 이제 그만 떠나십시오."

돈후는 어머니를 모른다. 얼굴 한 번 보지 못했고 손길 한 번 느껴보지 못했다. 을지를 통해 들은 어머니의 모습은 그의 가여운 누이일 뿐, 돈후의 어머니는 아니었다. 하지만 그럼에도 돈후는 어머니가

● 骨壺. 화장한 뒤 뼛조각이나 유골 가루를 담던 항아리.

그립다. 아주 오랫동안 그리워했음을 깨닫는다. 아버지의 지극한 사랑으로도 채워지지 않던 끝없는 허기와 고독. 어머니 역시 허기와 고독 속에서 아들을 그리워하며 살았을 것이다. 돈후는 어머니가 이제 고통 없이 영면하기를 기원했다. 돈후는 다시 중얼거렸다.

"소자도 떠날 것입니다. 이제 떠나면 다시 오지 않을 것이니 어머니도 다시는 이곳에 돌아오지 마십시오."

하늘은 구름 한 점 보이지 않을 만큼 맑았다. 맑고 또 맑으니 공허했다. 그 거대한 공허가 돈후의 가슴으로 밀려들었다. 아버지와 유씨 부인의 대화를 엿들은 이후부터 출구를 찾지 못해 들끓던 분노는 사그라졌지만 하늘 같은 공허가 분노의 자리를 대신했다.

이제 무엇을 해야 하나. 어떻게 살아야 하나. 부표 없는 바다에 던져졌으니 물살에 흔들리며 떠돌아야 하나. 아니면 언제 가라앉을지 모를 처지에 전전긍긍하며 허우적거려야 하나.

"도련님."

허공을 향해 내뱉은 한숨이 누군가의 기척에 흩어졌다. 고개를 돌려 보니 을지다. 상념에 빠져있느라 온 줄도 몰랐다. 커다란 보따리를 든 을지가 돈후를 향해 깍듯이 목례했다. 피식, 웃음이 흘러나왔다. 을지는 대장장이 마을에서 만난 이후 돈후를 주군 모시듯 예우하고 있다. 신분이 낮다 해도 외숙이니 편히 대하라 일렀건만 소용이 없다. 고집이 센 사람이다.

"덜떨어진 조카가 길 잃을까 걱정되셨습니까? 그래서 해가 떨어지기도 전에 마중을 나오신 겝니까?"

"구안정 아가씨가 오셨습니다."

구안정 아가씨? 온요가 왔다는 뜻인가? 돈후는 벌떡 일어났다. 을지 뒤편으로 비탈을 올라오는 온요의 모습이 보였다.

"제 집으로 찾아오셔서 을유의 묘를 물으시기에 직접 모시고 왔습니다."

돈후는 경사진 비탈을 달려 내려갔다. 돈후를 본 온요가 반가운 표정을 지으며 멈춰 섰다. 동그란 이마에는 땀이 송골송골 맺혀있었다.

"어인 일이오? 산채 일 본다더니 무슨 문제라도 생겼소?"

"문제는요. 산채 일은 행수님과 아재들 덕분에 잘 마친걸요. 서두르려고 애를 쓰긴 했는데 대장장이 마을에서 숙부님 댁을 찾지 못해 헤매느라 좀 늦었네요. 어머니께 하직 인사는 하셨어요?"

"산채 일 때문이 아니라면 어찌 예까지 오셨소?"

"저도 공자님 어머니께 인사를 드리고 싶어서요."

"……."

온요는 만개한 모란처럼 웃었다. 뭉클한 기운에 가슴이 뜨거워졌다. 돈후가 입을 떼지 못한 채 쳐다보기만 하자 온요가 눈치를 살피듯 조심스레 물었다.

"제가 인사드리면 안 되는 건가요?"

"아, 아니오. 그럴 리가 있겠소."

"그럼, 올라가 봐도 되는 거죠?"

돈후는 자신이 오름길을 막고 있다는 사실을 그제야 깨닫고 비켜섰다. 온요는 돈후를 지나쳐 비탈을 올랐다. 잠시 온요의 뒷모습을 바라보던 돈후도 주춤주춤 뒤따랐다.

묘 앞에 이르니 을지가 비단보 위에 제상을 준비하고 있었다. 수수떡과 유밀과, 오얏, 제주, 향로 등속이 비단보 위에 차려졌다. 뜻밖이었다. 불자도, 유자도 아닌 을지가 이런 제상을 준비하다니. 돈후는 얼떨떨한 얼굴로 제상을 내려다보았다.

"아가씨께서 마련해오셨습니다."

놀라 쳐다보자 온요는 머쓱해하며 웃었다.

"해림에서 일하시는 아주머니 도움을 좀 받았어요. 공자님 댁 예법이 어떤지도 모르고 준비했으니 격에 맞지 않더라도 어여삐 봐주세요."

상차림을 마친 을지가 일어나 온요를 향해 허리를 숙였다.

"아가씨, 다시 한 번 감사드립니다. 아가씨 정성 덕분에 저승에 있는 누이도 크게 기뻐할 것입니다."

돈후는 목이 메어 아무 말도 하지 못했다. 감사의 인사조차 건네지 못했다. 입 없는 망부석처럼 붙박여 서있는 동안 을지가 부싯돌을 쳐 향을 피웠다.

제례가 시작되었다. 비로소 어머니에게 예다운 예를 표하는 순간이었다. 돈후는 묘 앞으로 나가 부복했다. 머리를 깊이 조아리는데 왈칵 눈물이 솟았다. 참을 수도, 감출 수도 없었다. 비켜서서 지켜보던 을지도 굵은 눈물을 쏟아냈다.

온요 차례가 되었다. 온요는 언제 꺾어왔는지 꽃 한 묶음을 묘 앞에 놓았다. 노란 꽃술에 하얀 꽃잎을 종종 매단 이름 모를 들꽃들이 등롱처럼 봉분을 밝혔다. 매무시를 만져 단정히 한 온요가 부복하여 절했다. 그녀가 절할 때마다 하얀 장의 아래 두른 노란 치맛자락이 꽃봉오리처럼 부풀었다. 어여뻤다. 아니, 어여쁘다는 말로는 부족했다. 돈후는 온몸 가득 뿌듯하게 차오르는 뜨거운 기운에 숨이 가빠졌다.

드디어 찾았다. 막막했던 바다에서 돛보다 선명한 부표가 떠올랐다. 어둠뿐인 벌에 태양보다 밝은 횃불이 나타났다. 저 여인이다. 저 여인만 있으면 된다. 넘어야 할 파도가 높겠지만, 치워야 할 장애물이 많겠지만, 저 여인만 있으면 갈 수 있다. 저 여인을 내자로 맞이한다면 허울뿐인 반편이 생도 온전해질 수 있으리라.

절을 마친 온요가 돌아보며 미소 지었다. 설핏 찡그린 눈에 물기가 서려 반짝였다. 돈후도 온요를 향해 미소 지었다. 돈후의 뺨을 적셨던 눈물은 어느새 말라있었다.

서경에서 시작된 여정이 황주와 동주를 거쳐 평주까지 지나쳤다. 예성강 지류를 따라 내려가면 곧 개경이다. 눈앞에는 평원이 펼쳐졌고 왼편 멀리 병풍처럼 둘러선 산자락이 보였다. 천마산이다.

돈후는 고삐를 당겨 돌아섰다. 저만치 혜강과 온요의 모습이 보였다. 온요는 말 위에 단정하게 앉았고 혜강은 고삐를 잡고 걸어오고 있다. 서경에서 말을 구하길 잘했다. 상단에 여유가 없다 하여 난감했는데 수완 좋은 을지의 수고로 말을 얻을 수 있었다. 온요가 부르튼 발을 감추고 고통을 참는 모습을 더는 보지 않아 마음이 가볍다.

서경에서 하루를 더 지체해 엿새 만에 길을 떠났다. 지금쯤 을지 일행은 개경에 있을 것이다. 빠른 자들이니 도착하여 일도 시작했으리라. 돈후는 온요와 혼인하기로 결심한 뒤 을지에게 자신의 재물 관리를 맡겼다. 그리고 사람을 모으라 했다. 개경과 서경의 상단들과도 관계를 맺어왔다니 작은 조직 꾸리기는 어렵지 않을 것이다. 순어가 무산됐다면 서경파는 위기에 처할 것이다. 이 기회를 놓칠 아버지가 아니다. 온요와 구안정을 지키려면 힘이 필요하다. 어쩌면 아버지와 거래를 해야 할지도 모른다. 적어도 아버지의 기대를 저버리지만 않는다면 온요를 얻고 구안정도 지킬 수 있을 것이다.

"좀 쉬었다 가시겠소?"

다가온 온요와 혜강을 향해 물었다. 둘 다 지친 기색이 역력했다.

하지만 온요와 혜강은 동시에 고개를 저었다. 역시 물러서는 법이 없다. 혜강은 다리가 편치 않은 것이 분명한데도 앓는 소리 한 번 하지 않고 걷는다. 돈후는 적토에서 내려 혜강에게 고삐를 내밀었다. 혜강이 어리둥절한 표정을 지었다.

"교대하세. 이틀째 고삐만 잡고 걷지 않았는가."

"아이고, 황송한 말씀일랑 거두어주십시오. 어찌 미천한 소인이 말을 타오리까. 아직은 쓸 만한 다리를 가졌으니 어서 길을 잡으십시오. 말씀만으로도 감읍할 따름입니다."

혜강이 극구 사양했으나 돈후는 강제로 적토의 고삐를 떠넘겼다. 결국 혜강이 적토를 타고 앞서 갔고 돈후가 온요의 말고삐를 잡았다. 온요는 가시방석에 앉은 듯 안절부절못했다.

"굳이 산채까지 이끌어주시지 않아도 되는데 송구합니다. 댁에서도 많이 기다리실 텐데 이리 지체하시니 황송해 몸 둘 바를 모르겠습니다."

"늘 송구하다, 황송하다는 말씀만 하는구려. 좀 더 듣기 좋은 이야기를 해줄 순 없는 게요?"

"듣기 좋은 이야기요?"

"왜 있잖소. 겉모습도 아름답지만 마음이 더 아름답다, 그래서 홀딱 반했다, 뭐 그런 이야기 말이오."

"……."

보지 않아도 온요의 표정이 눈에 그려졌다. 아미를 찡그리고 까만 눈동자는 한껏 흘기고 있겠지. 작고 붉은 입술을 삐죽대고 있을지도 모른다. 돈후는 소리 내어 웃었다. 앞서 가던 혜강이 돌아보더니 푸근하게 미소 지었다.

"고맙습니다."

온요가 들릴 듯 말 듯 낮은 목소리로 말했다. 듣고 싶은 말은 아니다. 온요는 돈후를 사내로 보지 않는다. 그저 아끼는 사람들을 도와준 친절한 귀공자쯤으로 여긴다. 그래도 상관없다. 시간은 좀 걸리겠지만 언젠가는 돈후만을 바라볼 날이 올 것이다. 그렇게 만들 것이다.

너른 벌판을 가로질러 바람이 달려왔다. 바람 속에서 마른 잎 냄새가 났다. 어느덧 계절이 바뀌고 있는 것이다. 변화의 느낌이 좋다. 돈후를 둘러싼 세상도 변하기 시작했다. 바라거나 계획하지는 않았지만 이 변화가 나락의 끝에서 돈후를 구원해줄 것이다.

서편 하늘에 붉은 염이 번지기 시작할 무렵 돈후 일행은 산길로 접어들었다. 설었던 산길이 이젠 제법 익숙하게 느껴졌다. 한 걸음 내딛을 때마다 땅거미가 짙어지더니 산채 초입에 이르자 완전히 어두워졌다.

산채 식구들이 횃불을 들고 나와 돈후 일행을 반겼다. 운과 나란도 있었다. 나란이 다짜고짜 온요의 손을 덥석 잡은 것이 눈에 거슬리긴 했지만 돈후도 그들이 반가웠다.

"김돈후! 네놈이 초를 치는 바람에 어가가 진짜 고꾸라졌다. 너

혹시 앉아서 천 리를 내다보는 뭐, 그런 놈 아니냐?"

나란은 돈후의 가슴을 퍽퍽 쳐댔다. 초원의 종족답지 않게 제법 크고 사내다운 인상을 가진 나란. 안하무인에 범절이라고는 모르는 오랑캐지만 정 많고 듬쑥하니 마음에 든다. 아마도 저 녀석 덕분에 온요의 산채 생활이 조금은 편했으리라. 돈후는 웃으며 맞받았다.

"이제야 알았냐. 그러니 앞으로는 내 말을 잘 듣고 따르는 것이 네 신상에도 이로울 것이다."

운은 다소 굳은 표정이었다. 하지만 언제나 그렇듯 호의가 느껴지는 미소로 맞았다.

"길이 험했을 텐데 수고 많았다."

밤이 늦어 운곡에게 문후하는 것은 미루기로 했다. 완함이 말들을 살피기로 했고 온요와 혜강은 물론 산채 식구들도 흩어졌다. 돈후도 제 숙소에서 쉬려는데 나란이 붙잡았다.

"신선처럼 유람하다 온 녀석이 벌써 자려고? 그러지 말고 게르에서 한 동이 푸자."

피로했지만 나란과 운을 따라 게르로 올라갔다. 방에 앉기 무섭게 나란이 술동이를 들고 왔다. 도대체 어디에서 저토록 많은 술이 나오는지 모르겠다. 조정에서 주정을 엄히 단속하여 개경에서도 술 구하기가 쉽지 않은데 이곳만큼은 예외다. 나란은 짐승처럼 산을 속속들이 잘 알고 있으니 어쩌면 술이 나는 샘을 발견했는지도 모를 일이다.

"서경은 어떠하더냐? 서경 가본 지 오래되어 궁금하구나."

운이 술잔을 건네며 물었다. 그러고 보니 운은 서경 출신이다. 남호 대감만 개경에 있다고 들었으니 일족 대부분은 서경에 있을 것이다.

"부벽완월에 거문범주라. 금수산 부벽루에서 달맞이를 하고, 수레문* 밖 대동강에 배를 띄워 풍류도 읊고 싶었다만 그러지 못했다. 시전 거리 헤매다 해림 뒷방에서 잠만 자고 왔다."

나란이 소리 나게 술잔을 내려놓으며 물었다.

"아니, 서경까지 갔으면 양귀비 뺨치는 기생들부터 구경해야지, 기방에는 가보지 않았다는 말이냐?"

"풍류도 벗이 있어야 즐겁다 했다. 호색한이 아닌 다음에야 혼자 무슨 재미로 기방을 찾겠느냐."

심드렁하게 답하며 술잔을 기울이는 돈후에게 운이 물었다.

"그럼 너는 서경에 왜 간 것이냐?"

묻는 말에서 뼈가 느껴졌다. 물음인가, 힐책인가. 아버지와 소원하다 하나 정지상의 아들임은 숨길 수는 없는 것인가. 돈후는 부러 정색하며 답했다.

"순어가 어그러진 마당에 김부식의 아들이 서경에서 간자 노릇이라도 했을까 봐 걱정되냐?"

---

* 서경 외성 남쪽의 거피문.

운의 낯이 단박에 굳었다.

"그런 뜻이 아니었다. 내 말이 무례하다 느꼈다면 미안하다. 용서해다오."

돈후는 웃음을 터뜨렸다. 농 한 번에 얼굴 붉히는 심성이라니. 운은 역시 꽉 막힌 군관 같다.

"내 신상에 관한 일로 긴히 알아볼 것이 있었다. 자세한 것은 묻지 마라. 네 녀석들에게까지 거짓으로 답하고 싶지는 않다. 그나저나 너는 출세하기는 영 글렀구나. 그리 곧고 순진해서야 모가지나 간수할 수 있겠느냐."

운은 머쓱한 표정을 지었다. 나란이 배꼽을 잡고 깔깔댔다.

"아, 저놈이 원래 저렇다니까? 그러니 과거까지 본 놈이 상단에서 중노미로 일하고 있지 않냐."

"과거? 과거를 보기는 했던 것이냐? 그럼 혹시 떠도는 소문이 사실이냐? 수 해 전 예부시에 기명하지 않은 장원 답지가 나왔는데 주인이 너라는 소문이 돌았다."

운은 얼굴을 붉혔다. 답지의 주인인 모양이다. 열린 문을 넘어 바람이 들자 호롱이 흔들렸다. 쑥스러워하는 운의 얼굴도 흔들렸다. 돈후는 그때 아원, 즉 차석이었다. 그나마 장원이 결시로 처리되는 바람에 당겨졌을 테니 삼석인 탐화가 되었을 수도 있다. 아원이든 탐화든 코피 흘려가며 매진해 얻은 결과였다. 떠돌이처럼 산 녀석이 자신보다 뛰어났다는 사실에 뒷맛이 씁쓸했다.

"철없는 시절에 벌인 짓이다. 아버지가 속상해하시길 바랐었거든. 부끄럽게 생각하고 있다."

"하여튼 두 놈 모두 아비들이 사달이로구나. 참, 순어가 틀어졌으니 앞으로 어떻게 되는 것이냐? 이제는 운이 아버지보다 돈후 아버지가 더 세지는 것이냐?"

나란의 물음에 돈후가 답했다.

"그럴 수도 있겠지. 누군가는 순어가 좌초된 일에 대한 책임을 져야 할 테니까. 서경 쪽 인사들이 낙마하고 개경이 힘을 얻으면 스승님과 구안정도 곤란을 겪게 될지 모른다. 그러니 잘 모시고 잘 지켜라. 힘은 없지만 내가 도울 일이 있다면 무엇이든 돕겠다."

이번에는 나란의 낯도 굳었다. 운과 나란은 똑같은 눈빛으로 돈후를 쳐다보았다. 화가 난 것은 아닌 것 같은데 둘 다 입을 떼지 못했다. 운곡이 서경파에게 자금을 대왔음을 아직도 모를 것이라 생각한 것인가. 돈후는 새삼 왜 그러냐는 표정으로 어깨를 으쓱했다.

"이 녀석이 사람 감동시키는 재주도 있네. 옜다, 술이나 먹고 떨어져라."

나란의 말에 잠시간 흘렀던 긴장이 풀어졌다. 나란은 돈후의 술잔을 채웠다. 그러고는 운과 제 잔도 채웠다. 돈후와 나란은 왁자하게 웃으며 술을 마셨다. 운은 굳어진 낯을 천천히 풀더니 진지하게 말했다.

"그렇게 말해주어 고맙다. 진심이다."

돈후와 나란이 눈을 맞추다 동시에 웃음을 터뜨렸다. 도무지 말릴 수 없는 운의 순수…… 술을 마시며 돈후는 생각했다.

운이 고마워할 일은 아니다. 돈후가 산채를 지키는 데 힘을 보태려는 것은 온요 때문이다. 아니, 돈후 자신 때문이다. 반편이지만 온전하게 살아갈 이유를 얻기 위해서다. 그리하여 개경으로 돌아가면 돈후는 힘을 가지기 위해 노력할 것이다. 그 힘으로 온요를 지키고 돈후 자신도 지킬 것이다.

파몽(破夢)

　밤톨 같은 머리가 창호에 어른거렸다. 삼복이 없음을 알고 병이 돈후의 시중을 들고자 왔을 것이다.

　돈후가 들어오라 이르자 병은 냉큼 문지방을 넘었다. 그러고는 전처럼 범절을 갖추어 노래하듯 인사했다. 세숫물을 들일까 묻기에 돈후는 웃으며 냇가에 나가 씻었으니 필요 없다 답했다. 병은 곧 조반을 들이겠다며 머리를 조아렸다.

　"오늘은 나도 지락재에서 조반을 들어볼까?"

　돈후의 말에 병은 함박웃음을 지으며 도리깨처럼 고개를 끄덕였다. 돈후는 병과 함께 오두막을 나섰다. 중정을 향해 내려가며 물었다.

"전부터 궁금했던 게 있다. 네 누이 이름이 갑이라 했지? 그러면 을도 있을 텐데 왜 보이지 않는 것이냐?"

병의 얼굴은 금세 시무룩해졌다.

"을이 누나는 어디 있는지 몰라요. 갑이 누나랑 함께 팔려갔는데 돌아오지 않았어요. 아재들 말씀이…… 죽은 것 같대요."

괜한 것을 물었나 보다. 돈후는 병의 머리를 쓰다듬었다. 혜강이 도망 노비가 된 것은 자식들의 일과 관련이 있을 것이다. 외거가 아니라 솔거였다면 어린 노비 파는 것이야 일상적인 일. 돈이 궁한 귀족 중에는 재물을 만들기 위해 노비를 강제로 회임시키기도 한다. 사실 돈후조차 집안에서 일하는 어린 종들을 사람으로 여긴 적이 없는 것 같다.

불쑥, 돈후의 손안에 작은 손이 들어왔다. 내려다보니 병의 손이다. 노비가 귀족의 몸에 함부로 손대는 것이 얼마나 불경한 일인지 모르는 아이. 하지만 작은 손끝에서 뭉클한 온기가 느껴진다. 돈후는 병의 손을 힘주어 잡고 지락재 안으로 들어갔다.

먼저 자리하고 있던 나란이 요란하게 돈후를 맞았다. 운도 옆에서 손짓했다. 어젯밤 술이 꽤 과했는데 둘 다 쌩쌩하다. 옆에 앉은 인호가 웃으며 자리를 내주었다. 돈후는 그들과 함께 넓은 상을 두고 앉았다. 여럿이 겸상하는 게 어색했지만 거친 밥이 달게 느껴질 만큼 유쾌했다. 시중을 들며 오가는 온요의 치맛자락이 느껴져 좋기도 했다.

조반을 든 뒤 돈후는 지락재를 나와 구안정으로 향했다. 돌아왔음을 고하기 위함이지만 더 중요한 일이 있다. 오늘 운곡과 독대함으로써 그 첫걸음을 뗄 것이다.

구안정 앞에서 문후를 청하자 들어오라는 운곡의 답이 흘러나왔다. 돈후는 심호흡을 한 뒤 방 안으로 들었다. 운곡은 벽에 기댄 채 앉아있었다. 더 수척해진 모습이다. 하지만 눈빛만큼은 깊고 의연하다. 돈후는 공손히 예를 표한 뒤 자리에 앉았다.

"잘 다녀왔느냐? 일은 잘 보았고?"

"스승님 덕분에 어머니께 제주를 올리고 왔습니다. 은혜 잊지 않겠습니다."

"은혜랄 것이 무에 있다고……. 편안해 뵈니 다행이다."

운곡이 인자하게 웃었다. 돈후 마음도 푸근해졌다.

"순어가 무산되었다고 들었습니다. 걱정되지 않으십니까."

"천기가 따르지 않는 것을 어찌겠느냐. 땡초 놈의 운이 딱 그만큼인 게지."

"산채는 어찌하시렵니까."

"북쪽의 변방으로 옮기라 했다. 용문산이라고, 서경 북쪽에 맞춤한 산자락을 찾아놓았다. 허나 사람은 많고 시간은 촉박하니 순조로울지 모르겠구나. 뇌천의 세상이 오거든 네가 잘 살펴주어라."

운곡은 기침을 한 뒤 입에 고인 피를 닦았다. 곧 스러질 몸을 갖고도 유유함을 잃지 않는 운곡. 돈후와 대화를 나눌 때도 매번 폐부를 들여다본 듯 말한다. 지덕 높은 스승들을 여럿 만나보았지만 운곡만큼 특별한 이는 없었다. 세상에 선인(仙人)이 존재한다면 꼭 운곡 같은 모습이리라.

"스승님, 청이 있습니다."

물로 목을 축이는 운곡을 향해 돈후는 준비한 말을 꺼냈다.

"따님과 혼인하고 싶습니다."

운곡이 물 대접을 내리고 쳐다보았다. 돈후는 정중하지만 굳은 눈빛으로 청했다. 혼인을 허락해준다면 자신이 산채를 지키고 돌볼 것이라 약속도 할 것이다. 물끄러미 바라보던 운곡이 입을 열었다.

"내게는 딸이 없다."

"……."

"온요는 딸이 아니라 노비다."

홍두깨로 맞은 듯 뒤통수가 얼얼했다. 온요가 노비라고?

"딸 삼기를 원했으나 온요가 마다했다. 그래서 적어도 호적상으로는 내 노비다."

"그것이 무슨……."

혀가 마비되었는지 말이 나오지 않았다. 등에서 식은땀이 솟고 가슴이 쿵쾅거렸다. 운곡이 시뻘겋게 달아오른 돈후의 얼굴을 보며 말했다.

"너는 아직 온요에 대해 들은 바가 없나 보구나. 온요는 북쪽 국경에서 군관으로 일하던 자의 딸이다. 내가 목숨을 빚진 자이기도 하지. 여진 혈통의 내자를 둔 탓에 핍박을 많이 받았는데, 몹쓸 상관 놈이 어린 온요를 이용해 내자를 탐하는 바람에 칼부림이 벌어졌다. 온요 아비는 반역죄로 참수되었고 어미도 자결했다. 관노비로 묶인 온요를 내가 빼내 거두었다. 아비에게 목숨을 빚졌으니 내가 대신 아비 노릇을 한 것이다."

눈앞이 아득해졌다. 온요가 노비라니, 그것도 반역자의 딸이라니!

멍한 머릿속에 신도의 처분을 의논하던 회합 장면이 그려졌다. 왜 미처 눈치채지 못했을까. 산채 식구라 불리는 자들 모두가 노비 출신이라는 사실을 알면서도 온요만은 아니라 생각했다. 산채 식구들이 온요를 아가씨라 부르지 않았던가. 워낙 족보가 꼬인 곳이니 호칭이야 그럴 수 있다고 해도 품행에서 느껴지던 기품은 결코 꾸민 것이 아니었다. 온요는 개경에서 보았던 어떤 귀족 처자보다 고귀해 보였다.

"그래도 온요를 원하느냐?"

운곡이 물었으나 답하지 못했다. 노비를 배필로 맞겠느냐고? 아무리 반편이 처지라 해도 노비와 혼인할 수는 없다. 노비와 혼인하면 돈후는 물론 돈후가 낳은 자식까지 천인 취급을 받게 된다. 그것이 법보다 무서운 관습이다. 서경에서부터 구안정에 오는 동안 내내 꾸었던 꿈이 사금파리처럼 부서졌다.

돈후는 고개를 저었다. 안 된다. 이대로 접을 수는 없다. 나락의 끝에서 겨우 잡은 끈이 아닌가.

"방법이…… 없는 것입니까? 속량한 뒤 양녀로 입적시키면 되지 않겠습니까?"

운곡은 즉답하지 않고 돈후를 쳐다보았다. 측은해하는 것도 같고 고민하는 것도 같다. 돈후는 간절한 눈빛이 되었다.

"호적에 무엇으로 되어있든 온요는 내 딸이다. 죽기 전에 호적은 정리하려 했다만 그것이 내 원으로만 되겠느냐. 온요도 내 딸이 되길 바라야 가능한 일이지. 그러니 그 답은 온요에게 들어야 할 것이다."

다급하여 묻긴 했으나 양녀로 입적된다 한들 노비였던 온요를 집 안에서 받아줄 리 없다. 돈후는 고개를 떨궜다. 몸에서 기운이 빠져나갔다. 생각할 시간이 필요했다. 물러나려는 돈후를 향해 운곡이 말했다.

"얻고 싶다면 버려라."

이 마당에 선문답이나 하자는 것인가. 원망을 담아 쳐다보자 운곡의 목소리는 더욱 단호해졌다.

"비우지 않고서는 채울 수 없는 법이야. 원한다면 원하는 만큼 버려라. 그래야 얻을 수 있을 것이다. 명심하여라."

돈후는 구안정에서 물러나왔다. 걷는 동안 다리가 허청거려 몇 번이고 멈추었다 걸었다. 겨우 자신의 오두막 쪽마루에 닿아 털썩 주저앉았다.

품에서 베 조각을 꺼냈다. 온요를 처음 만났던 날, 고삐에 베인 상처를 감쌌던 푸른 띠. 돌려주려 했으나 정표처럼 지니고 있던 그녀의 물건. 운명이라 생각했는데 운명이 아니었던가.

중정 건너편에서 아낙들과 아이들의 목소리가 새처럼 날아들었다. 퍽퍽 장작 패는 소리도 날아왔다. 여름을 지나 열기 꺾인 햇볕이 천마산 자락을 다사롭게 감쌌다. 산채는 변함이 없었다. 하지만 돈후의 세상은 이미 달라졌다.

돈후는 생각했다. 온요를 원하는가? 물론이다. 간절히 원한다. 노비일지라도 원하는가? 그것은 모르겠다. 혼란스럽다. 그렇다면 온요를 포기하고 떠날 것인가? 생각만으로도 머릿속에 지진이 일었다. 안 된다. 그럴 수 없다. 이제 온요 없이는 아무것도 할 수 없을 것 같다.

돈후는 푸른 띠를 말아 쥐고 벌떡 일어났다. 그러고는 지락재를 향해 뛰기 시작했다.

온요는 산채 옆 기슭에서 산약을 캤다. 해소 때문에 쇠약해진 운곡을 생각하니 마음이 급했다. 여물지 않은 것이 대부분이라 도로 묻길 여러 번. 이번에는 제법 큰 것을 캐냈다. 뿌리에 묻은 흙을 털어내고 바구니에 넣었다.

너무 오래 쪼그려 앉았던 탓인지 허리가 뻐근했다. 호미를 내려놓고 기지개를 켜려는데 눈앞에 운이 서있었다. 한 손에는 작은 바구니를 들었다.

"다 캤느냐? 얼추 되었으면 그만 가자."

가자고? 어디를? 어리둥절해 쳐다보는데 운이 산약 바구니를 제 바구니 위에 포개어 얹었다. 그러고는 온요의 손을 덥석 잡아 이끌었다. 온요는 얼굴을 붉히며 따라갔다.

운은 성큼성큼 비탈을 걸어 올랐다. 경사가 심해 주춤거리면 더욱 힘주어 이끌고, 발걸음이 느려지면 보폭을 줄여 맞추었다. 온요는 이끌리면서 운의 손을 보았다. 온요의 손을 감싸고도 남을 만큼 큰 손. 투박하지만 단정하고 단단하지만 따뜻한 것이 꼭 제 주인을 닮았다.

"어디로 가는 것입니까?"

"소풍 간다."

웃음이 났다. 잡은 길을 보니 늑대마루로 가고 있다. 산채가 가장 잘 내려다보이는 곳이다. 나란이 우두머리 늑대 흉내를 내며 이름 붙였다. 어린 온요가 어린 운에게 주먹밥을 건넸던 곳이기도 하다. 운이 가져온 작은 바구니에도 주먹밥이 담겼을 것이다.

산자락 중간쯤 오르자 편평한 지대가 나타났다. 늑대마루다. 운이 품에서 베를 꺼내 바닥에 깔고 온요를 보았다. 앉으라는 뜻이다.

온요는 운이 이끄는 대로 베 위에 앉았다. 운이 옆에 앉아 바구니를 덮은 베를 걷어냈다. 꽃잎까지 붙인 주먹밥 두 개가 소담하게 드러났다.

"솜씨는 없지만 직접 만들었다. 아낙들이 이상하게 보는 통에 애좀 먹었지. 서둘러 빚느라 모양은 형편없지만 정성을 봐서 맛있게 먹어라."

내민 주먹밥을 건네받는데 울컥 목이 멨다. 밀어내기만 하느라 자신은 아무것도 해준 것이 없는데 운은 온요만 바라고 있다. 글썽한 눈으로 쳐다보자 운이 빙그레 웃었다.

"고작 주먹밥 한 덩이에 감격한 것이냐? 지난날 네가 챙겨준 것들에 비하면 아무것도 아닌 것을."

운은 손을 뻗어 눈가에 맺힌 눈물을 닦아주었다. 운의 손길을 받으며 온요는 생각했다. 운이 내미는 손을 잡으면 안 될까. 그의 마음을 받아주면 안 될까. 나 같은 미천한 계집에게는 아무래도 지나친 욕심이겠지.

갈등하는 사이, 마주 보던 운의 눈이 깊어졌다. 눈물을 닦아주던 손으로 온요의 뺨을 어루만졌다. 손가락이 입술에 닿자 얼굴도 붉어졌다. 운은 황급히 손을 거두고 고개를 돌렸다. 갑작스런 그의 외면에 분위기가 어색해졌다.

"서경에 갔던 일은 잘 되었느냐? 산채를 지을 인력이 먼저 간다 들었다."

어색함을 털어내려는 듯 운이 물었다. 온요도 재빨리 남은 눈물 자국을 지우며 답했다.

"용문산 일대는 주인 없는 땅이 대부분이지만 변방이라 그런지 생각보다 복잡했어요. 하지만 덕우 아재가 미리 손을 써주신 덕분에 잘 마무리되었어요. 아버지도 그러셨지만 완적 아재도 이전을 서두르자 하시네요. 나랏일이 복잡해져 산채에도 해가 미칠 수 있으니 어쩔 수 없지요. 일단 장정들이 가서 공사를 시작하고 나머지 식구들은 명년 봄에 이전할 거예요."

"어려운 일이었을 텐데 잘해냈구나. 장하다."

운은 생각에 잠긴 듯 입을 다물었다. 온요는 만지작대던 주먹밥을 도로 내려놓았다. 잠시 후 운의 말이 이어졌다.

"산채 살림을 도맡아 하는 너를 보면 내가 철부지처럼 느껴진다. 너도 내가 한가하게 투정이나 일삼는 철부지 도령으로 보이겠지?"

"왜 그런 말을……."

"아니다. 철부지 맞다. 개경에서 아버지를 만났는데 내게 그러시더라. 내가 원하는 길을 가라고. 뜻이 섰다면 집안 생각 말고 최선을 다하라고도 하셨다. 그때 알았다. 아버지는 아버지의 길에서 최선을 다하셨을 뿐이라는 것을. 못난 아들이 저 못난 줄은 모르고 반항만 했으니 내가 철부지인 게 맞다."

"……."

가슴이 뛰기 시작했다. 운은 기어이 산채에 들어올 모양이다. 욕심내면 안 되는데, 그래서는 안 되는데 손을 내밀고 싶다. 내밀어 잡고 싶다.

"나란은 이전한 뒤 따로 상단을 꾸리고 싶어 하더라. 관의 허가를 받기 어려울 테니 완전한 독립은 안 될 테고 광덕에 소속된 애기 상단이라면 가능하겠지. 나도 함께하려고 한다. 대륙을 떠돌아다니며 말을 배우고 그곳 사정도 알게 되었으니 내 몫은 할 수 있을 것이다. 물목 잘 고르고 열심히 발품을 팔면 산채 살림에도 도움이 되리라 생각한다."

온요는 아무 말도 할 수 없다. 운이 하는 모든 말에 반갑다 맞장구칠 수도, 안 된다 말릴 수도 없다. 온요의 침묵이 무겁게 느껴졌는지 운이 목소리를 밝게 바꿨다.

"부담 갖지 마라. 네게 답변을 강요하기 위해 하는 말이 아니다. 아직도 철모르는 도령이 꾸는 꿈이려니 생각해라. 그 정도쯤이야 너그러이 이해해줄 수도 있지 않느냐."

웃으며 이야기하던 운은 흠칫 굳었다. 온요의 눈에 다시 눈물이 맺힌 탓이다. 어쩔 줄 몰라 하는 운을 쳐다보며 온요는 생각했다. 이 사람의 마음은 진심이다. 진심을 다해 다가서는 이를 내가 무엇이라고 마냥 밀어낼 것인가. 온요는 망설이던 입을 열었다.

"제 마음이 궁금하다 했지요? 저는 삼 년 전 불탑에서 만난 뒤로 당신 생각만 했어요. 처음에는 꿈을 꾼 줄 알았어요. 그날 이후 당신을 볼 수 없었으니까요. 그래도 좋았어요. 꿈이었다고 해도 당신 같은 사람이 저를 보아주었으니까요. 하지만 계속 꿈에 빠져 살 수는 없어요. 당신은 고귀한 사람이고 저는 천한 사람이잖아요. 반역자에 오랑캐의 피까지 섞인 제가 어떻게 당신 같은 사람을 욕심내겠어요."

운의 미간이 꿈틀거렸다. 할 말이 있는지 입도 움찔거렸다. 그가 하고픈 말이 무엇인지 안다. 사람을 대할 때 귀천을 가리지 않는 운이다. 모든 것을 버리고 산채에 들어오겠다는 것은 자신의 신분을 버리겠다는 뜻이리라. 하지만 그런 운조차도 모르는 것이 있다.

"제 부모님이 어떻게 돌아가신 줄 아시나요? 저 때문이에요. 어여쁜 노리개를 준다는 말에 홀려 제가 어머니를 불러냈어요. 그날 어머니는 상관에게 능욕당하셨고 아버지는 살인자가 되셨어요. 반역자로 몰려 참수당한 아버지의 시신은 들판에 버려져 흔적 없이 사라졌고, 자결하신 어머니 무덤은 기억조차 나지 않아요. 몇 번이고 죄 많은 목숨을 끊으려 했는데 운곡 아버지가 그러셨어요. 죄지은 만큼 갚으며 살라고. 그래서 글과 의술을 배웠어요. 산채 사람들을 위해 살면서 조금이나마 업을 씻으려고요. 그런데……."

목에서 울음이 올라왔다. 울먹이면서도 온요는 말을 이었다.

"그런 제가 어떻게 당신을 바랄 수 있겠어요? 업을 씻기에도 모자란 생인데 어떻게 연모 따위에 마음을 쏟을 수 있겠어요?"

뜨겁던 운의 눈이 차분하게 식었다. 운은 천천히 손을 뻗었다. 손으로 온요의 머리와 등을 감싼 뒤 당겨 안았다. 온요가 움찔거리자 감싼 팔에 힘을 주며 토닥였다. 결국 온요는 운의 품에 얼굴을 묻고 흐느꼈다. 운이 온요의 등을 쓸며 말했다.

"말해주어 고맙다. 정말 고맙다. 내가 원하는 것은 그저 네 곁에 있는 것이다. 내가 네 곁으로 갈 테니 너는 그대로 있어라. 이제껏 살아온 대로 네가 하고 싶은 것을 하면서 살면 된다. 그러면 된다."

바람이 불었으나 운의 품은 넓고 고요했다. 온요는 마음껏 울었다. 운은 온요가 가슴에 쌓아둔 것들을 쏟아낼 수 있도록 기다려주었다.

흐느낌이 잦아들자, 운이 온요를 안았던 팔을 풀었다. 그러고는 두 손으로 온요의 얼굴을 감싸 쥐었다. 운의 얼굴이 다가왔다. 부드럽고 따뜻한 운의 입술……. 온요는 저도 모르게 눈을 감았다.

걷어찬 상이 꽝 소리를 내며 구석에 처박혔다. 온전한 모습이 남은 부분은 돈후의 발길질에 여지없이 이지러졌다. 밟고 또 밟아 형체조차 남지 않았다.

돈후는 벽에 손을 짚고 거친 숨을 몰아쉬었다. 뜨거운 열기가 온몸을 휘감고 몸속으로 들어와 회오리를 만들었다. 가슴이 터져 산산조각이 날 것 같다. 돈후는 주먹으로 벽을 쳤다. 치고 또 쳤으나 회오리는 사라지지 않았다. 주먹에 상처가 났는지 벽에 피 얼룩이 생겼다.

운곡에게서 들은 온요의 비밀은 충격적이었지만 그래도 포기할 수는 없었다. 온요가 수락한다면 신분을 바꾸어서라도 혼인할 것이었다. 신분 바꾸는 일이 여의치 않다면 첩으로라도 들일 생각이었다. 그래서 찾아다녔다. 중정을 거쳐 지락재로, 텃밭을 거쳐 약초 기슭으로……. 나란에게 온요가 갈 만한 곳을 묻기까지 했다.

그렇게 찾아다니다 보고 말았다. 눈을 의심했지만 온요와 운이었다. 온요가 운의 품에 안겨있었다. 운이 온요를 안고 입을 맞추었다.

"빌어먹을!"

간신히 끈을 잡고 매달렸다고 생각했는데 나락으로 떨어지고 있다. 나락 끝에 진창이 입을 벌린 채 기다리고 있다.

돈후는 몸을 돌려 오두막을 나섰다. 오두막 앞에 나란이 서있었다. 굳은 낯으로 돈후를 보고 있었다. 모든 것을 알고 있다는 눈빛이다. 온요의 행방을 묻는 돈후를 뒤따르다 같은 것을 본 것이리라. 돈후는 제 눈에서 눈물이 나는지도 모른 채 나란을 쏘아보다 지나쳐갔다. 나란이 돈후의 팔을 붙잡았다.

"선택은 온요가 하는 거야."

돈후가 미간을 구기며 돌아보자 나란이 잡은 손에 힘을 주었다. 그러고는 안타까운 표정으로 고개를 흔들었다. 돈후는 나란의 팔을 쳐내고 멱살을 쥔 채 으르렁댔다.

"한마디만 더 하면 죽인다."

피가 끓고 힘줄이 튀었다. 이놈을 죽여버리면 조금이나마 분이 풀릴까. 어금니를 앙다물고 노려보는데 몸속 깊은 곳에서 살기가 치솟았다. 이대로 있다가는 정말 나란을 죽일 수도 있겠다는 생각이 들었다.

돈후는 거친 숨을 삼키고 나란을 밀쳐냈다. 그러고는 비탈을 뛰어내려가 마구간으로 향했다. 주인을 본 적토가 푸르릉 울었다. 우리 문을 열고 고삐를 당겨 적토를 이끌었다.

돈후는 빠른 걸음으로 산채를 빠져나왔다. 무작정 숲길을 걸었다. 나뭇가지가 얼굴을 찔러댔지만 고통이 느껴지지 않았다. 미친 듯이 걷다 보니 산을 벗어났다. 평원이 나타나자마자 적토에 올라 힘껏 배를 걷어찼다. 적토는 앞발을 들고 길게 울더니 솟구쳐 달리기 시작했다.

바람이 훅훅 소리를 내며 지나갔다. 적토가 발을 내딛을 때마다 진흙이 사방으로 튀었다. 돈후는 더욱 힘껏 발길질을 했다. 벽란도로 도망치듯 내달렸던 그날처럼, 적토는 주인을 태우고 바람보다 빨리 달려나갔다.

"으아아아아!"

폐부 안쪽 어딘가에서 피울음이 터져 나왔다. 비명 같은 울부짖음이 말굽 소리와 함께 허공에서 부서졌다. 너른 평원을 반으로 가르던 돈후는 점처럼 작아지다 완전히 사라졌다.

얼마쯤 달렸을까. 평원의 거친 풀은 보이지 않고 작은 초가들이 나타나더니 사위에 놀이 내려앉았다. 돈후의 얼굴을 할퀴던 바람은 잠잠해졌고, 적토는 혀를 빼물고 뜨거운 콧김을 쏟아냈다. 굽혔던 허리를 펴니 눈앞에 선의문이 보였다.

선의문……. 또다시 원점이다.

적토는 타박타박 걸어 선의문을 통과했다. 위숙군 병사가 다가왔지만 돈후를 알아보았는지 검문하지 않고 물러났다. 돈후는 적토에 몸을 맡긴 채 흐느적거렸다. 피를 끓게 만들었던 열기가 빠져나가자 손가락조차 들 힘이 없었다. 결국 적토의 긴 목 위로 엎어졌다. 붉은 갈기가 얼굴을 감쌌다.

적토는 주인의 채근 없이도 꾸역꾸역 앞으로 나아갔다. 흘끔거리며 지나가는 행인들이 보였다. 동냥을 위해 손을 내밀며 다가서던 아이들이 돈후를 보더니 주춤주춤 물러났다. 개경의 중심인 십자가와 남대가를 지나 굽은 골목길을 몇 번 돌더니 커다란 대문이 나타났다.

민가 스무 채를 헐어 본궐 못지않게 지은 아버지의 집. 위세 높은 개경 귀족들과 부유한 상인들이 모두 부러워하지만 정작 돈후는 도망쳐 벗어났던 곳. 결국 이곳으로 돌아왔다.

돈후를 대신해 기척을 내려는지 적토는 연신 푸르릉대며 발을 굴렀다. 잠시 후 덜커덩 소리를 내며 대문이 열렸다.

"도련님!"

삼복은 비명을 지르며 달려와 돈후를 말에서 끌어내렸다. 언제나 돈후를 반겨주는 삼복. 신분은 천해도 돈후에게는 어머니이고 형제이고 동무다. 돈후는 삼복을 향해 씩 웃어 보였다. 삼복이 그 모습을 보고 더욱 기겁했다.

삼복은 돈후를 업으려 했으나 돈후는 삼복을 밀쳐내고 제 발로 걸었다. 대문을 넘고 중정을 지나 제 처소인 별채로 향했다. 종복들이 뛰어나와 웅성대며 돈후를 지켜보았다. 뒤따르던 삼복이 비틀거리는 돈후를 부축했다.

돈후는 방에 들자마자 쓰러지듯 침상에 누웠다. 돈후의 옷을 벗기던 삼복이 우는소리를 했다.

"아이고, 도련님 이게 뭔 일입니까요. 어디서 무슨 일을 당하셨기에 이 고운 얼굴이……."

삼복이 장에서 새 옷을 꺼내왔다. 돈후는 인형처럼 몸을 내맡겼다. 이끄는 대로 팔과 다리를 내밀어 저고리와 고를 꿰었다. 삼복이 굽어보며 말했다.

"잠시만 기다리세요. 얼른 의원을 불러오겠습니다요."

"귀찮게 말고 두어라. 그냥 자련다."

"약물이라도 발라야 흉 지지 않을 터인데……."

삼복이 울상을 짓고 있는데 유씨 부인의 목소리가 들렸다.

"돌아왔으면 문후부터 여쭈어야지. 아버지도 계신데 이 무슨 망동……."

유씨 부인이 문지방을 넘다 돈후를 보고 멈춰 섰다. 몰골이 얼마
나 흉측하기에 저런 반응을 보이실까. 돈후는 손으로 얼굴을 만졌
다. 쓰린 통증이 느껴졌다. 산길을 내려올 때 상처가 생겼나 보다.
돈후는 쿡쿡 웃었다. 유씨 부인은 삼복에게 의원을 부르라 일렀다.
돈후는 방을 나서려는 유씨 부인을 향해 빈정거렸다.

"요즘 제 혼사 때문에 바쁘시다지요? 이번에는 어느 상단 여식입
니까? 홍안의 재물은 드실 만큼 드셨을 테니 이번에는 태상입니
까? 태상이 아니라면 유정입니까? 분부만 하소서. 이 몸이 처자들
홀리는 데는 재주가 있지 않습니까. 아, 상처는 걱정 마십시오. 상
처 좀 있다고 평장사 집안 며느리 자리를 마다하겠습니까?"

유씨 부인은 멈칫 서서 돈후의 말을 듣더니 미간을 세우고 나갔
다. 돈후는 실성한 듯 키득거리며 다시 누웠다. 문밖에서 유씨 부인
의 목소리가 들렸다.

"대감 오셨습니까? 돈후 몸이 미령한 것 같습니다. 문후는 나중
에 받으시지요."

돈후는 웃음을 지웠다. 부식의 헛기침 소리가 들리는가 싶더니
이내 고요해졌다. 다행이다. 아버지에게까지 못난 모습을 보이고
싶지는 않다. 돈후는 낮은 목소리로 삼복에게 일렀다.

"의원은 놔두고 술이나 한 동이 받아오너라."

"예에? 탕약을 드셔도 시원찮은데 술이라니요?"

"이놈이 아직도 주인 말을 그냥 씹어 먹네. 하는 수 없지. 내 직접 주점으로 가는 수밖에."

돈후가 몸을 일으키려 하자 삼복이 질색하며 붙잡았다.

"알겠습니다요. 금방 대령하겠습니다요. 그러니 제발 누워 쉬셔요."

삼복이 방을 나갔다. 돈후는 눈을 감았다. 그러고는 깊은 잠에 빠져들었다.

부식은 사랑채로 난 중문 앞에 섰다. 사랑에서 직문하성* 이중이 기다리고 있다. 상소에 관한 일로 상의차 왔다. 얼른 사랑으로 들어야 하는데 발이 떨어지지 않았다.

부식은 누마루 위에서 돈후의 행색을 보고 깜짝 놀랐다. 그 곱던 아들이 마치 전장에서 막 돌아온 패잔병처럼 상한 모습이었다. 무슨 일이 있었기에 저런 몰골을 하고 돌아온 것인가.

익환이 다가와 고개를 숙인 뒤 낮게 아뢰었다.

"도련님이 서경에 다녀오셨답니다."

---

* 고려 시대 문하성에 소속된 종3품의 낭사 벼슬.

"뭐라?"

부식이 놀라며 몸을 돌렸다.

"운곡 선생의 따님과 함께 엿새 정도 머물다 구안정을 거쳐 오셨답니다. 뒤늦게 따라붙은데다 말을 타고 이동하셔서 일일이 뒤쫓지는 못했으나 대장장이 마을에 들르셨다 합니다. 누구를 만났는지까지는 파악하지 못했다는데…… 대장장이 마을이라면 을지가 아니겠습니까."

저를 위해 덮어두었건만 기어코 상처를 헤집기 시작했구나. 몰골이 상한 것도 그 때문인가. 가여운 녀석……. 그런데 대장장이 마을은 어떻게 찾아냈을까. 그 일을 제대로 아는 사람은 나와 을지밖에 없다. 익환조차 세밀한 사연은 모른다. 설령 눈치를 채고 있다 한들 입 무거운 익환이 돈후에게 일러줬을 리는 없다. 대관절 어떻게…….

머릿속에 섬광이 일었다. 운곡! 운곡이구나. 핏덩이였던 돈후를 데려오던 날, 대장장이 마을에서 운곡과 마주쳤다. 당시에는 출사도 않고 비렁뱅이처럼 떠도는 처지였으므로 괘념치 않았는데 아직까지 기억하고 있었던 것이다.

"돈후는 그렇다 치고, 운곡의 딸은 왜 갔다더냐?"

"그것까지는……. 구안정 사람들이 산에서 나오는 이유는 약재나 식량을 구하기 위함이라 보고받았습니다. 더 자세히 알아볼까요?"

지난번 삼복이 고할 때도 그렇고 운곡의 딸이 거듭 거론되는 게 찜찜하다. 돈후는 계집으로 인해 문제를 일으킨 적이 한 번도 없다.

영민하고 자존심이 강해 쉬 마음을 열지 않기 때문이다. 부식은 아들의 그런 도도함이 만족스러웠다. 산골에 처박혀 사는 시골뜨기 처자에게 마음을 주었을 리는 없으니 단순한 동행이었을까?

"우선은 을지의 소재부터 알아봐라. 단, 은밀히 해라. 을지는 만만한 놈이 아니다."

익환이 고개를 숙인 뒤 물러갔다. 부식은 여전히 중문 앞에 선 채 근심에 빠졌다.

본가 할아범이 무심코 흘린 말이 내자의 귀에 들어가면서 시작된 사달이 점점 커지고 있다. 내자는 투기심은 많아도 도를 넘지 않는 사람이니 걱정하지 않는다. 중요한 것은 돈후다. 돈후의 마음만 붙잡으면 다른 것은 아무래도 상관없다. 지우고 쳐내면 그만이다.

"그래도 제 발로 돌아왔으니……."

부식은 한숨을 쉬며 중얼거렸다. 그러고는 심호흡을 하고 사랑으로 들어갔다.

이중은 벽면을 채운 서책에 정신이 팔렸는지 부식의 기척을 눈치채지 못했다. 탁자 위에 놓인 차는 손도 대지 않은 듯했다. 부식이 문지방을 넘으며 기침하자 그제야 몸을 돌려 예를 표했다. 맞배로 답한 부식이 손을 내밀어 자리를 권했다.

"청해놓고 기다리시게 하여 송구하오."

"장서를 구경하느라 시간 가는 줄을 몰랐습니다. 대단하십니다.

서적소●인들 대감의 장서에 비하겠습니까. 대감의 학식과 문장이 어디서 오는지 오늘에야 확인했습니다그려. 그나저나 뇌천 대감 같은 분이 계신데 미천한 문장으로 중요한 소를 준비하자니 걱정입니다."

이중은 겸양하면서도 곧바로 의제를 꺼냈다. 이중은 껄끄러운 일을 마다하지 않고 매끄럽게 처리해내는 능력 있는 이다. 이자겸이 반란을 일으켰을 때 군사들을 다독여 안정시켰고 서슬 퍼런 금에 사절로도 다녀왔다. 묘청이 서경에 대화궁을 짓자고 했을 때 대놓고 비판했던 몇 안 되는 인사이기도 하다. 특히 마음에 드는 것은 솔직하다는 점이다. 대부분의 개경파 관리들이 입으로는 동의를 말해도 뒤로는 실익을 셈하느라 바쁜데 적어도 술수 따위는 쓰지 않는다. 부식은 식은 잔을 치운 뒤 새 잔에 차를 따르며 미소 지었다.

"눈에 들어오는 게 있으시오? 이 대감께서 보신다면야 기꺼이 선물하고 싶소만."

이중의 낯이 햇살을 받은 듯 환해졌다.

"어이쿠, 말씀만으로도 감사합니다. 하지만 어렵게 구하신 것을 제가 탐낼 수는 없지요."

손을 내저으며 마다했지만 흘끔거리며 보는 것이 있기는 하다. 부식과 눈을 마주친 이중이 겸연쩍어하며 웃었다. 부식은 고개를

● 고려 인종이 학식 높은 신하들로부터 학문을 배우고 토론하던 곳. 많은 책을 비치하여 서적소로 이름 붙였다.

끄덕이며 선물하겠다는 의사를 표시했다. 이중의 입이 일자로 벌어졌다.

"순어는 마무리가 되었으니 이참에 천도의 불씨를 꺼야 하지 않겠소. 그래서 직문하성을 뵙자 한 것이오."

부식의 말에 이중은 충성스러운 눈빛이 되었다.

"부족하나 최선을 다할 것이니 염려하지 마십시오. 상께 간하는 것이야 저 같은 낭사들의 일이 아닙니까. 위로는 간의대부로부터 아래로는 정언에 이르기까지, 얼토당토않은 낭설로부터 개경을 구해낼 것입니다."

이중의 답은 예상했던 대로 시원시원했다. 이제는 좀 더 세밀한 이야기를 해야 한다. 부식은 차를 한 모금 마신 뒤 진지하게, 하지만 고민스럽다는 듯 입을 열었다.

"천도 이야기가 다시는 나오지 못하도록 하려면 어찌해야 하나 고민이 많소. 내 판단으로는 상소를 올릴 때에도 세기보다는 단계가 중요할 것 같소. 묘청만 탄핵하는 데 그쳐서는 안 되겠는데……."

이중은 씩 웃으며 답했다.

"역할을 나눌 사람들과 입을 맞추어두었습니다. 제가 묘청을 맡을 것이고 임완이 시폐를 통론할 것입니다."

"임완이라면 송에서 고려로 귀화한……."

"맞습니다. 고려인보다 더 고려인 같은 사람이지요. 수창궁의 서적소에서 일할 때부터 상의 신임이 두터웠습니다. 그가 시폐를 간

쟁하는 소를 올릴 것입니다. 서경파의 행태를 조목조목 탄핵할 것이니 기대하셔도 좋습니다. 그렇게 물꼬를 튼 다음 여럿이 합세할 것입니다. 특히 임완은 상께서 천재지변에 대해 자문을 구하셨을 때 아름다운 장문의 소를 올려 영웅이 되었으니 젊은이들에게도 미치는 영향이 클 것입니다. 뇌천 대감께서는 화룡점정, 용의 눈만 찍어주시면 될 것입니다."

부식은 만족스럽게 웃었다. 자신이 해야 할 말을 모두 이중이 했다. 궐에서 만나 한 마디 던졌을 뿐인데 이렇듯 치밀하게 준비해 왔다는 것은 자신의 손을 잡아달라는 뜻이겠지. 사실 임완은 부식이 송과 교감하는 창구 역할을 해온 인사라 이미 입을 맞춰놓았지만 티 내지 않았다. 이중의 빈 잔을 채우며 부식이 말했다.

"직문하성의 혜안에 감탄할 뿐이오. 아무쪼록 부족한 저를 잘 이끌어주시구려."

"어이쿠, 겸양이 지나치십니다. 정성을 다할 것이니 지켜봐주시지요."

이중은 부식이 건네는 공치사에 한껏 고무되어 돌아갔다. 부식은 이중이 떠난 뒤 익환에게 일러 선물을 보냈다. 그런 다음 사랑에 홀로 앉아 술을 마셨다.

이제부터는 몰아붙일 일만 남았다. 순어에 오를 때만 해도 불안했는데 천기의 도움으로 기회를 얻었다. 서두르지도 늦추지도 않을 것이다. 다시는 되돌릴 수 없도록 쐐기를 박을 것이다. 임금도 더 이상 개경과 서경 사이에서 줄타기를 해서는 안 된다. 도성을 옮기지 않겠다고 어지(御旨)로 밝히고 친히 서경의 수족을 잘라야 할 것이다.

다음 일은 변란에 대비하는 것이다. 묘청은 용춤 추는 떠버리일 뿐, 세력은 조광이 가지고 있다. 만약 임금이 천도 불가를 공표하면 가만히 있을 조광이 아니다. 부철이 군부의 일을 맡았으니 잘해낼 것이다. 만에 하나 변란이 일어난다면 만만치 않을 것이나 임금이 개경에 있는 한 두려울 것은 없다.

문제는 돈후 녀석이다. 위태로운 시기일수록 기회가 열리는 법이거늘, 눈앞의 기회를 잡을 생각은 않고 스스로 수렁에 빠져들고 있다. 어찌해야 하나. 혼인이라도 시키면 마음을 잡으려나. 그러고 보니 혼기가 지나도 너무 지났다. 가뜩이나 늦게 본 장자인데 손자 재롱 보기가 이리 늦어질 줄은 몰랐다. 고려 최고의 가문과 연을 맺어주려 고심한 탓도 있지만 내자의 살림 때문에 더 늦어졌다. 웬만한 계집은 성에 차지 않을 텐데 어떤 상대를 골라줘야 하나…….

부식의 한숨이 깊어졌다. 사랑 주변에 내려앉은 어둠도 점점 깊어졌다.

미망(未忘)

거미줄처럼 이어진 시전의 뒷골목. 날이 저물어 문 닫힌 점방 사이로 이따금 비틀거리는 취객들이 지나쳐갔다. 나란은 붉은 등이 내걸린 대문 앞에 섰다. 활짝 열린 대문 사이로 기둥에 새긴 글자가 보였다.

주청루(酒青樓).

고약하기 짝이 없다. 이미 세간에서는 창기들 사는 곳을 청루라 부른다. 그럼에도 이름까지 청루라 짓고 자랑스러운 양 새겨놓기까지 했다. 나란은 몹쓸 것을 뱉어내듯 혀를 찼다. 아무리 지낼 곳이 마땅치 않아도 그렇지, 청루를 집 삼아 지낸다니 어리석고 모자란 짓이다. 돈후 이 녀석, 허우대만 멀쩡했지 어린아이처럼 약해빠졌다.

돈후가 화를 이기지 못해 집기를 박살내고 산채를 떠난 지 벌써 석 달이 흘렀다. 의아해하는 산채 사람들에게는 자신과 벌인 싸움질 때문이라고 둘러댔다. 상단 일을 핑계 삼아 개경에 나와 수소문해 보니 관직에 복귀했다고 했다. 방귀 꽤나 뀌는 집안 자제가 아니면 엄두도 못 낸다는 내시부. 뭐 하는 곳인지 정확히는 모르지만 임금을 지근거리에서 모시는 요직이라고 했다.

영전한 것이라면 돈후에게도 이로운 일일 것이라 여겼다. 온요일로 자존심은 상했겠으나 곧 회복되려니 했다. 그러다 얼마 전 칠현루에서 괴상한 소문을 들었다. 김부식의 아들이 창기들 틈에서 기거한다는 것이다. 칠현루 기생들은 돈후가 다른 창기들과 함께 지낸다는 사실에 분개했다.

나란은 길게 한숨을 쉬었다. 찾아오긴 했으나 마주하면 뭐라 해야 할지 모르겠다. 어쭙잖은 충고도, 낯간지러운 위로도 적성에 맞지 않는다. 다시금 한숨이 나왔다.

"아이고, 나란 도련님 아니십니까요?"

열린 대문 안쪽에서 삼복이 반색하며 뛰어나왔다. 나란도 내심 반가웠으나 퉁명스레 되받았다.

"이놈아, 그놈의 도련님 소리는 하지 말라 했지! 낯간지럽게 도련님은 무슨……"

"도련님을 도련님이라 부르지 뭐라 부릅니까요. 객쩍은 소릴랑

여전하십니다요. 그나저나 산채 분들 모두 무고하시지요? 궁금해
도 가볼 수 없는 처지라 애태웠는데 반갑고 또 반갑습니다요."

삼복은 하늘처럼 받드는 주인 따라 청루에서 지내는 모양이다.
나란은 삼복의 수다를 들으며 청루 안쪽으로 들어섰다. 객인가 싶
어 따라붙는 창기들을 떨쳐내고 중문을 넘자 아담한 집이 나타났
다. 방사를 위해 쪽방을 이어붙인 본채와 달리 제법 운치가 있는 곳
이다. 기생 서넛이 마루 위에서 방 안쪽을 기웃거리다 나란을 보고
호기심 어린 표정을 지었다.

"백날 기웃거려도 소용없소. 귀한 손도 오셨으니 썩 물러가시오."

삼복이 귀찮은 파리를 쫓아내듯 휘휘 손을 내저으며 소리쳤다.
그러고는 나란에게 다가와 귀엣말을 했다.

"우리 도련님 눈길이라도 한 번 받아보려고 저리 안달이 뭡니
까요. 도련님께서 청루에서 지내시면서도 창기들 속곳 한 번 들추
지 않으시니 저들끼리 이슬을 먼저 받아보겠다 내기를 하고 있습
니다요."

색이 줄줄 흐르는 눈빛을 보니 기분이 더러워졌다. 나란은 미간
을 세우고 그들을 노려보았다. 사나운 기세에 눌린 탓인지 기생들
은 주춤주춤 물러났다. 흘겨보던 삼복이 다시금 속삭였다. 간절한
목소리다.

"오신 김에 제발 우리 도련님 좀 타일러주세요. 제 평생 저런 모
습은 처음입니다요. 낮에는 멀쩡히 궐에 나가 일을 보시는데 밤만

되면 이곳에서……."

삼복은 말을 잇지 못했다. 이곳에서 뭐, 괴상한 짓이라도 한다는 말인가.

"다른 것은 아무래도 좋습니다요. 잠을 못 주무시고 술만 드시니 그것이 제일 큰 걱정입니다요. 이미 산 사람 몰골이 아니신데 저러다 큰일 나지 싶습니다요."

"시끄럽다! 내가 저 녀석 젖어미라도 되는 줄 아느냐?"

버럭, 소리는 질렀으나 은근히 걱정스러운 마음이 든다. 나란은 소매를 걷으며 마루로 올라섰다. 흠씬 두들겨주면 정신이라도 차리겠지. 일부러 소리 나게 문을 열어젖혔다. 하지만 방 안으로 들어서지는 못했다.

정체를 알 수 없는 연기가 자욱했다. 곧이어 달큼하면서도 메스꺼운 향이 콧속으로 밀려들었다. 수면이나 정사를 위해 쓰는 몽혼향이다. 부연 연기 사이로 벌거벗은 남녀가 엉켜있었다. 그들 너머로 커다란 주안상을 마주한 채 술을 마시고 있는 돈후가 보였다. 반라의 기생 둘이 돈후에게 거머리처럼 붙어 유혹하고 있었다. 욕지기가 올라왔다.

"천하에 다시없을 잡것들 같으니, 썩 꺼지지 못해?"

나란이 우당탕 발길질을 하자 기생들과 사내가 옷을 추스를 새도 없이 도망쳐 물러났다. 난데없는 소란에 돈후가 고개를 들었다.

"오호라, 누군가 했더니 구안정의 오랑캐 도령이로구나. 잘 왔다.

너도 한번 놀아보려느냐?"

돈후는 몽롱한 눈빛으로 히죽거렸다. 흘러내린 침의 자락 사이로 마른 몸이 드러났다. 본디 우람하지는 않아도 제법 사내다운 녀석이었는데 석 달 새 바싹 야위었다. 주먹 한 방이면 아예 산산조각이 날 것 같다. 계집이나 입을 법한 값비싼 비단옷을 걸치고 앉은 모습에서는 기괴한 아름다움이 느껴졌다. 저러니 기생들이 환장하여 달려들지. 불끈 쥐었던 주먹에서 힘이 빠져나갔다.

나란은 설레설레 머리를 흔들며 창을 열어젖혔다. 연신 몽혼향을 토해내던 화로에는 급한 대로 술을 부어 불씨를 껐다. 오래지 않아 방 안 공기가 바뀌었다. 늦가을의 쌀쌀한 바람이 밀려들었지만 돈후는 옷깃조차 여미지 않았다. 얼추 환기가 끝나자 나란은 문을 닫고 주안상 앞에 앉았다.

"이게 뭐 하는 짓거리냐? 개방귀 같은 놈인 줄은 알았다만 이제 보니 개방귀보다도 못하구나."

나란의 말이 끝나자마자 돈후는 키득키득 웃었다.

"너 모르는구나? 이쯤은 해야 개경 귀족 소리를 듣는다. 하긴, 깡촌에 엎어져 사는 오랑캐 따위가 귀족들 하는 놀이를 어찌 알겠느냐. 아니, 아니다. 명색이 고려를 쥐락펴락하는 평장사의 장자인데 이쯤밖에 못하고 있으니 못난 게 맞다. 그러니 이참에 더 크게 벌려볼까? 요즘엔 난교가 유행이라더라. 어떠냐? 제법 노는 재미가 있다던데 너도 끼워주랴?"

나란의 상이 구겨졌다. 헛소리까지 해대는 것을 보니 미친 것이 틀림없다. 괜스레 울적한 기분이 들었다. 어쩌면 돈후가 자신보다 솔직한 것인지도 모른다. 나란은 빈 잔에 술을 채워 벌컥 들이켰다. 독한 곡주가 목구멍을 긁으며 넘어갔다. 나란은 술잔을 쾅 내려놓고 소리를 질렀다.

"꼴이 그게 뭐냐? 집은 왜 나왔어? 심복이 그러더라. 잠도 안 자고 술만 마신다고. 말라 죽으려고 작정했냐? 죽으려면 화끈하게 죽든지, 고작 술이나 퍼마시고 죽어지겠냐? 차라리 내가 목을 따주랴?"

의도치 않은 말이 꼬리를 물고 튀어나왔다. 내뱉고 나자 낯이 뜨거워졌다. 오랑캐라 조롱받으며 사는 자신이 김부식의 아들놈을 걱정하고 있다니 지나던 개가 웃을 일이다.

"좋지 않으냐? 보이는 게 모두 꽃이요 술이다. 이리 즐거운데 집에 비하겠느냐, 산채에 비하겠느냐?"

돈후는 귀신 흐느끼듯 웃어댔다. 지켜보던 나란의 낯에 그늘이 졌다. 생각했던 것보다 상처가 큰 것 같다. 제 몸을 학대해 고통을 잊으려는 못난 녀석! 나란은 거푸 술을 들이켰다. 그러고는 망설이던 입을 열었다.

"온요는…… 내게도 계집이었다."

술잔을 집으려던 돈후의 손이 공중에서 멎었다.

"너는 온요에 대해 잘 모른다. 상처가 깊은 아이야. 상처를 잊기 위해 출가한 중처럼 살아왔다. 저보다는 남을 위해 살아야 마음 편해한다. 너, 산채를 누가 만든 줄 아냐? 산채는 영감탱이가 만든 게 아니다. 어린 온요가 산으로 숨어든 도망 노비들에게 몰래 밥덩이를 가져다주면서 시작되었지. 온요가 지금의 산채 식구들을 거두었고, 법도를 만들었고, 살림도 해왔다. 앞으로도 제가 가진 모든 것을 산채에 쏟아부으며 살 거야. 그런 온요가 누군가를 연모한다면, 연모로 인해 조금이나마 행복해진다면 나는 지켜줄 것이다. 기꺼이 오라비로 살 것이다. 그러니 너도 잊어라. 네가 온요를 진정으로 연모한다면 운에게……."

돈후가 술잔을 집어 던졌다. 술잔은 나란의 뺨을 스친 뒤 벽에 부딪혀 산산조각이 났다. 돈후의 눈이 시뻘건 화덕처럼 타올랐다. 허깨비처럼 망가졌어도 내뿜는 기세는 범 같다. 찌를 듯한 돈후의 눈길을 받고 있자니 나란의 등골에 서늘한 한기가 일었다.

돈후를 찾아온 것은 걱정스러워서였다. 동병상련의 마음도 있었다. 하지만 그것이 전부는 아니었다. 만의 하나라도 돈후가 온요 문제로 앙심을 품고 산채에 보복할까 저어되었다. 인성은 좋다 해도 김부식의 아들임이 변하지는 않을 터. 이전이 완료되기 전에 산채에 해를 끼치고자 한다면 막을 방법을 찾아야 했다. 설령 그것이 나란의 손으로 돈후의 목숨을 거두는 일이 될지라도…….

돈후는 다시 웃기 시작했다. 술병을 들어 꿀꺽 마신 뒤에는 주안상 위에 엎어지며 박장대소했다. 상이 절로 구겨졌다. 아무래도 돈후는 정신이 황폐해진 것 같다. 정상적인 대화를 나누기 어렵다. 본래 진지한 대화를 싫어하는 나란이었지만 실성한 듯 구는 돈후를 보자 가슴이 쓰렸다.

운곡의 당부도 떠올랐다. 무엇이든 억지로 바꾸려고 하지 말라고. 어쩌면 영감탱이의 말이 맞을지도 모르겠다. 돈후의 심중에 무엇이 있는지는 모르지만 문제가 생긴다면 그때 가서 대처하는 수밖에……. 안타까운 눈빛으로 돈후를 바라보던 나란은 자리를 털고 일어섰다.

"그래서 너는 잊었느냐?"

방을 나서려던 나란은 우뚝 멈춰 섰다. 돈후의 물음이 살처럼 느껴졌다.

온요를 잊었느냐고? 산채에서 눈을 뜨면 매일 보는 얼굴인데 어찌 잊을 수 있으랴. 그저 누이로 보기 위해 노력하고 있을 뿐. 나란이 온요를 위해 할 수 있는 일이란 그것밖에 없다.

답하지 못한 채 서있던 나란은 천천히 몸을 돌려 돈후를 보았다. 어느새 반듯하게 앉은 돈후가 빈 잔을 채우며 말했다.

"이전을 하려거든 서둘러라. 천도 분쟁이 진정되었다 믿는 사람이 대부분이지만 내가 보기에는 그렇지 않다. 서경의 세가 만만치 않으니 어떤 식으로든 결국 피를 보게 될 거야. 누가 이기든 운곡 스승님이나 산채에는 이롭지 못할 것이다. 애먼 불길이 번지기 전에 네가 아끼는 것들을 지켜라. 이것이 내가 주는 마지막 충고다."

❖　　❖　　❖

　설거지를 마친 온요는 지락재를 나섰다. 부쩍 쌀쌀해진 기온에
몸이 절로 움츠러들었다. 화덕 앞에서는 신도댁이 엎드려 부채질
을 하고 있었다. 운곡의 약을 달이는 중이다. 신도가 떠난 뒤 말문
을 닫은 그녀는 병자들의 간병에만 몰두했다. 이전이 시작되면서
아픈 유생 대부분이 집으로 돌아가자 운곡의 병수발을 도맡아 하
겠다고 고집을 부렸다. 지아비 잃은 아픔을 잊으려는 몸부림일 것
이다.

　새로운 산채를 짓기 위해 장정 여럿과 가족들이 떠난 이후 산채
는 텅 빈 듯 고요했다. 나란과 운마저 상단 일로 산채를 비울 때면
적막감이 더했다. 이제 산채 식구라고는 남은 유생과 아이들을 포
함해도 스물 남짓. 이들과 함께 보내는 올겨울이 천마산 생활의 마
지막이 될 것이다.

　구안정을 향해 타박타박 비탈을 오르던 온요의 시야에 윗채의 빈
오두막이 들어왔다. 지난여름 한 달여를 지내다 떠난 돈후가 떠올
랐다. 온요는 걸음을 멈추고 돈후의 오두막을 바라보았다.

　그는 왜 아무런 말도 없이 사라졌을까. 나란은 돈후가 저와 다툰
일로 삐쳐서 갔다 했지만 그것이 진짜 이유는 아닐 것이다. 겉으로
는 한량처럼 굴어도 반듯하고 따뜻한 사람이었다. 어머니를 그리

며 눈물 흘리던 모습을 생각하면 아직도 가슴이 먹먹하다. 어디에
서 지내든 아픔이 치유되었으면 좋겠다. 그래서 조금이나마 평안
했으면 좋겠다.

"무엇을 그리 보느냐?"

돌아보니 운이다. 상단 일로 여러 날 걸린다 했는데 벌써 돌아왔
다. 반가움에 입꼬리가 절로 올라갔다. 늠름한 모습으로 장군처럼
서있으니 휑뎅그렁했던 산채가 꽉 찬 것 같다. 하지만 운은 온요의
눈길이 미쳤던 곳을 흘긋 쳐다보고는 낯을 굳혔다.

"내가 아니라 다른 사내를 걱정하고 있었구나?"

온요는 화들짝 놀랐다. 운이 돈후를 다른 사내라 하니 당황스럽
다. 온요가 어쩔 줄 몰라 하자 운은 빙그레 웃었다. 농이었나 보다.

"걱정 마라. 돈후는 잘 지낼 것이다. 내시부로 영전하여 궐에 들
었다 하지 않더냐. 명석하고 어진 성품을 가졌으니 장차 나라에 이
로운 관리가 될 것이다."

온요는 고개를 끄덕였다. 그럴 것이다. 출생의 사연으로 그늘지
긴 했으나 그로 인해 더 인간다운 사람이었으니.

"산채에 사내들이 없어 걱정이구나. 겨울날 땔감 마련하는 일도 만
만치 않겠다. 나란과 내가 상단 일을 잠시 쉬어야 하나 고민 중이다."

구안정을 향해 걸으며 운이 말했다. 온요는 고개를 저었다.

"괜찮아요. 아재들이 떠나기 전에 이미 넉넉히 마련해두신 걸요.
혜강 아재와 인호 공자님이 애쓰고 계시니 큰 어려움은 없어요. 그

래도 모자라면 저와 아주머니들이 하면 되지요. 이래 봬도 몸 쓰는 일이라면 뭐든 잘해요. 그러니 도련님은 나란과 함께 새 상단 준비하는 일에 매진하셔도 돼요."

"나는 일각이라도 더 네 곁에 있고 싶어 안달인데 너는 그렇지 않은가 보구나."

온요는 걸음을 멈추고 운을 쳐다보았다. 운은 웃으며 온요의 이마를 콩 쥐어박았다.

"한 마디도 그냥 넘기지를 못하네."

운은 온요의 손을 덥석 잡고 걸음을 옮겼다. 산채 식구들이 줄었다고는 해도 저물지 않은 한낮에 손을 잡히니 부끄럽다. 온요가 당황하여 손을 꼼지락거리자 운이 일렀다.

"손을 거두면 아예 안고 갈 테니 그리 알아라."

온요의 뺨이 다시 달아올랐다. 늑대마루에서의 일이 떠올랐다. 운의 입술을 느꼈던 그날, 당황해 떠는 온요의 모습이 안쓰러웠는지 운은 금세 물러났다. 흔들리는 눈빛으로 바라보며 온요의 뺨을 어루만지더니 따뜻하게 웃기만 했다. 그랬던 운이 오늘은 달라 보인다. 거침없는 그의 말에 가슴이 두방망이질을 했다.

"뭐 하는 짓이냐?"

구안정 쪽마루에 걸터앉은 나란이 퉁명스레 내뱉었다. 온요는 나란을 보고 깜짝 놀라 손을 뺐다. 나란은 온요를 보며 심술궂은 표정을 짓더니 운을 향해 쏘아붙였다.

"겨우살이 준비하러 가자 들들 볶더니, 결국 염불이 아니라 잿밥 때문이었구나?"

운은 머쓱하게 웃었다. 온요만 어찌할 바를 몰라 허둥거리는데 구안정 안쪽에서 운곡의 목소리가 들렸다.

"왔으면 들어들 오너라."

온요와 운, 나란은 구안정으로 들었다. 운곡은 구부정하게 앉아 서책을 읽고 있었다. 나란이 그 모습을 보자마자 소리쳤다.

"죽을 날 받아놓고 과거라도 볼 거요? 눈도 안 뵈는 영감탱이가 서책은 왜 들여다보고 있소? 몸이 성치 않으면 잠자코 누워 지내기라도 하든지!"

나란은 서책과 상을 번쩍 들어 구석으로 치워버렸다. 온요는 나란의 버릇없는 행동이 면구스러웠지만 수긍하는 눈빛으로 운곡을 보았다. 운곡은 엷은 미소를 지었다.

"필사한 책이 쌓였기에 살펴보았더니 온요가 아니라 운의 솜씨더구나. 제 아비를 닮아 서체가 유려하니 잠시 감상하고 있었다."

온요는 놀라 운을 보았다. 쑥스럽다는 듯 운이 찡그려 웃었다. 운곡의 병구완을 하느라 필사가 밀려 밤을 낮 삼고 있던 참이다. 운이 필사를 했다면 개경 나가기 전이었을 텐데 왜 미처 몰랐을까. 그의 배려에 가슴이 뜨끈해진다.

"개경 사정은 어떠하더냐?"

운곡이 묻자 운이 답했다.

"임금께서 천도 불가를 천명하셨습니다. 중신 일부와 유생 여럿이 천도를 주장한 이들을 탄핵하여 공론 중이라 합니다. 서경의 몇몇 어른들은 고초를 겪으실 것 같습니다. 장비 행수는 그쯤에서 마무리되길 기대하고 계십니다."

운곡은 고개를 끄덕였다.

"네 아비가 걱정이구나."

"아버지는 걱정 말라 하셨습니다. 임금께 따로 옥음(玉音)을 받으신 것 같습니다. 설령 탄핵이 되신다 한들 배움의 기회로 삼겠다 하셨습니다."

잠시 침묵이 흘렀다. 언제나 그랬듯 운곡의 심중은 표정만으로는 헤아리기 어려웠고, 나란도 처음 기세와는 달리 말이 없었다.

온요는 나랏일 때문에 안위를 걱정해야 하는 산채의 처지가 답답해졌다. 세상으로부터 도망쳤으나 여전히 세상에서 불어오는 바람을 고스란히 맞아야 한다니 억울한 마음도 든다. 누구든 쳐다보지 않으면 없는 이들처럼 숨죽여 살 것인데 왜 이토록 가슴 졸여야 하는가.

"북쪽 산채는 순조롭다 하니 걱정하지 마십시오. 저와 나란이 곧 서경에 가서 지원할 것입니다. 스승님께서는 몸을 보중하십시오."

"운이 너는 더 이상 산채의 일에 간여하지 마라."

운곡의 말에 운이 놀라 낯을 굳혔다. 온요와 나란도 놀라긴 마찬가지였다.

"어인······ 말씀이십니까?"

운의 목소리에 떨림이 배었다. 온요도 가슴이 뛰었다. 무슨 까닭으로 저리 말씀하시는가. 운이 산채에 들어오는 것을 허락한 것이 아니었나.

"이제 너는 산채를 나가거라. 나가서 네 아비를 살펴라. 산채는 온요와 나란만으로 충분하다."

"하지만 스승님!"

운이 항변하고자 했지만 운곡은 야박스레 시선을 옮겨 나란에게 물었다.

"돈후는 어찌 지내더냐?"

갑작스런 질문에 나란은 말문이 막혔는지 눈동자만 데굴데굴 굴렸다. 고개 숙인 운의 눈치를 살피는 것 같다. 운곡이 거듭 답을 재촉하자 나란은 떨떠름하니 답했다.

"뭐, 그냥저냥 지내더이다. 잘난 집안에서 자란 놈이니 별일이야 있겠소? 권력에, 재물에, 없는 게 없는 놈 아니오. 앞으로도 그렇게 잘······ 살겠지요."

나란이 돈후를 만나고 왔다는 뜻인가. 내색하지 않아 몰랐다. 눈치를 보던 나란이 흘긋 온요를 돌아보았다. 무슨 뜻이냐 눈으로 물었으나 나란은 고개를 돌려 시선을 피했다. 아무래도 온요가 모르는 사연이 있는 것 같다. 온요는 나란의 팔을 쿡쿡 찔렀다. 하지만 나란은 기척하지 않았다.

"이제 그만 나가들 보아라."

운곡이 자리에 누웠다. 이부자리를 살피려는 손길도 마다해 머쓱해진 온요는 엉거주춤 일어섰다. 나란이 먼저 문을 열고 나갔고 온요가 미적거리며 뒤따랐다. 운은 움직이지 않은 채 앉아있었다. 운곡의 갑작스러운 하명에 못다 한 항변을 하려는 것 같다.

온요는 혼란스러웠다. 운곡은 왜 갑자기 운에게 산채를 나가라 명한 것일까? 나란은 왜 돈후 만난 일을 내색하지 않은 걸까? 온요는 도망치듯 앞서려는 나란을 붙잡았다.

"돈후 공자님은 왜 만난 거야? 무슨 일이 있었던 거야? 내게 숨길 이유라도 있어?"

"숨기긴 누가 숨겼다고 그래? 사내놈이 싸움질 좀 했다고 삐친 것 같기에 풀어주려 간 거지."

"거짓말하지 마. 내가 너를 몰라? 그리고 아버지는 운 도련님에게 왜 그러시는 거야?"

"영감탱이 음흉한 뜻을 낸들 아냐? 정히 궁금하면 네가 직접 물어보든지!"

나란은 버럭 화를 내곤 달아났다. 분명히 곡절이 있다. 돈후의 사연도 그렇지만 운을 싸리말 태우듯 야박하게 내치려는 것은 더더욱 이해하기 어렵다. 운이 산채에 들어와 사는 것을 허락했다기에 자신도 그의 구애를 받아들이기로 마음먹은 것이다. 그런데 이제 와서 산채를 나가라니…….

된새바람이 산채를 휩쓸고 지나갔다. 바람이 지나간 뒤 적막한 산채는 더욱 쓸쓸하게 가라앉았다. 온요는 구안정 앞에 서서 굳게 닫힌 문을 하염없이 바라보았다.

❖ ❖ ❖

천마산 초입에 이르러 해월은 말에서 내렸다. 덕우가 다가와 거들었다. 짐아비들이 등에 메었던 짐을 부렸다. 귀한 쌀과 약재 등속을 싼 자루와 보따리들이 말 등 위에 둥그런 산을 이루었다. 이제 짐아비들은 개경으로 돌아가고 해월과 덕우, 그리고 해월의 몸종만이 산길을 걸어 구안정으로 갈 것이다.

해월은 앞서 걸으며 산을 휘둘러보았다. 숲은 벌써 외피를 벗고 황량해졌다. 지다 만 이파리들은 말라붙은 개짐처럼 나무에 붙어 있었다. 빈 팔을 벌려 선 나무들이 마치 해월 자신을 보는 듯 처량했다. 진즉에 올 것을 잘못했다. 단풍 화려한 계절에 왔다면 조금은 더 곱게 보였을지도 모를 일이다.

"자네는 산채에 꽤 오랜만이지?"

말을 이끌며 뒤따라오던 덕우가 물었다.

"이태 만입니다. 스승님께서 저를 보고 어여쁘다 소리 한 번 하지

않으셔서 삐쳐 나온 뒤 찾아뵙지 않았습니다. 배알 없는 기생년이
지만 그래도 버틴 보람이 있네요. 스승님께서 먼저 보자 하셨으니
이번에는 제가 이긴 것이 아니겠습니까."

해월의 거침없는 답에 덕우가 껄껄 소리 내어 웃었다.

농처럼 들렸겠으나 농이 아니었다. 이태 전 해월은 구안정에서
운곡의 여생을 자신에게 달라 청했다. 수십 년 뜨겁게 앓았으니 그
만한 자격이 있다 강변했지만 운곡은 차갑게 내치며 거절했다. 야
속한 마음에 울며 내려와 다시는 그리워하지 않겠다 마음먹었다.
하지만 결심은 사흘도 못 갔다. 내내 불러주기만을 고대하며 눈물
로 살았다. 그러다 며칠 전 산채에 다녀가라는 전언을 받았다. 초야
를 앞둔 새색시처럼 들뜬 마음에 밤잠까지 설쳤다.

"전에 알아본다던 일은 어찌 되었는가?"

"아직은 딱히 말씀드릴 게 없습니다만 얻어질 것이 있을 듯도 합
니다. 기다려 보시지요."

덕우는 김부식의 장자가 산채에 머물다 간 일로 걱정이 컸다. 해
월 역시 예사롭지 않은 일이다 싶어 알아보던 중에 뜻밖의 대어를
낚았다. 부식이 그리도 자랑스러워하는 장자 돈후는 반쪽 혈통임
이 분명했다. 하지만 의심만으로는 비수로 활용할 수 없었다. 그래
서 기방의 모든 인연을 동원해 부식의 과거를 캤다. 오래된 일이라
흔적 찾기가 쉽지 않았으나 다행히 부식을 기억하는 늙은 퇴기를
찾아냈다. 해주에서 작은 주점을 하고 있다니 이왕 길 떠난 참에 들

러 직접 만나볼 생각이다.

"오셨습니까? 먼 길 오시느라 고단하셨지요?"

혜강이 마중을 나왔다. 다리를 절뚝이며 걸어와 반갑게 인사했다.

"사람하고는…… 불편한 다리로 예까지 뭐 하러 나왔나?"

덕우가 타박했지만 혜강은 특유의 푸근한 웃음을 지으며 연신 조아렸다. 산채의 궂은일을 도맡아 하는 수노(首奴)답게 의젓한 모습이었다.

산채 입구에 이르니 식구 모두가 나와 기다리고 있었다. 온요는 보자마자 달려와 해월을 감싸 안으며 반겼고, 나란은 걸진 인사말을 건넸다. 언제 보아도 든든한 아이들이다. 온요와 나란이 운곡 곁에 있어 얼마나 다행인지 모른다.

무리 뒤로는 정지상의 아들인 운도 보였다. 어릴 때는 그저 과묵하고 똑똑한 소년으로만 보였는데 수년 새 무관처럼 늠름해졌다. 여느 귀족 자제들처럼 개경에서 지냈다면 처자들 사이에 인기가 높았을 것이다. 그런데 웬일인지 운의 낯빛이 어두워 보였다.

"아버지께서 기다리고 계셔요."

산채 식구들과의 인사가 끝나자 온요가 손을 잡아 이끌었다. 덕우는 혜강과 함께 가져온 짐을 부리러 갔고 해월은 온요에게 이끌려 구안정으로 향했다.

"저…… 아버지 뵈오시거든 놀라지 마셔요. 전보다 많이 나빠지셨어요."

316

온요는 주저하며 말했다. 해월이 쳐다보자 낯이 더욱 어두워졌다. 불길했다. 해월은 구안정 문 앞에 멈춰 섰다. 온요가 해월이 왔음을 고했다. 들어오라는 쇠잔한 목소리가 흘러나왔다.

선뜻 발을 떼지 못한 채 주저하던 해월은 크게 숨을 삼킨 뒤 구안정에 들어섰다. 하지만 문지방을 넘기도 전에 붙박여 서고 말았다. 날이 저물지 않았음에도 어두컴컴한 방 안에는 죽음의 기운이 가득했다. 간신히 벽에 기대앉은 운곡은 불과 이태 만에 허깨비처럼 변한 모습이었다. 목이 멨다. 해월이 차마 인사말도 건네지 못하고 서서 바라보자 운곡은 푸근히 미소를 지어 보였다.

"왔느냐?"

해월은 목울음을 삼키고 들어가 예를 갖추었다. 부복하여 절하는데 다리가 떨리고 몸이 흔들렸다. 원망하며 보낸 지난 두 해가 후회되었다.

절을 마치고 앉으려는데 운곡이 기침을 쏟아냈다. 놀라 다가가자 손을 내저었다. 입을 가린 베에 피가 묻어났다. 차마 볼 수 없어 고개를 돌렸다. 서둘러 눈물을 닦고 물 대접을 건네자 운곡은 한 모금 겨우 마시고 내려놓았다.

파계승이었던 아버지의 손을 잡고 서경의 한 절에서 처음 운곡을 보았던 때가 떠올랐다. 고작 열 살 난 계집아이의 눈에는 천상의 사람처럼 느껴졌던 청년 운곡. 하지만 오 년 후에는 세상과 싸우는 전사이자 한량 같은 모습으로 나타나 해월의 마음을 송두리째 가져가 버렸다.

붉게 사무친 마음으로 기다리길 십 년. 운곡은 승려 같은 얼굴로 나타났다. 부끄러움을 감수하고 알몸으로 방에 뛰어든 해월은 욕스럽게 내쳐졌다. 운곡은 단주를 건네며 말했다. 마음을 잘라내라고……. 이후 해월이 제자가 되겠다 청하지 않았다면 운곡은 아예 인연을 잘라버렸을 것이다.

깊은 눈으로 마주 보던 운곡이 입을 열었다.

"보다시피 나는 명년 봄을 보지 못할 것이다."

원망이 솟았다. 이태 만에 불러놓고 죽을 날을 통보하시는가. 병세가 나빠지고 있음을 모르는 바는 아니었으나 이렇듯 위중해진 다음에야 부르는 것은 아직도 남처럼 여긴다는 뜻이리라.

"그래서 이제야 저를 부르셨습니까. 하찮은 기생년에게 유언이라도 남기시려고요?"

"빈 몸으로 와서 빈 몸으로 가는데 유언은 남겨 뭐 할까."

"그럼 왜 저를 보자 하셨습니까."

"그야, 보고 싶어서 불렀지."

"……."

말문이 막혔다. 평생 단 한 번도 보고 싶다, 그립다 말해준 적이 없었다. 그저 왔느냐, 묻는 것이 전부였던 운곡이다.

"너는 언제 보아도 참 곱구나."

뭉클했던 가슴이 그예 무너졌다. 해월은 울며 바닥에 엎드렸다.

듣고 싶어 수십 년을 기다려 온 말. 왜 이제야 하시는가. 왜 진즉 해주지 않으셨는가. 떠나려니 해월이 측은해 발길이 떨어지지 않으시는가. 해월은 울며 물었다.

"왜 저를…… 받아주지 않으셨습니까?"

"영민한 네가 아직도 그 이유를 모르느냐?"

"모르겠습니다."

"내 마음이 네 것과 같기 때문이다. 이미 내가 너인데 무엇을 더 받겠느냐. 평생을 비우려 발버둥 쳤으나 너만은 오롯이 남았구나."

"……."

눈물이 그치지 않았다. 죽음을 앞두고서야 건네준 한 마디로 해월의 지난 삶은 생명을 얻었다. 하지만 꽃을 피우지 못한 생명만은 서럽고 또 서러웠다.

엎드려 오열을 쏟아낸 해월이 몸을 일으켰다. 눈물을 닦고 매무시도 만졌다. 곱게 보이고 싶었다. 해월은 금세 반듯해진 낯으로 물었다.

"남은 날을 모시겠다 하면 허락해주시겠습니까?"

운곡은 고개를 저었다. 예상했던 반응이지만 서운하다. 해월이 원망스러운 눈빛으로 쳐다보자 운곡이 말했다.

"해월아, 마음을 비워라. 너는 묘청처럼 더운 피를 가졌으니 비우지 않으면 네가 상할 것이다."

조광과 연을 맺은 일을 두고 운곡이 걱정하더라는 말을 덕우로부터 들었다. 아마도 운곡은 해월이 정치에 간여하는 것이 못마땅했을 것이다. 세상일에서 자유로워야 비로소 세상을 이롭게 할 수 있다는 게 운곡의 지론이었으니 당연한 일이다. 해월은 웃으며 물었다.

"남기지 않으신다면서 유언을 하십니까."

"유언이 아니다. 그저 너를 걱정하는 것이지."

해월은 운곡에게 다가갔다. 그러고는 엎드려 운곡의 앙상한 다리 위에 뺨을 대었다.

"피가 더워 업을 쌓는다 한들 그것도 팔자가 아닐는지요. 하지만 스승님 마음이 저와 같다 하시니 더 바랄 것이 없습니다. 악업의 맹화(猛火)로 당장 죽는다 해도 여한은 없을 것입니다."

잎사귀 떨어뜨린 나뭇가지처럼 앙상한 운곡의 손이 해월의 머리를 쓸었다. 해월은 천천히 눈을 감았다.

돈후는 편전 앞에서 배알을 기다렸다. 환관이 내시부를 찾아와 임금이 돈후를 찾는다 전했다. 내시 여럿이 시기 어린 눈길을 보냈으나 개의치 않았다. 유력 집안의 자제, 그중에서도 학식과 미모를 갖춘 젊은이만 골라 들이는 곳이 내시부다. 임금을 지근거리에서 모시는 부서이니 너도 나도 배속받기를 다투고 시기와 경쟁은 자연스러웠다.

이상한 것은 임금이 직접 돈후를 거명해 불렀다는 사실이다. 그것도 편전으로 들라 하니 더욱 의아했다. 편전은 임금이 참상 이상의 고위 관리들과 정사를 논하는 곳이다. 공식적인 정치 활동을 싫어해 여간해서는 편전에 들지 않으려는 임금이 아니던가.

돈후는 환관들이 도열한 복도 끝에 서서 자신이 시험대에 올랐음을 직감했다. 연유나 목적은 알 수 없지만 임금이 자신을, 어쩌면 자신을 통해 아버지인 김부식을 시험하려는 것이다.

반 시진이 지났다. 가만히 서있는 것이 이렇게 힘들 줄은 미처 몰랐다. 석 달을 꼬박 술로 연명했더니 체력이 바닥난 모양이다. 자꾸만 현기증이 일었다. 비틀거리지 않으려 애쓰다 보니 등골을 따라 식은땀이 줄줄 흘렀다. 한 환관이 다가와 귀엣말을 했다.

"괜찮으십니까? 아름다운 안색이 창백하게 변하셨습니다. 곁방에서 잠시 쉬시는 게……."

흘긋 보니 아버지로부터 녹을 얻어먹는 환관 중 하나다. 비굴한 웃음에 색이 줄줄 흘렀다. 돈후가 경멸하듯 차갑게 쳐다보자 환관은 붉어진 얼굴로 고개를 숙이며 물러났다.

잠시 후 어린 환관이 다가와 돈후에게 머리를 조아렸다.

"폐하께서 들라 하십니다."

돈후는 심호흡을 하고 편전으로 들어섰다. 용으로 칭칭 감아 세운 기둥들 사이로 옥좌와 용포 자락이 보였다. 돈후는 뚜벅뚜벅 걸어가 부복했다.

"일어나 고개를 들라. 아름답다 소문난 네 얼굴을 제대로 보고 싶구나."

돈후는 일어나 고개를 들었다. 하얗고 통통한 용안이 눈에 들어왔다. 올해로 스물다섯, 제위에 오른 지는 십이 년. 유약하다 일러져 있으나 풍파를 겪느라 조로한 임금은 노회한 중신들 사이에서도 꿋꿋하게 옥좌를 지켜낼 만큼 강해졌다.

팔걸이에 비스듬히 기댄 임금이 눈을 가늘이며 돈후를 훑어 내렸다. 돈후는 꿋꿋하게 서서 임금을 쳐다보았다. 오만하게 보였는지 환관들이 당황한 표정을 지었다.

"내시들 사이에서 익히 너를 보았다만 이리 가까이에서 보니 너의 용모에 대한 세간의 칭송이 과하지 않구나. 특히 꿋꿋한 눈빛이 마음에 든다."

돈후는 머리를 조아리며 읍했다.

"황송하옵니다."

"그럴 것 없다. 북제의 절세남인 난릉왕은 아름다움이 해가 된다 여겨 가면을 쓰고 다녔다지? 하지만 짐은 그리 생각지 않는다. 아름다운 것일수록 드러내야 모두가 즐겁지 않겠느냐. 고개를 들라 명한 것은 짐이니 바로 보아도 좋다."

돈후는 다시 허리를 폈다. 임금은 빙긋 웃음을 지어보였다.

"인사 나누어라. 이 아이는 서경 분사시랑 조광의 장자 조온이다."

고개를 돌려보니 왼편에 하급 관복을 입은 한 젊은이가 서있었다. 기골은 장성했으나 앳된 얼굴이다. 조온이 먼저 고개를 숙였고 돈후가 맞배했다.

"어떠냐? 네가 보기에도 용모가 뛰어나지? 용모만 뛰어난 것이 아니다. 김 내시는 삼시를 단번에 통과한 수재다. 장차 평장사의 뒤를 이어 고려를 이끌어갈 동량이 될 게야."

임금이 돈후를 가리키며 칭송하자 조온은 동의의 뜻으로 머리를 조아렸다.

"너희 모두 고려를 떠받친 중신의 자제이니 알아두면 좋을 듯하여 불렀다. 조온은 출사 전인데다 중앙에 있지 않으니 많이 설 것이야. 김 내시가 동생처럼 살펴주어라."

조정의 중심이 된 아버지를 분사의 시랑 따위와 견주고, 천도 불가를 천명한 마당에 서경파의 자제를 불러 인사를 나누게 했다. 돈후는 구역질을 참고 엷은 미소를 보이며 고개를 숙였다.

"황감하옵니다. 명을 받들겠습니다."

이후 의미 없는 하문이 이어졌다. 웃음으로 가면을 쓴 돈후와 표정 관리조차 못 할 정도로 어설픈 조온은 반 시진도 못 되어 편전에서 물러났다.

편전 밖 댓돌 위에서 조온이 돈후를 향해 다시 예를 갖추어 인사했다. 돈후는 차갑게 조온을 쳐다보기만 했다. 이 어린 녀석은 임금의 하교가 무슨 뜻인지나 알까. 돈후를 일러 형이라 하고 저를 동생이라 칭한 것은 서경파가 먼저 자세를 낮추어 화해를 청하라는 뜻이다. 돈후의 눈빛을 본 조온은 당황한 표정을 지었다. 돈후는 그대로 몸을 돌려 편전을 빠져나왔다.

부식은 모든 수단을 동원해 서경파를 몰아붙이고 있다. 오늘의 자리는 임금이 부식에게 보내는 경고일 것이다. 이쯤에서 그만 화해하라는……. 중신들을 불러 점잖게 타이르면 그만인 것을 굳이 나이 어린 자식들을 편전에 불러 대면케 하다니. 단순한 셈을 복잡하게 만들어 권위를 보전하려는 임금의 수가 얕아 불쾌했다.

한 하급 관원이 멀리서 종종걸음으로 돈후를 향해 뛰어오고 있었다. 보나마나 부식이 보낸 전령일 것이다. 풀어놓은 환관들을 통해 세세히 보고받을 것인데 굳이 돈후를 불러 무엇을 더 알아보려 하심인가. 돈후는 하급 관원이 부식의 전언을 전하기도 전에 앞장섰다.

부식은 한림원의 가장 안쪽, 마치 기방의 별채처럼 후미진 방에 앉아 돈후를 기다리고 있었다. 돈후는 상사에게 하듯 깍듯이 허리를 숙여 인사한 뒤 맞은편에 앉았다.

"상을 뵈었느냐?"

"조광 대감의 아들과 인사를 나누게 하시고 동생처럼 살펴주라 명하셨습니다."

부식의 얼굴이 일그러졌다. 돈후는 부식의 얼굴에 나타난 변화를 낱낱이 지켜보았다. 분노로 벌게졌던 부식의 얼굴은 차츰 제 색을 되찾았다. 그제야 돈후는 입을 열었다.

"내시부에는 아직도 공공연히 서경의 전령 노릇을 하는 자들이 있습니다. 폐하는 서경을 선택하지 않았으나 버리지도 않았습니다. 문제는 서경에서 폐하의 뜻을 어떻게 받아들이는가입니다. 폐하의 뜻이 저들에게 있다고 오판한다면, 그리하여 내부에서 충동하는 자들이 늘어난다면 변란이 일어날 것입니다. 이자겸이 난을 일으켰을 때야 궐이 불타는 정도로 그쳤지만 서경에서 변란이 일어나면 전쟁입니다. 죄 없는 백성들이 큰 고초를 겪을 것이니 분하시더라도 이쯤에서 타협하시지요."

부식은 돈후의 이야기를 들으면서도 듣지 않는 듯했다. 그저 물끄러미 쳐다보기만 했다.

"많이 상했구나. 오늘도 집에는 들어오지 않을 것이냐?"

돈후는 입을 굳게 다물었다. 아버지의 입을 통해 직접 출생의 일을 듣기 전에는 들어가지 않겠다고 선언했다. 어리광으로 여길 것임을 알면서도 그랬다. 하지만 아버지는 아들의 간절한 청에도 일러줄 말이 없다는 말만 반복했다. 돈후는 직감했다. 자신과 을지가 모르는 또 다른 사연이 있다는 것을. 지금은 알 수 없으나 언젠가는 드러날 날이 올 것이다.

"차라리 혼인하여 분가하는 것은 어떠냐?"

"……."

돈후의 혼사 문제는 몇 해째 집안의 화두가 되어있다. 어차피 집안의 이해에 따라 혼처가 정해질 것임을 알기에 간여치 않았으나 최근에는 밀려드는 혼서들을 돈후가 직접 물리치는 중이다.

"혹시 운곡의 여식을 마음에 두고 있느냐?"

돈후의 눈썹이 저도 모르게 꿈틀거렸다. 부식의 눈이 반짝하고 빛을 뿜었다. 속으로 아차 싶어 재빨리 표정을 감추었다. 돈후는 조심스럽게 숨을 고르고 낮은 목소리로 답했다.

"생모도 모르는 제가 어찌 아무렇지 않게 내자를 들이고 자식을 보겠습니까."

곤경에서 벗어나자면 의표를 찌르는 수밖에 없다. 부식의 긴 한숨이 돈후의 가슴에까지 밀려들었다.

묻긴 했으나 이미 아버지의 뜻을 알고 있다. 아버지 스스로 진실을 내뱉는 순간 아들이 나락으로 떨어질 수 있음을 염려하시는 것이겠지. 아버지의 염려를 알고 있지만 그래도 멈출 수 없다. 가면의 삶을 살게 된다 해도 진실을 확인하지 않고서는 한 발자국도 나아갈 수 없다. 태생이 그런 것을 어찌한단 말인가. 적당히 덮고 묻을 수 없는 자신의 결벽과 용렬함에 욕지기가 느껴졌다.

"섭생만은 제대로 하여라. 젊다 해도 여러 날 그리 지내면 장사인들 견디겠느냐. 그리고……."

부식이 잠시간 말을 끊다 이었다.

"네가 원한다면 어떤 계집이든 구해줄 것이다."

돈후의 가슴에 뇌성이 울렸다. 온요의 일을 들킨 것이 분명하다. 비록 세세히 알지는 못해도 아버지는 아들 마음의 일단을 본 것이다. 겉으로는 태연자약했으나 조급증에 입이 타들었다.

돈후가 아닌 운을 선택한 온요. 밉고 또 미웠으나 그녀를 다치게 할 수는 없다. 비천한 생모의 무덤에 술과 떡을 올리고 함께 울어준 여인이다. 그뿐이 아니다. 온요와 연결된 여럿의 삶과 복잡한 사연, 그리고 잠시나마 건넸던 온정이 돈후 자신조차 놀랄 만큼 무겁고 뜨겁다.

돈후는 부식의 눈을 똑바로 쳐다보며 입을 열었다.

"제 계집은 제가 직접 구하겠습니다. 외람되오나 아버지께서는 관여치 말아주십시오."

부식은 측은한 눈길을 보냈다. 돈후가 눈빛을 굽히지 않자 마지못한 듯 고개를 끄덕였다.

"알았다. 네 뜻대로 하여라."

돈후는 자리에서 일어나 목례한 뒤 물러났다. 한림원을 나와 내시부로 돌아가는 길 내내 찜찜한 기분이 사라지지 않았다.

아버지는 내가 감당하기에는 너무 큰 사람이다. 따뜻하고 너그러우면서도 무자비할 정도로 차갑고, 느리고 무거운 듯 보이지만 누구보다 빠르고 치밀하다. 부디 아버지의 눈길이 산채에 이르지 않기를, 이왕 시작했다는 산채의 이전이 빨리 이루어지기를 바라는 수밖에…….

돈후는 내시부 앞에서 하늘을 올려다보았다. 해쓱한 달이 서편 하늘에 얼굴을 내밀었다. 온요도 저 달을 보고 있을까. 이제는 정말 그녀를 마음에서도 떠나보내야 할 것 같다.

《징과 돌의 노래》1권 끝
2권으로 계속